순간순간이
항상 오
래고
완벽할 뿐

개정판

불교의 핵심 사상이 담긴
〈마하반야바라밀다심경〉270자를 열어 보여주는 이야기

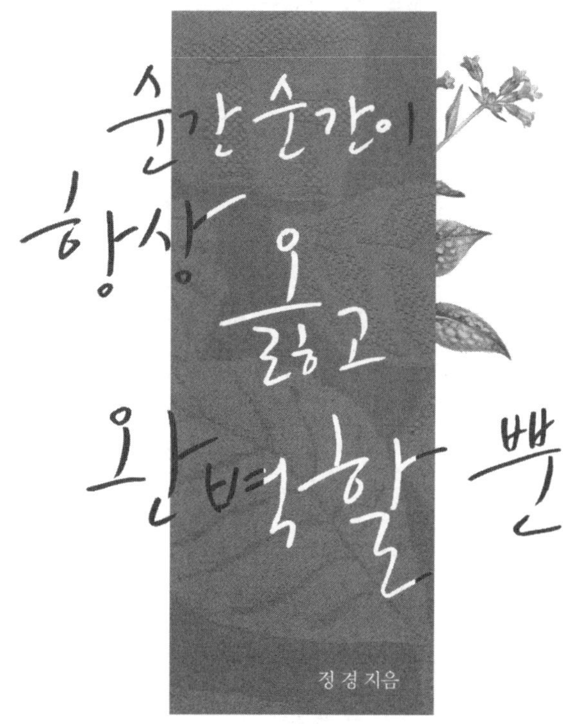

하남출판사

차례

■1 꿈 깨고 보면

제1장

꿈 깨고 보면

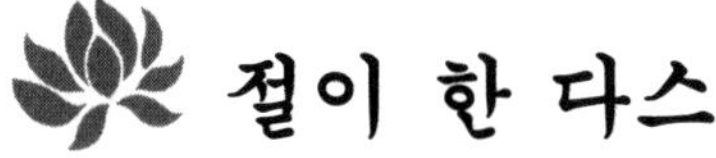

절이 한 다스

인간이 사는 이유 중에 필수적인 세 가지가 먹자·놀자·하자란다. 짓궂은 스님이 가끔씩 오가면서 통박을 주듯 한마디씩 던지곤 했다.

"우리가 머리 긴 사람들처럼 놀 수가 있습니까? 할 수가 있습니까? 오직 먹는 것밖에 제대로 할 일도 없는데, 허구한 날 맛도 없는 생쌀가루나 씹으며 무슨 재미로 삽니까?"

그 스님인들 일찍이 한 때나마 해 보시지 않은 일도 아니니 오랜만에 만난 탓에 걸쭉하게 늘어놓는 인사치레로 여기고 말 일이긴 하다.

그처럼 번번이 통박부터 먹이던 스님이 어느 날인가,

"수행자는 생식하는 게 최고겠어!" 하면서 계면쩍게 씩 웃는다. 뭔 소리로 이어질지 몰라서 눈치를 살피노라니 애가 다는 일이 생긴 모양이었다.

"공양주를 구하려 해도 도통 구할 수가 없어요. 머리 깎고 사는 사람은 생식하는 것이 그만이겠어요. 그러면 공양주 걱정 하나는 확실히 덜고 살 수 있을 테니 말이죠."

내게도 그것이 무시 못할 일이었다. 공양주는 하늘에서 뚝 떨어지는 것이 아니니 말이다. 가만히 앉아서 얻어먹으려면 반드시 대가를 치러야 한다. 다달이 나가야 할 월급은 고사하고 내 입맛대로만 살 수 없을 것도 뻔한 일이다. 누구를 위한 것이건 이것저것 찬거리라도 준비하려면 동냥이라도 해야 할 처지로 급전직하 할 수 있다. 또 비닐 천막이더라도 칸막이가 필요할 게 분명하다. 이렇게 대충 따져봐도 밥 한술 얻어먹는 대가치고 그 번잡함이 예사 일이 아니다.

혼자 사는 명분으로 들어선 길이긴 하나 나중에라도 공양주 신세 지고픈 생각은 애초부터 없었다. 그래서 큰절에 얹혀 살 때부터 세 때를 한 끼로 줄여놨고 그나마 기어코 생식으로 돌려놓았다. 어쩌면 이런 일들이 남들에겐 한없이 옹졸하게 비쳐질지 모를 일이다. 하지만 덕분에 아직까지 이슬 피할 곳이 마땅치 않거나 누구 땜에 처소가 비좁아 걱정 해본 일은 전혀 없다.

그리고 보면 아무런 변명거리도 없는 것은 아니나 늘 묵묵부답이다. 구구절절이 대꾸하다가 결국 '도대체 무슨 재미로 사냐?' 는 되물음엔 마땅한 대답이 없어 전전긍긍할 수밖에 없었던 적이 한두 번이 아니어서이다. 한동안은 이 물음이 나의 간절한 화두가 되었던 적도 있었다. 누구를 만나든지 왜 사는지 또 무엇 때문에 사는지부터 먼저 묻고 싶어 안달을 하곤 했다.

참선요가가 세상에 알려지면서 자의건 타의건 몇 권의 책과 비디오도 낸 데다, 5년 가까이 TV에서 연일 방송을 해댔으니 그 유명세라는 것도 무시못할 일이 되었다. 전화해 올 이도 별로 없어서 휴대폰을 아예 꺼놓거나 모르는 번호는 받지 않으니 망정이지 하마터면 허송세월할 뻔 했다. 애가 단 이는 출판사에 전언을 부탁하지만 웬만한 것은 얘깃거리도 못되니 가끔 들를 때 우스개로 몇 씩 들려주곤 한다.

어느 스님이시든 거의 경험한 바 있는 얘기지만 그 중에는 절을 맡기겠다거나 주겠다는 전화도 가끔 있는 모양이다. 출판사에서는 이제 내 성미가 파악이 됐으니 어림없는 얘기라고 잘라 말한단다.

출가 이후 지금까지 그런 것들을 주워 모았다면 한 다스도 훨씬 넘었을 것이다. 참선요가도 그 때문에 생긴 것으로 일이 꼬이느라 누가 수행하러 간다고 하기에 주지를 맡게 되어 내심 3년 쯤 해보리라 작심했어도 4개월 만에 훌훌 털어버렸다. 신도들이 부처님께 올린 재물이더라도 당시 그 도시 한복판에 중형아파트 두어 채 값과 그토록 탐내던 토굴을 지불하고도 말이다. 괘씸한 일도 있었지만 절 하나 부처님 앞에 사 올린 셈 치면 그만이고, 빈손으로 절에 왔으니 다시 빈손인 것은 수행자 입장에서는 꽤 성공한 편이였기 때문에 가벼운 마음으로 일순간에 정리해 버릴 수 있었다.

일을 한 번 벌렸으니 당시 해인사 주지스님의 말씀을 거역할 수 없어서 이듬해 부산의 신설 포교당에 다시 머무르게 되었다. 참선요가 탓에 석 달 만에 500가구의 신도가 모였고, 7월 백중에는 칠팔 백의 신도가 다녀갔다고 자원봉사자는 희희낙락이었다. 그 말을 듣고는 한 달 후에 떠나겠다며 후임 주지를 모시라고 하니 금방 초상집으로 돌변했다.

옆의 빈터에 건물을 지어 참선요가를 계속하자고 하다가 어느 날 갑자기 차에 오르라고 했다. 시내였지만 제법 깊은 산골짜기에서 멈추더니, 이 산 중에 좋은 절터가 여럿이니 고르란다. 차에서 내려서지도 대꾸도 안 했다. 며칠 후에 건너편을 가리키며 황토집으로 선방을 지을 테니 거기서 정진하며 가까이 있으란다. 말이 안 통하니 은사스님께 몰려간 모양이다. '정경스님을 이러이러하게 저희가 모시면 안 되겠습니까?' 스님이 되물으셨단다. '그 스님에게 말은 해 보셨습니까?' '바늘도 안 들어갈 정도로 어림없던데요!' '그러면 됐지 무얼 어떻게 더 할 수 있나요?' 하셨다고 했다.

참선요가가 세상에 알려지고 보름 만에 2쇄를 찍게 되니 거창하게 정관을 꾸며 와서 협회를 만들자는 이도 생겼다. '설령 돈 되는 사업이라도 나와 관련만 짓지 말고 하세요.' 했더니 그렇게는 안 되는 모양인지 더는 진행되지 않았다. 뒤에 요가 붐이 한창 불었을 때라도 하나 만들었다면 돈 꽤나 만졌을지 모른다. 옆에서 지켜보기 답답한 스님들은 면박이 이만저만이 아니다. '타 종교는 이런 것이 없어서 안달인데 스님은 너무한다.' 는 것이다.

명나라 순치황제가 중국을 통일한 후 문득 깨달은 바가 있어서 출가를 하며 지은 시가 있다. '전생에 나는 저 서역땅에서 표주박 하나에 의지하던 수행자였건만 어쩌다가 만승천자로 타락을 했을꼬!' 그는 황제자리를 수행자에서 타락한 자리로 본 것이다.

누군들 다를 바가 있겠는가! 전생에 남자로 태어났을 때 알렉산더는 아니었겠으며 칭기즈칸·나폴레옹이 아니었다고 누가 장담하랴! 만약 여자로 났으면 클레오파트라나 양귀비였는지도 모를 일이다. 그런데 아직도 이 타령이니 제대로 된 수행은 해본 바가 없기 때문이다. 그런데 또 그런 짓을 하란다고 나서서 될 일인가!

중노릇 30년에 한 손으로 헤아려도 다 못 채울 인연밖에 짓지 않아서 비록 누구를 염두에 둔 글은 아니다. 그동안 마주 앉아 이런저런 얘기라도 제대로 해본 적이 없는 출가 전의 혈육에게라도 수행에 대해 들려주고픈 심정에서 이 글을 썼다.

 염불을 못했더니

한 스님의 초학자 시절의 일화이다. 아주 허름한 고찰에 바랑을 내려놓고 정진할 때 비몽사몽(非夢似夢)에 무시무시한 덩치가 나타나서 목을 조이더란다. 꼼짝하지 못하고 한참 애를 쓰다가 얼결에 '관세음보살'을 염했더니 큰 덩치들이 단번에 나가떨어지더라 했다. 스님은 평소에도 관세음보살 주력을 열심히 하셨는데, 습관처럼 '관세음보살'이 입에서 튀어나와 위기를 벗어날 수 있었다는 것이었다.

상반된 경험이 있다. 수계하고 불과 두어 달도 지나지 않았을 무렵 가야산 산내의 이름난 기도처인 희랑대에서 겪었던 일이다. 그곳은 나한 도량인지라 처음 들어도 귀에 솔깃한 흥미진진한 이야기가 제법 많이 전해오고 있는 곳이다. 특히 해인사와 지척인 거창 출신으로 고려 개국공신이며 왕건의 왕사이셨던 희랑스님에 관한 일화가 깊이 서려 있어서, 해인사 행자라면 의례 이에 관한 이야기부터 들으면서 승려로서의 포부를 다진다.

또 오랫동안 독성님 시봉을 하신 공양주 보살님의 말씀도 기이하기 짝이 없다. 새벽녘 아궁이 앞에 밤톨만한 돌이 떨어져 있는 날이면 그날은 필경 기도객이 오더라 했다. 독성님께서는 누군가가 올 것을 그렇게 미리 알려주신다는 것이다. 그처럼 묘한 호기심을 발동시키기 딱 알맞을 고즈넉한 암자에 뭔 일로 였는지 가게 되었다.

본디 머리 깎고 먹물 옷 걸치고 하는 생활이 그리 만만한 것은 아니다. 행자 시절은 절집의 풍습을 익히는 기간이기도 하지만 막중한 소임도 소홀히 할 수 없다. 낮설고 생소한 환경에서 꼭두새벽부터 한밤중까지 긴장감을 늦추지 못한 채 계속되는 나날은 고달프고 힘든 정도가 상상을 초월한다. 고된 기간이 끝나고 어엿한 승려가 되어 강원 생활을 하더라도 단지 황토빛 행자복을 먹물빛 옷으로 바꿔 입었다는 것 말고는 별로 달라지는 것도 없다. 군대법보다 엄한 것이 벌의 법이고 벌법보다 엄한 것이 스님들의 법이라는 말이 있듯이, 승려들 중에서 제일 하판 즉 말석이니 서슬 퍼런 상판 스님들의 눈초리도 의식하지 않을 수 없는 일이어서 꼼지락거리며 해야 할 일거리도 만만치 않다. 해를 넘겨 어엿한 승려였지만 그러므로 한가한 암자 구경은 처음이었다.

모처럼 긴장되고 고된 일과의 틀에서 벗어나 호젓한 암자에 있으니 긴장도 풀렸겠지만, 점심공양 후 찾아든 식곤증에 끝내 따끈따끈한 아랫목의 유혹을 차마 뿌리치지 못하고 잠시 방바닥에 등을 붙이게 되었다.

이제는 어느 산중의 절일지라도 다를 바가 없어서 지금의 희랑대도 도시의 어느 건물 못지 않게 난방 시설이 잘 되어 있는 편이다. 하지만 그때만 해도 한옥구조 대개가 그러하듯 바람막이 벽만 둘러쳐진 그런 형편이었다. 이불 밑의 아랫목은 살을 델 정도로 펄펄 끓어도 윗목의 젖은 걸레는 사정없이 꽁꽁 얼어버렸다. 허술한 틈새의 벽과 비록 덧문은 있으나 비틀린 홑창호지 미닫이는 모진 산골 바람을 막아내기에 역부족이었다. 그러므로 한낮임에도 두터운 이불을 두어 겹이나 내려 덮은 채 아랫목에 바짝 엎드려 몸을 숨겨야 하니 슬슬 눈이 내리감겼던 모양이다.

행자 시절에 배운 초발심자경문에는 '외진 곳에 혼자 지내더라도 항상 마음을 단단히 챙겨 마치 어려운 손님을 대하듯 스스로를 단속하라.'는 구절이 있다. 엊그제까지 달달 외워대던 글귀였지만, 자꾸 내리감기던 눈꺼풀은 기어코 깊은 잠으로 사정없이 밀어넣고 말았다. 그래도 부처님께 죄송한 마음은 있어서 달콤한 낮잠은 못되었지 싶다. 그런 탓인지 언뜻 숨이 막혀 눈을 떠보니 몸을 꼼짝할 수가 없었다. 주위의 사물은 또렷이 분별이 되는데 아무리 애를 써도 손가락조차 움직여지지 않았다. 옆에는 함께 누웠던 스님도 있어서, 오수에 들기는 했으나 몸이라도 뒤척이면서 툭 건드려만 주어도 얼어붙은 듯 뻣뻣한 몸이 금방 풀릴 것 같았지만 그런 도움마저 청할 수 없었다.

문득 뇌리에 '이럴 때는 염불을 하면 된다고 했지!' 하는 생각이 떠올랐다. 급히 아는 염불부터 중얼거려봤다. 그런데 말이 염불이지 옳게 할 염불은 사실 아무 것도 없을 때다. 고된 행자 생활 중에도 초발심자경문은 달달 외웠지마는 이상하게도 염불은 도통 외워지지가 않아서였다. 270자밖에 되지 않는 반야심경조차도 온전히 외우지 못했으니 몇 배나 긴 천수경은 말할 것도 못 된다. 그 후에도 무려 삼 년을 두고 법당에서 혼자 염불을 할 때면 '신묘장구대다라니'에서는 두서없이 빙빙 돌다가 웬만큼 시간이 지났다 싶으면 다음 구절로 넘어가는 짓을 곧잘 했으니 말이다.

우선 급한 김에 입에 익숙할 듯한 반야심경을 하기로 작심했다. '마하반야바라밀다심경 관자재보살 조견오온개공 도일체고액 사리자' 까지는 좋았는데, '색불이공 공불이색' 에서 그만 딱 막히고 말았다. 어린 시절의 '이 콩깍지는 깐 콩 콩깍지인가 안 깐 콩 콩깍지인가' 같은 말장난 닮은 것을 뜻도 모른 채 무조건 외우려다보니 평소에도 늘 거기서부터 더듬거렸었다. 그러니 그 급박한 상황에서 제대로 외워질 까닭이 도무지 없었다.

가위눌린 것은 조금도 풀리지 않았고 '아! 염불을 옳게 못해서 영험이 없나 보구나.' 하는 생각에 천수경으로 바꿨지만, '수리수리 마하수리 수수리 사바하’ 조금 지나서부터 더듬대기는 마찬가지였다.

숨통은 더 죄어드는 듯하고 뻣뻣한 몸은 송장과 다름없었다. ‘결국 이렇게 허망하게 죽는구나!’ 생각하니 어처구니가 없을 뿐이었다. 온갖 생각이 머릿속을 빠르게 오갔고 눈동자가 자꾸 한쪽으로 쏠리는 듯한 느낌은 있었지만, 다행스럽게 정신은 말짱하여 주변의 상황을 조금이나마 살필 수 있었다.

생각을 재차 가다듬고 염불이 서투른 탓인지도 모르니 가장 확실하게 ‘관세음보살’만 반복하자고 작심하고는 잽싸게 ‘관세음보살’을 외워댔다. 그러나 별다른 기별이 없기는 다를 바가 없어서 다시 강력한 위력이 있다고 들어두었던 ‘대방광불화엄경’을 되뇌었으나 안 통하기는 마찬가지였다. 물론 이 일들은 겨우 머릿속으로만 하던 일이었음은 두말할 나위 없다. 입술도 달싹거릴 수 없었으니 신음소리도 낼 형편이 못되었기 때문이다.

마지막 한 가닥 희망은 옆에 누워있는 스님이 잠에서 깨어나 얼른 합당한 조치를 취해 주거나 몸을 뒤척이다 툭하고 건드리기라도 해 주는 것이었으나, 옆에선 그토록 애를 쓰며 죽음의 문턱에서 허우적거리는 데도 스님은 아랑곳없이 여전히 단잠에 깊이 빠져있었다.

악몽 같던 시간은 한참을 지나서야 거짓말처럼 저절로 풀렸다. 얼마나 용을 써댔던지 식은땀이 온몸을 흠뻑 적신 다음이었다. 하여간 일생에 두 번 없던 일이었지만 남들이 염불의 영험을 이야기할 때마다 믿음도 가지 않거니와 실감이 별로 나지 않는 까닭은 그때의 경험이 기억 속에 뚜렷하기 때문이다.

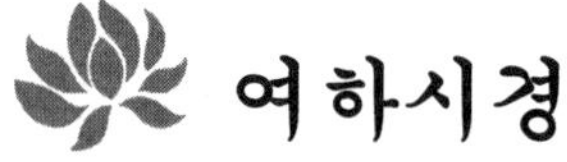 여하시경

스님들은 경을 연구하시는 강사(講師)스님과 율을 의지하여 수행하시는 율사(律師)스님, 선(禪)수행으로 정진하시는 선사(禪師)스님, 혹은 염불과 기도로써 수행을 삼으시는 스님들로 나누기도 한다. 그러나 꼭 정해진 것은 아니므로 경을 보시다 선을 하시기도 하고, 율을 보시며 염불과 기도로 정진하시는 분도 많다. 또한 경을 연구하는 스님들 사이에서 의지하는 스님네가 따로 있듯이 선사와 율사 스님들도 마찬가지이다. 기도하시는 스님들도 나름대로 경험 많고 믿음이 가는 스님을 찾아다니며 조언을 구하고 탁마하신다.

경이나 율도 아예 배운 바가 없고 염불과 기도 역시 단 몇 일이라도 제대로 해본 적이 없으니 그쪽 일은 입 댈 바가 전혀 못 된다. 경과 율은 역량이 미치지 못하는 일이라 그랬지만 염불이나 기도는 초발심 때의 그러한 사건이 별 흥미를 유발시키지 못한 탓도 있을 것이다. 선택의 여지가 없어 납자(衲子)인 척 장판 때를 묻히며 지내왔다.

강원에서 글을 배워도 제대로 이해되는 것이 없어서 반년이 지나도록 마음조차 붙이질 못하다가 스승님과 도반들의 만류와 우려에도 고집스럽게 폭풍우 속에 바랑을 걸머지고 정처 없는 길을 나섰다. 그때까지 잠시가 승려생활 전반에 걸쳐 유일하게 글을 배운 시기였다.

제법 오랜 시간이 흐르고서야 270자 남짓한 반야심경도 어렵사리 이해했다. 그때까지 무려 팔구 년의 세월을 흘리도록 아득해하다가 우연히 그 말놀이 같은 한 구절을 이해하고부터 부처님 말씀에 비로소 귀가 열렸다.

어느 경전도 제대로 들춰볼 그릇이 못되는 처지였으므로 한순간 한 구절의 글귀였지만 내게는 일생일대의 획기적인 사건이었다. 비로소 경전의 가치와 의미를 새롭게 인식하게 되었던 까닭에 누구에게나 서슴없이 부처님의 말씀이 담긴 경전부터 반드시 살펴보도록 권유함에 주저하지 않는다. 아무렴 나와 같은 자가 둘이 되랴 싶은 생각이 앞서서 하는 일이긴 하나, 그런 중에도 별도의 부탁은 꼭 하나 따라붙는다. 경전을 보시되 반드시 부처가 무엇인지 알려는 굳은 의지로 보시라는 것이다. 이 말은 '무엇이 부처인가?' 즉 '여하시불(如何是佛)' 이라는 화두이기도 하다.

 # 마하반야바라밀다심경

마하반야바라밀다심경

摩訶般若波羅蜜多心經

'마하반야바라밀다심경' 일곱 글자는 경전의 제목이다.

'마하(摩訶)'는 크다는 뜻인데 음속단위로 쓰이기도 하니 꽤 익숙한 단어이다.

'반야(般若)'의 뜻이 정말 '마하'이다. 무궁무진하기 때문이다. 불교의 핵심이 또한 반야이니 두말할 바도 없다.

여하시불(如何是佛)을 염두에 두라고 했다. 여기도 적용된다. 왜냐하면 반야를 알면 부처를 아는 것이요, 또 불법을 꿰뚫은 것이기 때문이다. 여하시반야(如何是般若)닛고?

반야는 전통적으로 '지혜(智慧)'로 번역한다. 하지만 이 지혜라는 것이 보통 지혜가 아닐 것은 엄연한 사실이다. 보고 듣고 배워서 머릿속으로 헤아려 아는 통상적 지식과 같지 않다는 정도는 이미 군소리에 불과할 것이다. '철견(徹見)'이라는 말이 확실히 꿰뚫어 보았다는 의미이니 이와는 조금 같을 수 있을까? 그러나 그 이치는 반드시 불교적 지혜여야 함은 불문가지이다. 불교적 지혜!

'바라밀다(波羅蜜多)'는 여기서 저쪽 이상향으로 건너간다는 도피안(到彼岸)의 뜻과 사뭇 통한다.

'심(心)'은 마음 심자이기는 하지만 본질, 핵심, 골자라는 뜻도 있다.

'경(經)'은 통상적으로 성인이 말씀하신 불변의 진리를 기록한 책을 일컬으니 부처님이 설하신 바가 담긴 일체의 것이 여기에 해당된다.

그러므로 '마하반야바라밀다심경'은 '아주 큰 절대의 지혜로써 부처님의 경지로 나아가는데 필수적 지침이 되는 핵심적인 내용이 담긴 글'이라는 뜻이며 이 경전의 완전한 명칭 즉 제목에 해당된다. 간략하게 반야심경이라고도 하는데, 전체 글자 수가 270자라고 하지만 '마하반야바라밀다심경' 10자는 순전히 제목에 해당되므로 따지고 보면 본문은 260자인 셈이다.

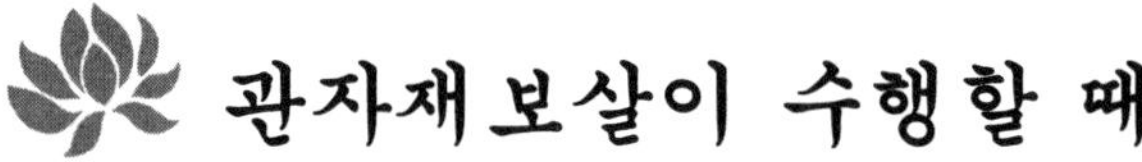

관자재보살이 수행할 때

관자재보살 행심반야바라밀다시

觀自在菩薩 行深般若波羅蜜多時

관자재보살은 귀에 너무도 익숙한 관세음보살(觀世音菩薩)의 또 다른 이름이다. 관자재(觀自在)는 관하는 데 자재롭다는 뜻이다. 관 (觀)은 본다는 뜻이지만, 눈에 와 닿은 빛깔만 무심히 보는 것이 아 닌 마음으로 깊이 살핀다는 의미가 강하다. 그러므로 관자재보살이 란 거침없이 보고자하는 바를 보고, 하고자하는 바를 이룰 수 있는 자유로운 경지의 보살님을 말한다. 반면에 관세음(觀世音)에는 소리 로써 고해(苦海) 중생의 아프고 쓰린 곳을 일일이 살펴서 매만져준 다는 자비로운 서원이 깃들어 있다.

보살(菩薩)은 '보리살타'의 준말이다. 위로는 깨달음을 구하고 아래로는 중생을 이익 되게 하겠다는 '상구보리 하화중생(上求菩提下化衆生)'의 의미대로 실천하는 분을 일컫는다. 하시라도 부처의 지위에 오를 수도 있으나 성불을 잠시 미루고 중생에게 자비로운 가르침을 베푸시고 있는 성자를 뜻한다.

절집 관습으로 여성불자를 보살이라고 하는데 서로 부르고 대답할 때마다 뜻을 마음깊이 새기며 보살의 서원대로 수행할 것을 맹세해야 할 것이다. 혹은 여성불자를 '우바이'라고도 하며 남성불자는 '우바새', '거사(居士)'라고 부른다.

'행심(行深)'은 깊이 있고 철저하게 실행한다는 말이다. 무엇을 그렇게 하는가? '반야바라밀다'를 그렇게 할 '때(時)'라는 말이다.

'반야'는 지혜라고 했고 '바라밀다'는 생사의 고해를 넘어 열반의 언덕으로 건너간다는 뜻이니, '깊은 지혜로써 부처님이 가르치신 바대로 하고자 할 때에'라고 우선 이해해 두자.

지혜의 구분도 다양할 수 있고 부처님이 가르치시고자 한 바에 대한 의견도 분분할 것이다. 혹자는 인간의 판단 능력을 '감성적', '지성적', '이성적', '직관적'으로 나누기도 한다.

쉽게 말하면 감각에 따른 판단 즉 동물적 본능수준의 지적능력의 소유자를 감성적인 인간이라고 한다면, 인간적인 면에서 지식을 배양하고 좀 더 지혜로운 관찰력으로 사유를 통한 판단력이 있는 이들을 지성적 인간이라 할 수 있을 것이다. 그러나 자신의 지성이 과연 믿을 만하고 의존할 만한가를 다시 의심하며 좀 더 발전적인 결과를 도모하고자 애쓰는 사람을 이성적이라고 하는데, 그래도 역시 스스로의 한계를 극복할 수 없음을 인정하고 감각, 지식, 이성 따위의 판단력에 의존하지 않고 실상을 꿰뚫어 보는 관찰력을 지향하여 이를 실현하고 행사하는 것을 직관력이라 한다. 그러면 직관지(直觀智)의 관점에서 부처님이 가르치시고자 하신 일은 무엇이라고 해야 될까?

전통적으로 '바라밀다'는 도피안(到彼岸)이라고 해석한다. 이 사바의 고해를 건너 저쪽 깨달음의 언덕에 이른다는 말이다.

조과 선사는 당송의 팔대 문장가의 한 사람이었던 향산거사 백낙천이 불교의 대의(大義)를 묻자, '온갖 악을 짓지 않고 두루 착한 일을 받들어 행하며 스스로 그 마음을 깨끗이 하는 것이 모든 부처님의 가르침이니라(諸惡莫作 衆善奉行 自淨其意 是諸佛敎)' 라는 과거세의 부처님들께서 가르침의 근본으로 삼으셨다고 전해져오는 게송인 칠불통게(七佛通偈)로 대신하였다. 옳고 옳은 말이다만 다음 자락을 살펴보면 다른 느낌이 올 수도 있을 것이다.

 비춰 보니

조견오온개공 도일체고액

照見五蘊皆空 度一切苦厄

 '조견(照見)'은 밝은 빛을 의지해 자세히 본다는 말이다. 무엇을 보는가? 오온을 본다.

 이 '오온(五蘊)'은 도통 무슨 뜻인지 이해할 수가 없어서 꽤 오랫동안 쩔쩔매었다. 이런 경험적 일들이 혹자에게 도움이 될까하여 터무니없는 짓을 하며 웃음과 비난을 자초하지만 나의 경우는 너무 심했다.

 오온은 색수상행식(色受想行識)을 말한다. 색(色)은 불교적 개념으로는 형태를 띤 모든 물질적인 것을 가리킨다고 생각하면 딱 맞다. 수(受)는 뭔가가 뭔가에 접촉했다는 의미이다. 상(想)은 이 접촉에 대한 최소한의 느낌이다. 순전히 생명체를 두고 비유한다면 모든 감각기관을 통해 최초로 전해진 느낌을 가리킨다. 행(行)은 말뜻 그대로 그 느낌에 따른 반응 방식이다. 식(識)이란 앞의 색수상행 가운데에 일어나는 상황을 총괄하기도 하고 갈무리하는 총체적 의식을 말하는 것이다.

금반지로 예를 들면 금반지는 색(色)이 된다. 우연히 시야에 들어왔으면 수(受)이다. '어! 이건 금반지잖아?' 하고 생각했다면 상(想)이 된 것이다. 이후의 반응 방식은 사람마다 천차만별일 것이다. 이를 행(行)이라 하고 여기에 대한 총괄적 정리가 식(識)의 몫이다.

부연하면, 오온이란 '나'라고 여기는 모든 것에 대한 이칭이며 총칭이다. 육신과 더불어 이곳에 깃들어 작용하는 정신적인 것들 모두를 오온이라 한다. 다시 말하면 물질과 정신의 영역에 있는 것들 전체를 지칭하는 것으로 생각해도 가하다.

흔히 말하는 수행(修行)은 바로 행을 닦는다는 의미이다. 오온에서 '행(行)'의 중요성이 특별난 까닭은 어떤 방식의 습관을 평소에 익혔는가에 따라 결국 자신의 책임 부분이고 몫이 되는 '식(識)'이 결정되기 때문이다. 그러므로 수행은 오온 가운데 행의 관리 방식을 긍정적인 쪽으로 유도하는 것이라 말할 수 있다.

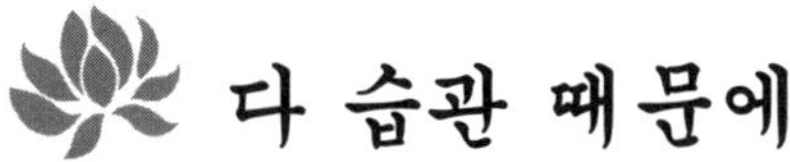# 다 습관 때문에

흔히들 불교는 어렵다고 고갯짓을 설레설레한다. 따지고 보면 그런 사람이 더 우습다.

살생을 하지 마라, 도둑질을 하지 마라, 부정한 짓을 해선 안 된다, 거짓말을 말고 술을 마시지 말라는 얘기에 기겁들을 하나, 어째서 살생과 도둑질, 부정한 짓과 거짓말, 좇아다니며 술을 먹는 일 등이 더 쉽다고 여기는지 알다가도 모를 일이다. 그런 좋지 못한 습성이 야기하는 것들은 근심과 걱정, 불안과 초조감, 원망하는 마음 따위다. 이로 인한 정신적 피폐와 극심한 고통의 심연은 끝간 데를 짐작도 할 수 없을 정도다. 그래도 안 하는 일이 더 어렵다고 우기는 데야 어쩔 도리가 없다. 이런 일은 평소의 잘못된 습관이 굳어져 생긴 일이다. 즉 평소의 행으로 익숙하게 길들여졌기 때문에 그런 생각이 더 자연스럽게 느껴질 뿐이다.

세탁소를 하는 젊은이가 있었다. 대낮에도 옆에만 가면 항상 술냄새가 풀풀 나고 체질 탓인지 얼굴이 늘 뻘겠다. 가까운 사람이야 그 사람의 주량이 겨우 한 잔 술 정도인줄 잘 아니 그다지 걱정을 하지 않았다지만 결국 그 세탁소는 오래가지 못하고 문을 닫게 되었다. 아녀자들이 주로 찾는 곳이고 또 값비싼 의복을 맡겨야 하는 곳이 바로 세탁소다 보니, 주인이란 자가 늘 대낮부터 술에 취한 듯 보였다면 어느 여인네도 쉽게 들어서지 못했을 것은 보나마나 뻔한 일이다.

생명을 직접 다루는 직종이 아니고 하다못해 자동차 정비업소에서 생긴 일이라도 마찬가지일 것이다. 그런데도 원인을 바로 알지 못하고 손님이 없다고 한잔하고 짜증스럽다고 한잔하다 보면 결국 사업을 망치는 일만 남게 된다.

불교가 어렵다는 탓보다는 먼저 자신의 허물을 살펴보아야 하듯이 최소한 부끄러워할 줄 아는 마음만 있어도 그렇게까지 되지는 않는다.

가족을 거느린 가장이고 주위에 자신을 염려하는 많은 사람들이 있어도, 자랑스럽지 못한 습성에서 헤어나지 못하고 스스로 파멸의 길을 자초하는 것을 보면 안타깝고 측은한 정도가 이만저만이 아니다.

나는 어릴 적부터 쓴 약에 너무 시달린 탓에 담배와 술은 입에도 댈 생각을 안 했으니 그 심정 헤아릴 바가 전혀 없다. 그러나 스스로 그렇게 무너지는 사람들을 보면 습관이란 것이 일생에서 얼마나 대단한 위력을 갖고 작용하는지를 깊이 느끼게 된다.

물론 굳어진 습성을 고치는 일이 마냥 쉽지마는 않을 것이다. 죽기 전에는 고칠 수 없는 것이 팔자라는 말처럼 '생긴대로 산다.'든가 '꼴값 한다.'는 말도 그래서 있어온 것이리라. 술과 마약, 도박으로 패가망신을 하면서도 정신을 못 차리다 죽을병으로 사경을 헤매고 나서야 정신을 차리는 것을 보면 방법이 없는 것은 아니라는 생각이 든다. 술·담배로야 죽기를 각오할 것까진 없겠으나 어쨌든 야무지게 결심하면 못할 바도 없을 테니 말이다.

의지가 나약하면 남도 괴롭히고 스스로도 망가지지만, 잘못 길들여진 업력은 앞날은 물론이고 내생(來生)마저도 수렁과 같은 줄 명심해야 한다.

공이라서 자유롭다

'조견오온'은 '오온을 자세히 살펴보니, 즉 나라고 여기는 것을 자세히 살펴보니'라는 말인데 결과는 '개공(皆空)'이더라는 것이다.

개공(皆空)은 다 비었다는 말이니 일체가 허공과 같이 텅 비었음을 뜻한다.

여기서 항상 막막했다. 한때는 헛소리 같아서 막막했고 지금은 어디서부터 설명할지 몰라 막막하다. 왜냐하면 어떤 방식의 설명을 전통적 방식이라고 해야 할지 모르겠고, 해석 방법도 한두 가지가 아니기 때문이다.

그러나 분명한 것은 이 대목의 공(空)자 한 자가 불교의 핵심적 사상을 모두 머금고 있다는 사실이다. 그래서 불교를 일러 불문(佛門)

이라 하기도 하지만 공문(空門)이라고도 한다.

내친김에 '도일체고액(度一切苦厄)' 까지 살펴보자.

도(度)자는 앞의 '바라밀다' 하고도 뜻이 통한다. 이곳을 벗어나 저곳에 이르렀다는 뜻이기 때문이다.

이곳은 어떤 곳인가? 바로 일체의 고통(苦痛)과 액난(厄難)이 가득한 곳이다. 그러므로 일체의 고통과 액난을 타넘었다는 뜻인데, 위의 글과 연결하면 '자세히 살펴보니 이 몸뚱이라는 것이 본디 비어 있는 줄 알고 나서 결국 일체의 고액을 극복할 수 있었다.' 는 것이다.

'행심반야바라밀다시'를 다시 보태면 '최상의 지혜를 동원하여 심도 있게 부처님의 가르침을 실현하려 했을 때, 나라고 여겼던 이 몸뚱이조차 헛것에 불과한 줄 확실히 보고, 일체의 고통과 액난 따위도 본디 상관없는 일인 줄 알게 되어 대 자유를 만끽하게 되었다.' 즉 더할 나위 없는 도리를 완연히 깨달았다는 의미이다. 무슨 도리? 오온이 일체 고액인 도리!

왜 여기서 자유라는 단어를 사용하는가? 중생은 윤회와 인과의 굴레에 들어 있는 한 잠시도 자유로울 수 없어서이며, 오직 해탈 · 열반 · 적멸의 경지라야만 부처님과 같은 자유로움이 있기 때문이다.

 법성게

법성게(法性偈)라는 심심미묘(甚深微妙)한 글귀가 있다. 의상스님께서 불법의 도리를 반야심경보다도 더 짧은 210자 안에 담아 놓으셨는데 그 게송의 이름이다. 처음 대하는 법성게 또한 막막하기는 반야심경과 다를 바 없겠지만 몇 구절을 살펴보면 감동이 저절로 일어날 것이다.

法性圓融無二相	법성원융무이상
諸法不動本來寂	제법부동본래적
無名無相絕一切	무명무상절일체
證智所知非餘境	증지소지비여경

법의 성품은 원융하여 두 가지 모양이 없고,

모든 법이 동요치 않으니 본디 고요하다.

이름도 없고 모양도 없이 일체가 끊어졌으니,

증득해야 알 수 있는 일이지 듣고 배운 알량한 지식 따위로 서투르게 헤아릴 수 있는 경지가 아니라고 법성게 첫머리에서 의상 스님은 설파하셨다.

부처님의 설법이 팔만대장경 안에 가득하여도 그 뜻을 드러내는 데에 있어서는 '공' 한 자로 족하듯이, 법에는 두 모양이 없다는 말로 일체 현상과 이치의 절대성을 드러냈다. 아전인수격 해석을 일삼는 무리의 법논리는 다만 자기들 주장을 합리화시키기 위한 것일 뿐 본디 절대적 진리와는 애초부터 상관이 없는 일이다. 어리석은 자들은 온갖 차별과 분별로 헤아리려들지만, 그 자리는 본래부터 움직인 바 없이 고요하니 그런다고 흠집 생길 것도 아니긴 하다. 이치와 도리가 뚜렷하긴 하나, 온갖 재주를 동원해서 이름과 모양새로 규정지어 보고자 해도 본디 일체가 끊어진 자리니 어림없는 짓에 불과하다. 이 일만큼은 오직 스스로가 투철히 깨달아야 알 수 있는 경지이므로 그렇지 못한 자들이 괜히 이러쿵저러쿵 해봐야 잠꼬대에 지나지 않는다.

진리는 이와 같아서 사실 반야심경이 나타내고자 하는 뜻도 여기서 이미 다 드러났다.

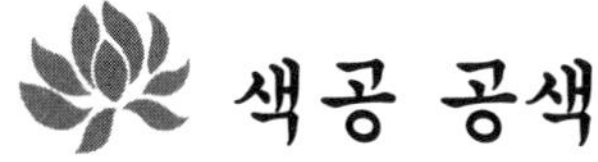 # 색공 공색

사리자 색불이공 공불이색 색즉시공 공즉시색 수상행식 역부여시
舍利子 色不異空 空不異色 色卽是空 空卽是色 受想行識 亦復如是

'사리자(舍利子)'는 부처님의 생존 당시 열 분의 상수제자 중 한 분으로서 지혜가 출중하여 '지혜 제일 사리불'로 불리던 분의 또 다른 이름이다.

여기서는 「부처님께서 '사리자여!' 하고 부르셨다.」고 해석하면서 말을 잇기로 하자. 부연하면 정통적 해석이 아니라는 의미이다. 어차피 픽션이건 논픽션이건 글의 한계성은 있기 마련이다. 다만 이런 구성이 더 자연스럽다고 생각되어서이고, 이런 전개방식이 혹자에겐 저 뒤 어느 만큼까지는 이롭기도 할 것이기 때문이다.

이 경은 사리자라는 제자를 위하여 베푸신 법문이라고 생각하기 쉽다. 허나 부처님은 삼계(三界)의 스승이시니 그 성스런 자비가 어느 제자에겐들 통하지 않을 것인가? 그러므로 이 말씀은 나를 위한 설법인줄 바로 알아야 하고, 그 때 그 시절의 부처님 음성으로 새롭게 듣듯 해야 불제자의 참된 도리라고 할만하다. 또 부처님께서는 상주설법(常住說法) 하신다고 하셨으니 이 이치를 알면 시공을 넘어선 부처님의 가피가 얼마나 위대한 것인지도 엿볼 수 있을 것이다.

色不異空　　색은 공과 다르지 않고

空不異色　　공 또한 색과 다르지 않다.

色卽是空　　색이 곧 공이고

空卽是色　　공이 곧 색이다.

오온의 성질을 설명하신 대목이다. 우선 오온의 '색수상행식(色受想行識)'에서 첫머리의 색(色) 하나만 먼저 들어 '색불이공 공불이색 색즉시공 공즉시색' 도리로써 진리의 면모를 보이셨다.

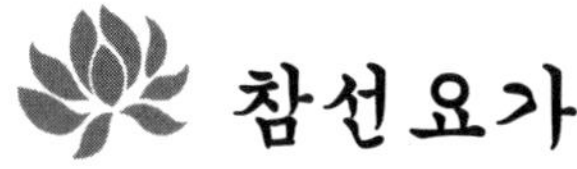 참선요가

처음 토굴 생활을 시작했던 곳은 통영이었다. 그곳은 워낙 풍광이 빼어난 곳이기도 하거니와, 근래의 선지식이셨던 효봉 큰스님과 제자이신 구산 스님의 자취가 깊게 어린 미래사(彌來寺)라는 사찰이 있어서 자못 불자들의 긍지와 신심 또한 대단한 곳이기도 하다.

그 미래사에 딸린 토굴은 효봉스님께서 주석하셨던 음지토굴과 제자인 구산스님이 수행하셨던 양지토굴이 골짜기를 사이에 두고 나뉘어 있다. 나는 화장실이 없는 양지에 살았기 때문에 하루 한 번씩은 큰절 신세를 져야 했다.

그때의 일이다. 하루는 사찰에 스님들이 아무도 없을 때 초로의 신사 분 여럿이 찾아들어 마주치게 되었다. 이런저런 이야기를 나누다 시내의 교장선생님들이신 줄도 알았다. 그 중 한 분이 스님들을 뵈

올 때마다 반야심경의 이 부분을 특별히 여쭈어 보았지만 아직도 이해가 잘 되지 않는다며 불교는 너무 심오하다며 고갯짓을 했다.

여기에 대해 마침 나름대로 이해하던 것이 있었고, 나의 생활 방식을 걱정하는 이들에게 부처님의 말씀임을 빙자하여 핑계거리로 곧잘 써먹던 구절이라서 능히 설명할 만하였다. 참선요가도 이 부분을 이해하면서 나름대로 근거로 삼는 데 주저하지 않았으니 말이다.

그 얼마 전부터 내게는 건강에 대한 문제가 가장 시급한 일이었다. 문득 신선들이 천년만년 살 수 있다면 건강하지 않고는 불가능할 것이라는 데서 착상한 바가 있었다. 더구나 그들은 먹지도 않고 산다는데 까닭은 무엇인지, 수행하는 입장에서 경제적인 면이나 금쪽 같은 시간을 아끼기 위해서라도 적게 먹고 지낼 수만 있다면 아주 큰 도움이 될 것이라는 생각까지 한몫 거들었다. 그러다가 신선들의 수행법이라는 단전호흡의 도리를 불문(佛門)의 오랜 전통의 수행법인 수식관(數息觀)을 통해 이해하고서, 이후로 엉뚱한 생각들은 더 이상 하지 않을 수 있게 되었던 것이다.

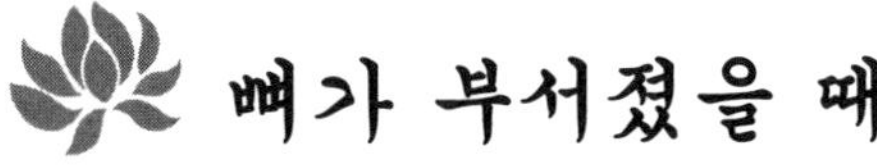 # 뼈가 부서졌을 때

반 년 사이에 두 권의 책이 출판되고 보니 만나는 사람마다 '언제 그렇게 연구를 많이 했냐?'고 칭찬하듯 말한다. 진심으로 말하건대 도무지 가슴 아린 애기다. 졸지에 부모 형제 일가 피붙이와 친구들을 멀리하고 산속까지 들어와 겨우 그 짓이나 하면서 수행을 한답시고 지낸 꼴이 되었으니 말이다.

한 해 가을 큰 태풍이 밤사이 쓸고 간 후 거목 한 그루가 쓰러져 길을 막았다. 마침 암자에 큰 공사가 있어서 나무를 치우고 통로를 확보하는 일이 시급했다. 밑둥치가 두세 아름되는 큰 나무여서 스님 한 분과 인부 두엇이 함께 달라붙었다. 거목은 깎아지른 듯한 비탈 아래로 쏠려 쓰러졌는데, 밑둥치가 높이 걸쳐있어 가지부터 잘라내기로 하였다. 곧 인부의 톱질은 시작되었지만 얼른 판단이 서지는 않았으나 느낌이 썩 좋지 않았다. 경험이 많을 듯한 인부들이므로 잠시 머뭇거리다가 아무래도 미덥지 않는 생각에 톱날이 삼분의 이 정도 파고들었을 때 기계톱을 대신 잡았다. 자르던 가지의 굵기는 팔뚝 정도였는데, 마저 잘리면서 내리 눌려있던 반동으로 순식간에 튀어 올랐고 동시에 왼편 관자놀이에 타격을 느꼈다. 순간적인 일이었고 주변에는 여럿이 빙 둘러서 있었으니 굉음을 내며 돌아가는 톱날의 위력 때문에 뻣뻣이 선 채로 당할 수밖에 딴 도리도 없었다. 손을 대보니 관자놀이는 이미 푹 패여 있었다.

그때는 결제와 해제를 가리지 않고 선방에 있을 때라서 오랜 기간 일과는 담쌓고 살다보니, 머리 회전이 더뎠던 탓에 거목 자체의 무게에 눌린 가지의 반발력을 예측 못했던 결과였다. 마침 결제 준비차 나왔다가 다시 돌아가려던 날 아침에 만난 불의의 사고였으나, 어차피 누군가가 다쳐야 될 일이었다면 하루 벌어 하루 먹고살아야 하는 그들이 화를 면한 것은 잘된 일인지도 몰랐다. 또 그 같은 상황이 필연이라면 오히려 인부의 톱날에 누군가가 더 큰 화를 당했을 수도 있었을 것이다. 같은 시각 얼마 떨어지지 않은 비구니스님 암자의 부목처사는 동료의 실수로 몸이 자근자근 부서져 폐인이 된 채 실려 나오기도 하였다.

일요일에 일어난 일이라 바랑에 우선 갈아입을 속옷만 챙겨 넣고 한 스님의 먼 인척이 운영하신다는 병원을 찾아 나섰다.

해인사에서 대구까지는 제법 먼 거리다. 철든 후 없던 일을 처음

당하고 찾아간 곳이라서 어쩔 바를 몰라 접수대에서 서성이기만 했다. 할 수 없이 그 병원의 원장님과 인연이 있으신 스님께 자초지종을 말씀드리고 도움을 청하니, 전화를 넣어주셔서 곧 진료를 받을 수 있었다.

X-ray 사진 판독 결과 관자놀이 뼈가 깨지면서 두 조각의 뼈가 안쪽으로 꺾여 파고들었다고 했다. 수술이 복잡해서 종합병원에 가야 하는데 그 날은 일요일이라 어쩔 수 없으니 다음날 함께 가자고 친절히 일러주었다.

예기치 못했던 일을 느닷없이 당했으니 어쩔 수 없이 하룻밤을 시내 절에서 보내게 되었다. 마침 그곳에는 반겨주는 아이들이 있어서 그 지경에서도 늦은 시각까지 함께 극장과 빵집 순례를 하였다.

다음날 아침 거울을 보니 얼굴은 한쪽으로 찌그러졌지마는 부상당한 부위는 피부색만 조금 변했을 뿐 말짱했다. 정작 부서진 곳보다는 턱과 전체의 치아가 묵직하게 아팠지만 얼마든지 견딜 만하다고 여겨져 선원으로 직행할까도 생각해 봤다. 예전에 유사한 사고를 당한 사람이 며칠 만에 치아들이 쏟아지듯 빠지더라는 말을 떠올리며, '이런 흉한 모습을 남이 보면 다른 스님들에게 누가 되지!' 싶은 마음에 떨어지지 않는 발걸음이지만 병원으로 향했다.

그 분들의 도움을 받아 대학병원으로 떠나기 전에 슬며시 원장님께 물었다.

"그냥 두면 어떻게 되나요?"

"너무 고통스럽고 얼굴 전체가 비틀린 채 굳어버리면 남 보기 좋지 않습니다."

한 가지 걱정이 더 있었다. 수술도 보통 일이 아닐 것 같아서였다.

"그래서 큰 병원으로 가셔야 한다는 겁니다. 한 분야의 선생님으로는 안 되고 여러분들이 협력하셔야 합니다. 우선은 입 안쪽을 절개하고 안에서 밀어내겠지만, 만약 안 되면 밖에서 구멍을 뚫어 맞붙은 부분을 기계로 벌리고 끼워 맞추게 될 겁니다."

병원에 도착하자마자 시작된 수술은 제법 오랜 시간이 걸렸다. 의사 선생님들이 용을 쓰느라 끙끙 앓는 소리를 내며 애를 썼다. 두 시간이 다 되어 수술이 끝났는데 뼈가 제자리에 맞는 순간 턱과 치아, 머리 전체의 고통이 신기하게도 사라졌다. 찰나에 뇌리에 재빠르게 한 생각이 스쳤다. '어떻게 해서든 탈출하자!' 의사 선생님들이 되려 고생했다고 위로를 하며,

"아래위의 이를 함께 묶어서 움직이지 않도록 해야겠지만 스님이시니까 잘 지낼 듯하여 보기도 흉하니 않겠습니다." 했다. 간호사에게 조용한 입원실로 안내하라고 할 때 급히 메모지를 청해 써내려갔다.

'저희는 이틀 후부터 공부기간이 시작됩니다. 만약 오늘까지 도착하지 못하면 석 달 동안 오갈 데가 없습니다. 기껏 한 달 정도 입원해야 한다면 입원한 듯이 지낼 테니 보내 주십시오.'

수술을 담당하셨던 의사 선생님들이 뭔 글인가 하다가 어이가 없는 듯 빤히 쳐다보았다. 뼈 부서지고 입원 못하겠다니 제 정신에서 하는 짓이 아니라고 생각이 된 모양이다. 일언지하에 거절당했다. 재차 끈질기게 애원하다시피 하니 그러는 조건으로 매일 통원치료를 받으란다. 다시 적어 내려갔다.

'지금 가야 할 곳은 하동의 지리산 칠불선원인데, 가는 시간만 일곱 시간이 걸립니다. 약이나 주십시오.'

의사 선생님들이 어처구니가 없어 대꾸를 못했다. 방금 수술을 마친 터라 가제를 물었지만 봉합한 부위로 피가 계속 배어나오고 있었다. 그 판에 일곱 시간 동안 차를 타야 되는 곳으로 가겠다니 기가 막힌 모양이었다. 다시 협상이 깨졌다. 한참 동안 숙의한 끝에 마지막 하나만 약속하면 보내주겠다고 했다. 약은 줄 테니 꼭 복용해야 하고, 열흘 후에는 반드시 다녀가라는 것이다. 아마도 붙잡아봤자 탈출하고 말 듯한 기세였으니 선생님들이 물러선 것이리라.

돌아오는 길에 모든 접수와 수속을 도맡아 하셨던 원장님 부인 말씀이 재미있었다. 수술을 담당하셨던 선생님들이 그 수술이 보통 아픈 것이 아닌데 미동도 않고 견디더라며 소름이 돋더라고 했단다. 그럼 어쩔 것인가? 얼굴에 칼자국을 만든 채 평생 중노릇을 할 수는 없는 일 아닌가? 그래서 미리 여쭙고 큰 병원으로 떠났던 것이고, 신음소리에 수술 방법이 바뀌어 보았자 내 손해니 이를 악물고 참았을 뿐이다.

그 때의 생각도 다르지 않았다. 이런저런 사유로 공부에 소홀하다 보면 그 짬에 아주 딴 길로 빠질 수 있기 때문이다. 그 때 나이가 아직 30대 초반이었던 까닭에 어쩌다 어른스님들 눈에 띄어 빌미가 되면, 어쩔 수 없이 법당에서 기도를 해야 한다던가 절 운영에 관여할 일이 생길 수도 있을 것이다. 이런 경우는 절집과 세간이 별로 다를 바 없다. 우연히 하게 된 일이 평생의 업이 되었다는 이야기는 흔히 듣는 말이다. 그러므로 아무리 뼈가 깨졌을망정 그것이 이유가 되어 선방에서 잠시인들 벗어날 수는 없는 일이었다.

토굴 생활이란 것도 그렇다. 워낙 건강이 부실하였고 주변사람에게 도움이 되기는커녕 부담만 주는 일밖에 없음을 스스로 알고 선택한 일이다. 마치 흐르는 물도 둑을 쌓아 막으면 얼마간은 흐를 수 없듯이 그렇게 해서라도 한없이 나대는 마음을 가라앉혀보고 싶은 생각도 있었다. 또 모든 인연과 분주한 일을 멀리하면 자신에게 조금이라도 더 몰두할 수 있을 거라는 기대감도 적지 않아서 간절한 마음으로 시도한 일이었다.

수행자의 모습이 대개 그와 비등하다. 엉뚱한 일로 노닥거리거나 편할 궁리나 하며 오래 살겠다고 몸뚱이의 일로 일과를 삼는 이는 아무도 없다.

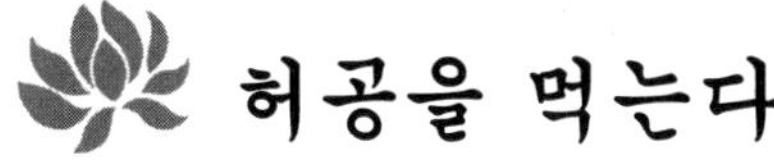# 허공을 먹는다

"에너지 호환법칙을 아시지요? 물질은 그 형태가 변하더라도 에너지의 총량에는 아무런 변화가 없다는 말이지요. 보존법칙, 불멸의 법칙, 아이슈타인의 등가원리가 그것인데, 이는 바로 '색즉시공 공즉시색'의 도리를 과학적 개념의 언어로 이름 붙인 것이라고 할 수 있습니다. 예를 들면 우리가 늘 먹는 음식은 어디서 옵니까? 농부가 여름내 땀을 흘린 덕분이기도 하지만, 그런 노고와 햇빛, 물, 공기, 바람 등이 땅기운과 어울려 생기게 된 것입니다. 이처럼 온갖 인연이 어울려 이룬 것을 '색(色)'이라 하고, 그 이전의 것을 '공(空)'이라고 생각하시면 됩니다. 역시 그렇게 나타난 음식물도 다시 인간의 몸을 통해 분해되는 과정을 거치면서 이전의 상태로 돌아가지 않습니까? 그래서 '색'이 '공'과 다르지 않고, '공'이 '색'과 다르지 않다는 것입니다. 다시 말하면 '색'이 곧 '공'이고 '공'이 곧

‘색’이라는 말은, 음식물은 허공의 여러 기운 즉 ‘보이지 않던 것’인 불가시(不可視)의 것들이 시절과 인연에 의해 ‘보이는 것’ 즉 가시권(可視圈)에 모여 나타난 것이므로 ‘색’의 근본은 ‘공’인 까닭에 ‘색즉시공’이라 한 것입니다. 또 ‘색’인 음식물이 어떤 과정을 겪던 그 형태를 잃고 다시 눈에 보이지 않는 것이 되면 ‘공’이라 하지만, 그런 까닭에 ‘공’의 성질도 ‘색’과 다르지 않고 결국 엄연히 잠재적인 ‘색’이므로 ‘공즉시색’인 것입니다. 그래서 ‘색’이 ‘공’과 다를 수가 없고, ‘공’도 ‘색’과 다른 것이 아니므로 ‘색불이공 공불이색’입니다.”

일행들의 얼굴이 환해졌다. 알고 보니 이미 다 아는 일이었으니 말이다.

사실, 우리가 수행으로 얻는 것이 있다 하더라도 이처럼 없던 것이 새롭게 생긴 것이 아니다. 이미 알고 있었고 익숙했던 일인데 잠깐의 착각으로 모르는 줄로 여겼을 따름이다. 그러므로 깨달았다는 말의 이면에는 ‘자신이 이미 알고 있던 것!’을 ‘알고 있는 줄!’ 새삼 확인하게 되었다는 뜻도 다분하다.

그래서 여러 도인 스님네들은 도통하던 순간에 자신의 어리석음에 어처구니가 없어서 피식피식 웃곤 하셨다는 일화가 곳곳에 남아 있다. 도통하기가 세수하다 코 만지기만큼 쉽다거나 밥숟갈 들 힘만 있으면 누구나 다 할 수 있는 일이 바로 도(道) 닦는 일이라고 하는 까닭도 이와 같아서 하는 말이다.

먹지 않고 천년만년 산다는 신선들의 애기를 '색'과 '공'의 상관 관계로 이해해보면, 우리 몸이 음식물을 통해서 영양분을 섭취하던 종전의 채널을 폐쇄하고, 허공에서 음식물화하는 영양소를 몸으로 직접 받아들일 수 있는 채널만 확보한다면, 이론적이긴 하지만 오래 사는 일은 몰라도 안 먹고도 살 수 있다는 애기는 전혀 터무니없는 소리가 아니다.

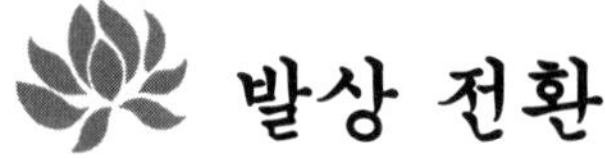 # 발상 전환

'참선요가' 가 세상에 알려진 후부터 어떤 이는 '비몽사몽간에라도 누구에게 전수받은 일이 있을 것이 아니냐?' 며 엉뚱한 호기심을 표할 때가 더러 있다. 그렇다고 하면 더 믿음이 갈지 모를 일이지만 결코 그런 일은 없다. 어느 스님네인들 다를까 마는 출가인은 생사에 관한 일까지 젖혀놓고 자신의 본분사를 밝히는 데 집중하는 것을 과업으로 삼을 뿐이다. 그러므로 승려생활을 하면서 다른 일에 마음을 두거나 관심을 기울인 적은 별로 없다. 단지 어느 짧은 한순간의 결정적 의식 변화가 인식의 전환을 가져왔고, 동시에 일체의 모순적 상황이 눈앞에 환히 드러나는 경험을 하였던 적이 있을 따름이다.

간략히 말하면, 역기를 드는 것으로써 건강할 수 있다고 믿었던 데에는 남다른 몸매와 체격조건이 건강의 척도가 된다는 생각에서였다. 그러나 남이 부러워할 체격과 몸매가 건강과는 아무 상관도 없는 듯 오랜 시간 육체적 고통에 시달렸다.

어느 날 문득 멋지고 화려한 디자인보다는 밖에서 보이지 않는 엔진 등의 내부상태가 자동차의 성능을 좌우한다는 생각이 떠오르면서, 그럴싸한 겉모습보다는 오장육부가 건강해야 진정한 건강체라는 생각을 비로소 했던 것이다. 즉시 내장을 직접적으로 단련시킬 수 있는 운동법을 구상하였고 이를 꾸준히 실천하였다. 결과적으로 오랜 병마에서 곧 벗어날 수 있었고 이것이 참선요가를 구성하게 된 동기의 전말이다.

이런 이치는 어디에서나 발견할 수 있는 아주 평범한 진리이다. 통념적 지식에서 벗어나 사물에 관한 올바른 인식과 고정관념에서 탈피한 발상의 전환은 자기모순을 자각하게 하기도 하지만 그로 인한 난관을 극복할 수 있는 단서도 제공한다.

 우주가 처음 생긴 때

우리 주변에 온갖 사물과 현상이 늘 현존하지만 각자가 인식하고 최소한의 의미와 가치를 부여하기 이전에는 마치 실존하지 않는 듯 하다. 일체의 물질과 현상은 어디까지나 최초의 인식과 동시에 나타 나므로 그 최초의 인식 이전까지의 '색'은 곧 '공'과 다를 바 없다.

어느 괘씸한 친구가 산자락을 오르시는 스님을 보자마자 장난끼가 발동해 한바탕 골려먹을 생각으로 대뜸 물었다.

"스님은 보아하니 수행도 제법 깊으신 듯 한데 우주가 처음 생긴 때를 아십니까?"

스님은 정색을 하며 잘 안다고 했다. 회심의 미소를 지으며 거듭 묻는다.

"그게 언제입니까?"

"그대가 내게 물었을 때!"

"???"

우주가 그 이전엔 존재한 바가 없었던 것은 물론 아니다. 그렇더라도 그대가 새삼스레 머리에 떠올리지 않았다면 귀찮게 입부리에 채이지도 않을뿐더러 시비의 대상이 될 수도 없다는 뜻이다.

대체로 적령기가 되면 평생의 반려자를 만나게 된다. 그러나 그때라고 그간 지상에 없던 사람이 불쑥 만들어져 나타난 것은 결코 아니다. 여지껏 서로가 지척에서 옷깃을 비비며 살았더라도, 자신의 필요와 욕구에 의한 가치와 의미가 주어지지 않았을 때까지, 다시 말해 자신의 배우자감으로 최초 인식되기까지는 존재하지 않는 것과 다를 바 없었을 뿐이다. 그러므로 '색'이긴 하나 '공'과 다를 바가 없어서 '색즉시공'이라고 할 수도 있다. 즉 없는 뜻의 '공'이 아니라 존재하는 '공'인 줄 알면 바른 이해다.

모든 물질과 현상은 비록 있긴 하나 자신에게 인식되지 못한 경우에는 공에 해당되므로 '색'이긴 하나 '공'과 다르지 않고, 비로소 인식의 범주에 들게 되면 전혀 없던 것이 새롭게 생긴 듯하더라도 하시(何時)라도 없던 때는 없었으니 인식 못한 때의 '공' 역시 '색'의 범주에서 한순간도 벗어난 바가 없었으므로 '공'은 '색'과 다른 것이 아니어서 '공불이색' '색불이공'이며, 고로 '색즉시공' '공즉시색'이다.

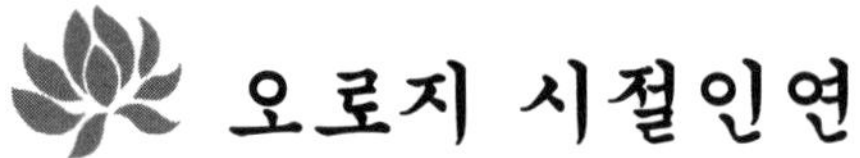

오로지 시절인연

'수상행식(受想行識)'도 역부여시(亦復如是)라고 했으니 오온 가운데 나머지 네 가지 '수상행식'도 '색'과 '공'의 관계로 이해하면 된다는 말씀이다.

그런데 여기서 말만 좇아서 에너지 호환법칙으로만 이해를 하려면 혼란에 빠지게 된다. '색'은 물질이라 분해되어 없어질 수도 있으니 에너지 호환의 법칙 차원에서 이해되지만 '수상행식'은 정신적 작용인데 어떻게 그 법칙이 적용되느냐는 점에서다.

그러나 '색'과 '공'의 상호 변환 작용도 인연법칙 가운데 일인 것을 감안하면 이해가 어렵지 않다. 인연이 모이면 있는 듯하다가 인연이 흩어지면 없는 듯이 느껴지는 것이 '오온'과 '공' 사이의 연관관계다. 그러므로 '수상행식' 중에 어느 것 하나라도 인연소치(因緣

所致) 아닌 것이 없다. 비근한 예로 인연이 그렇게 조성되면 얼음은 딱딱하고, 차가우며, 미끈거리기까지 한다. 그런 얼음도 시절인연이 다해 녹아버리면 감각기관이 엄연히 종전처럼 작용하더라도 그런 느낌은 다시 느낄 수 없게 된다.

시절인연이 그런 쪽으로 모이면 '색'이 되고 그것이 흩어져 반대편 현상 쪽으로 모이면 '공'이 되듯이, '수상행식'이 작용하는 쪽이 아닌 반대쪽이면 '공'이라 하고 거기서 흩어진 것들이 작용을 유발시키는 인연 쪽으로 모이면 '수상행식'이라고 하는 것뿐이다.

우리가 통념적으로 인연이 흩어지면 '공'이라 한다고 해석한다. 그러면서 '공'은 꽉 찬 상태라고 말한다. 그래서 좀 더 알기 쉽게 말하려고 '색'을 이루었던 인연이 흩어져 반대편 쪽으로 모인 것을 '공'이라고 말한 것이다. 어떻게 보면 그 말이 그 말 같지만 굳이 그 인연이 '공'에 모였다고 하는 뜻은 에너지 불멸법칙, 보존법칙, 등가원리 차원에서 확연히 드러난다. 아무리 따져 보아도 흩어진 것이 존재계 즉 우주 바깥 어디로 사라지는 것은 아니기 때문이다. 그러므로 단순히 '모이면 색수상행식이고 흩어지면 공이라고 한다.'고 해도 무방하고, '공'은 시절인연의 다른 표현일 뿐이라고 해도 흠이 아니다.

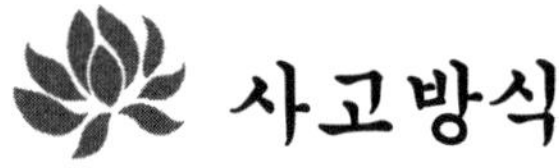 # 사고방식

인간이 보고 판단하는 방식은 다양하다. 우선 직선적 사고방식이다. 인간은 하나의 목표물을 보다 정확히 관찰할 수 있도록 머리의 앞면에 두 눈이 몰려 있다고 한다.

대개의 동물들은 거의 앞과 양면 심지어 뒷편도 동시에 살필 수 있고, 어느 녀석은 두 눈이 따로따로 움직인다고 하니 적으로부터 자신을 보호하고 더 많은 먹이감을 찾고자하는 치열한 생존 본능에 의한 진화의 결과일 것이다. 그에 비하면 취약하기 그지없는 인간의 눈이지만, 지각과 동시에 작용하는 사고의 능력이 인간을 만물의 영장으로 손색이 없게 하였다. 그러므로 사물과 현상을 보는 즉시 인간 고유의 직관력으로 정확한 판단이 따른다면 두말할 나위가 없는 일이지만, 겨우 눈에 띄는 것만 분별하는 동물적 단순감각 따위를 일차적인 직선적 사고방식이라고 해도 무방하다.

다음은 수평적 사고이다. 한 사물을 두고 주위를 돌면서 무언가 좀 더 확실히 알아내려는 의지와 노력이 작용하는 약간 발전된 사고형태이다.

이에 비해 위와 아래는 물론이고 다양한 각도에서 조망하며 관찰하는 적극적 자세인 입체적 사고방식은 훨씬 지능적이다.

마지막으로 통일적 사고방식이다. 눈으로 확인된 모양과 감각으로 전달받은 느낌, 구성요소의 분석 내지는 경험을 바탕으로 취합된 정보를 종합하여 일목요연(一目瞭然)하게 정리하고 속성(屬性)까지 파악하는 최상의 사고방식이라 할 수 있다.

 불상

토굴 생활 십여 년을 그림 쪼가리 하나 없이 살았다. 있던 불상도 첫날에 내모시고 내 방을 만들어 버렸다. 그 광경을 본 사람들은 머리 깎고 먹물 옷 입은 사람이 그러니 괴이쩍어 했으나 까닭을 물으면 도리어 성공한 것이다. 내 답변이 시원할 턱은 없지만 일단 무슨 생각으로 그러한 짓을 감행했는지 궁금하면 의심도 생길 테니 말이다.

단하소목불(丹霞燒木佛)이란 화두가 있다. 단하스님이 행각을 하시다가 어느 암자에 이르게 되었다. 때가 아마도 삼동 추위가 한창이였지 싶다. 늦은 시각에 찾아든 객스님이 별로 달갑지 않았던 원주스님은 객실만 일러주곤 자기 방으로 가버렸다. 객실은 냉골인데 시간이 흘러도 아궁이에 군불 지펴줄 기색이 없었다. 뼛속 깊이 파고드는 냉기를 참아내기 어려워서 슬그머니 밖으로 나가 여기저기를 기웃거리다가 법당에 이르렀다. 마침 불상이 목불(木佛)인지라 아궁이로 안고 와서 도끼로 폭폭 쪼개 군불을 땠다.

다음날 원주스님이 새벽예불을 모시려는데 있어야 할 부처님이 감쪽같이 사라져 버렸다. 놀란 가슴을 쓸어내리다가 문득 짚히는 바가 있어서 객실로 달려갔다. 문고리를 잡아채듯 확 열어젖히니 아니나 다를까 방 안에선 후끈한 기운이 뻗쳐 나왔다. 사태를 감지한 원주가 노발대발하는데 단하스님은 아무 대꾸도 없이 슬그머니 아궁이 앞으로 다가가 부지깽이로 잿더미만 이리저리 뒤적거렸다. 화가 머리끝까지 치민 원주가 참다못해 도대체 뭐하는 짓이냐고 소리를 냅다 질렀다. 단하스님은 능청스럽게도 '사리를 찾는 중'이라고 대답했다. 기가 찬 원주가 목불에서 무슨 사리가 나오냐고 퉁명스럽게 물으니 "사리가 없다면 나무토막에 불과할 뿐이지 그것이 어찌 부처냐?"고 되물었다는 것이다.

원주는 단하스님과의 이 문답 끝에 양 눈썹이 모두 빠졌다고 전해진다.

불상(佛像)을 조성하게 된 최초의 연유는 부처님 당시로 거슬러 올라간다.

부처님께서 아주 오랜 기간 타지에서 설법을 하실 때, 신심이 돈독했던 그 나라의 왕은 부처님을 자주 뵐 수 없게 된 것으로 상심하다가 결국 병까지 얻게 되었다.

한 총명한 신하가 급히 훌륭한 장인(匠人)을 불러 모아 부처님의 모습과 꼭 닮은 불상을 만들게 하였고, 왕은 조성된 불상을 보자마자 마치 부처님을 면전에서 친견하는 듯한 마음으로 예배하면서 병석에서 일어난 일이 있었다.

훗날 그 얘기를 들으신 부처님은 어진 불자들을 위해서 그렇게라도 신심을 고양시킬 수 있다면 많은 이익이 있을 거라고 칭찬하셨다는 기록이 전해온다.

# 패 죽여

요즘 같은 불상숭배가 불교의 기본적 정신마저 왜곡하고 변질시키는 마당에서는 미주알고주알 따지지 않더라도 단하스님의 엄한 질책을 도저히 피할 재간이 없다.

누누이 강조해도 과하지 않을 일이지만 살불살조(殺佛殺祖)의 기백이 있어야 이 법을 가히 수용 할만하다 할 것이다. 그러나 부처와 조사(祖師)에게 무슨 허물이 있어 보이는 족족 죽여야 한단 말인가? 이에 관해서 의미 있는 이야기가 오래도록 전해오는 것이 하나 있다.

무착 문희(無着 文喜) 선사는 당나라 사람이다. 일곱 살에 출가해서 처음엔 계율을 숭상하였다. 징관 법사에게 화엄의 교리를 배우고 문수보살을 친견하고자 오대산으로 들어갔다. 그러나 보살의 화현(化現)을 여러 번 보았으나 알아채지 못했다. 간절한 마음으로 공양주를 자청하며 정진하던 중에 기어코 선지가 밝아지게 되었다. 어느 해 동짓날 새벽에 여느 때처럼 문수보살을 염하면서 팥죽을 젓고 있을 때였다. 마침 풀썩풀썩 팥죽이 끓을 땐데 거기서 문수보살이 여기저기 막 솟구쳐 나타나는 것이다.

그런데 가관인 것은 무착이 죽을 젓던 주걱을 휘두르며 문수보살을 이리저리 사정없이 후려댔다. 이미 예전의 무착이 아니었기 때문이다. 모처럼 거동하셨던 문수보살이 하도 기가 막혀서 한마디 안 하실 수가 없었다.

"찾기는 뭣 때문에 그토록 애달프게 찾고 후려치는 심보는 또 어떤 것이냐?"

무착이 대답하길,

"문수는 지 문수고 무착은 내 무착일 뿐이다. 무슨 상관이 있단 말이냐!"하고 쏘아부쳤다. 문수보살이 한숨을 길게 내쉬며 "내가 아득한 세월을 두고 보살로 수행해 왔지만 오늘처럼 푸대접받은 적은 일찍이 없었다. 쓴 오이는 뿌리까지 쓰고 단 참외는 꼭지까지 달다더니……." 하면서 남긴 시구가 다음과 같이 전해 온다.

面上無瞋供養具　면상무진공양구
口裏無瞋吐妙香　구리무진토묘향
心裏無瞋是眞寶　심리무진시진보

無垢無染卽眞常　무구무염즉진상

성 안내는 그 얼굴이 참다운 공양구요
부드러운 말 한마디 미묘한 향이로다.
깨끗이 티 없는 진실한 그 마음이
언제나 한결같은 부처님 마음일세.

 마음 장난

처음 공부를 하다보면 별별 해괴한 경험을 다 하게 된다. 잠시 지낸 듯 한데 죽비 소리는 방선 시간을 알릴 때도 있고, 요 위에 잠깐 앉은 듯한 시간이 새벽녘이 되기도 한다. 번잡한 세상사를 다 접어두고 모처럼 고요히 있게 되니 의례 있을 수 있는 일들이다.

더구나 평소에 들어둔 얘기대로 또는 꿈속에 그려보던 부처님이나 보살이 나타나 어루만져 주기라도 하면, 마치 모든 일을 다해 마친 듯한 착각에 난리를 피우고 소란을 일으키기도 한다.

일체유심조(一切唯心造)라는 말은 일체의 모든 현상은 오직 마음이 지어내는 것에 불과하다는 말이다. 마음은 마치 그림을 그리는 화공(畵工)과 같아서 자기가 원하는 바를 그려내고 실현시키는 힘이 있기 때문이다.

64

가령 문에 발린 닥종이를 한참 들여다보고 있노라면 그 창호지의 무늬가 말이 되기도 하고 사람이 되기도 하며, 어떤 때는 비행기로도 보이거나 찻잔 따위를 포함한 온갖 형상을 나타낸다. 즉 내가 알고 있는 사물은 다 그려 볼 수 있다는 말이다. 그러나 안드로메다의 보석왕궁은 그려볼 길이 없다. 왜냐하면 한 번도 상상조차 해보지 못해서다.

시계의 초침이 똑딱인다고 하지만 누구는 재깍거린다고도 한다. 사실이고 아니고를 떠나서 그 소리가 툭탁인다고 듣고자 하면 그렇게 들리고, 쿵떡인다고 듣고자 하면 또 그렇게 들을 수 있으며, 삐그덕거린다고 생각한 채 들으면 그리 들리는 까닭도 바로 마음의 작용이 그러하기 때문이다. 그렇더라도 보석궁에서 은은히 울려나오는 풍경소리는 거기선 들을 수 없다. 그것도 들어본 바가 없어서다.

이런 일도 어디까지나 자기가 인식하고 있는 범위에서만 가능한 일이다. 전혀 모르는 즉 직접 보지도 생각해본 바도 없는 형상과 사물은 떠올릴 수조차 없기 때문이다. 그러므로 부처나 보살, 조사도 예외가 아니다. 설사 그것이 나타났다고 믿고 싶을지라도 단연코 자신의 마음이 만든 상에 지나지 않을 뿐이다. 절대 미지의 것은 알 수도 볼 수 없는 법이니까!

그 따위는 어디까지나 환상 속에서의 일이며, 겨우 자신이 구성해

낸 허망한 것에 불과하므로 진실된 바가 전혀 없다. 즉 부처를 모르니 실제로 나타난 듯한 부처일지라도 겨우 자신의 무지와 탐욕이 만들고 구성한 부처인 줄 알라는 뜻이다. 비록 눈앞의 실제인 듯한 부처와 보살과 성현의 출현일망정 진실이라고 믿는 순간부터 마구니의 권속이 되어버린다고 하는 까닭이 그와 같은 이유에서다.

철천지원수를 진 일도 없으면서 부처가 나타나면 부처를 죽이고 조사가 나타나면 조사를 죽여야 하는 까닭은 부처와 보살 조사에게 허물이 있어서가 아니라 바로 자기 자신에게 모든 문제가 있기 때문임을 명심해야 한다.

삼십 년쯤 나름대로 수행했다고 하는 사람이 주변의 권유로 모처럼 선방을 가게 되었다. 일주일 남짓 지낸 어느 날 홀연히 뭔가가 보였든 모양이었다. 자기 깐에는 그것도 공부라고 혼자서 즐거워하다가 끝내 여기저기 떠벌리기 시작했다. 그러나 그 정도라면 저 하판 수좌도 눈 한번 깜박거려주지 않는다. 도무지 상대를 해주는 이가 없으니 '오래 공부했다는 수좌들도 별 것 아니로구나!' 생각하곤 드디어 큰스님을 찾아갔다. 큰스님도 좋은 말로 타이르며 열심히 화두나 챙기라고 하실 수밖에 없으셨을 것이고, 결국 큰스님도 별수 없다며 팔도의 선지식을 찾아다닌다고 난리를 피워댔다.

분주하게 살다가 큰 맘 먹고 들어앉아서 얼마쯤 지내다 보면 아무래도 하염없이 나부끼던 마음이 차분하게 가라앉게 되는 법이다. 이럴 때 그 재미에 화두를 들지 않고 맥없이 지내다가 어떤 경우에는 이처럼 황당한 일도 경험한다.

'도대체 내가 지금 어디에 와 있는지?' '무얼 하다가 이러고 있는 거지?' '나는 무얼 하는 사람이며 어떤 인물이지?' '어떻게 해야 이 모든 것을 알 수 있지?' '내가 어쩌다가 이 모양이 되었지?' 심지어 '밤인지 낮인지 어느 땐지?' 조차 아득한 생각에 한참씩이나 쩔쩔맬 때도 있다.

어떻게 수소문을 했는지 전화를 걸어왔다. 이런 경우는 선방 몇 철과 승려 생활 몇 십 년이 조금도 고려사항이 안 된다. 먼저 참선을 하는 목적에 대해 확고히 할 것을 부탁했다. 또 성불하기 위한 공부라면 화두를 타파하기 위해서 노력을 해야지 엉뚱한 망상에 젖다보면 그런 일은 계속 반복된다고 답해 주었다.

수십 년을 애를 쓰고도 아직 여여히 정진하시는 분도 많으시건만, 할 짓 다하다가 겨우 선방 좌복에 열흘도 채 앉아 배기지 못하고 공부가 어떻고, 경계가 어떻고 하는 것을 보면 정말 안타까운 생각밖에 들지 않는다.

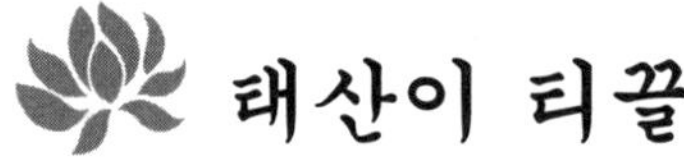 # 태산이 티끌

眞性甚深極微妙   진성심심극미묘

不守自性隨緣成   불수자성수연성

一中一切多中一   일중일체다중일

一卽一切多卽一   일즉일체다즉일

一微塵中含十方   일미진중함시방

一切塵中亦如是   일체진중역여시

참된 성품은 매우 깊고 지극히 미묘하나니

자신의 성품을 지키지 않고 인연을 따라 이룬다.

하나 가운데 일체요 많은 가운데 하나며

하나가 곧 일체이고 많은 듯하지만 하나라서

아주 작은 한 티끌 중에도 시방을 머금었나니

일체의 티끌 낱낱이 역시 이와 같구나.

진성(眞性)이란 영구불변한 절대 법칙의 성질이다. 그러므로 진성은 바로 불교적 주제의 핵심이기도 하다. 이를 안 것을 견성(見性)했다고 하니 말이다.

그렇더라도 그래서 심심미묘(甚深微妙)라는 것은 결코 아니다. 깨친 눈에 무슨 심심미묘가 있겠는가?

뒷구절에 자성을 지키지 않고 인연을 따라 이룬다 했다. 온갖 망상과 분별이 만든 견고한 알음알이가 없다면 시절과 인연을 좇지 못할 까닭이 없다. 같은 물이라도 견고해진 얼음은 자신의 모양을 지키느라 그럴 수 없지만, 물의 본디 성품은 그런 것이 아니니 어느 그릇이든지 생김새 따라 모양을 이룰 수 있다. 물의 그러한 순수한 성질이 그리 신통하다 여길 것이 없다면, 참된 성품이 자유자재한 것에 대해 이해 못할 바도 없을 것이다. 무슨 도가 그리 쉬우냐고 의심이 된다면 이어지는 구절을 보면 된다.

하나 가운데 일체, 많은 가운데 하나라는 말의 의미는 하나로부터 비롯하여 전체가 이루어지는 것이지만, 그 하나란 것도 모든 것 가운데 하나일 뿐이라는 뜻이다. 다시 말하면 하나를 부정하면 전체가, 전체를 부정하면 그 하나 역시 성립되지 못하기 때문이다.

곧 하나의 존재성은 일체를 이루는 데 필수적이고, 일체의 명분이 확실한 연고로 하나의 존재이유가 명확해진다는 상즉상생(相卽相

生)의 도리를 나타낸다고 봐도 된다.

이는 작게는 한 울타리 안의 가족 간의 일에서부터 넓게는 학교나 직장, 단체, 사회, 국가 내지 우주 전체에 빠짐없이 해당되는 절대적인 것이어서 진성(眞性)이라고 한 것이다.

즉 모여 쌓인 하나하나의 티끌이 태산을 있게 한 것이니 일중일체(一中一切)며, 태산이 장중하므로 한 티끌일망정 그 참된 가치가 태산과 더불어 인정되는 되는 까닭에, 많은 중에서 그 하나의 존재성이 확인되므로 다중일(多中一)이다. 혹은 이렇게 이해해도 좋을 것이다. 태산을 뒤집어 세우면 하나의 티끌 가운데 서 있는 격이니 일중일체(一中一切)요, 바로 놓으면 태산이 한 티끌을 떠 받혔으니 다중일(多中一)이라고 이해하고 뒷글을 보자.

다른 많은 것을 샅샅이 들춰봐도 하나가 일체의 바탕인 까닭에 곧 일체와 다르지 않으니 일즉일체(一卽一切)요, 온갖 것이 결국 다르지 않은 하나의 도리이므로 일체가 하나를 바탕으로 하니 다즉일(多卽一)이다.

아주 작은 한 티끌이 시방(十方) 즉 우주를 낳은 격이니 원초적 입장에선 한 티끌이 시방을 머금고 있는 것이어서 일미진중함시방(一微塵中含十方)이라 했고, 재주 있는 어떤 한 티끌만 신통으로 그런 것이 아니라 일체 티끌의 작용이 다 이와 같으므로 일체진중역여시(一切塵中亦如是)이다.

온갖 세상사도 이 도리에서 벗어나는 바가 없으니 그대와 내가 있기에 가정도 사회도 국가도 있을 수 있는 일이요, 또 그런 모임 때문에 서로가 의지하며 안락하게 살 수 있는 것이다. 만약 밉다고 제쳐놓고 싫다고 빼버리면 나중엔 아무 것도 남지 않게 된다. 더욱이 가족 간의 일이라면 가정해체라는 비운을 자초하는 일이니, 서로의 가치가 얼마나 소중하고 의미가 있는지 사뭇 느끼게 해주는 구절이라 할만하다. 물론 걷는 데야 딛는 발자국만큼의 땅의 면적만 이용된다. 그러나 발자국만큼의 땅으로는 아무도 반드시 걸을 수 없다. 환경의 중요성을 부르짖는 까닭이 바로 여기에 있다. 아무런 존재 의미조차도 없을 것 같은 한 톨의 돌멩이나 이름 없는 산천의 초목도 내 생명의 소중한 가치와 조금도 다를 바가 없음은 그가 존재하지 못하면 나 또한 존재할 수 없기 때문이다.

만약 엉뚱한 친구가 달만한 물체도 일시에 붕괴시킬 수 있는 무기를 개발했다고 치자. 없어도 좋을 듯한 달을 시험 대상으로 삼아 날려버렸다. 과연 나에게도 끼치는 영향이 있을까? 당연한 일이다. 어느 날 문득 밤하늘의 둥근 달을 보며 추억을 더듬는 낭만 따위의 감정에 관한 것은 제쳐놓더라도 말이다.

무엇이든지 움직임이 없거나 그 작용이 둔해지면 스스로 썩어 문드러지기 마련이다. 광대한 바다 역시 이 법칙에서 예외가 아니다. 지구상의 온도 편차만으로도 해류가 형성된다고는 하지만 달의 공전으로 인해 하루에 두 번씩 어김없이 교차되는 밀물과 썰물의 거대한 움직임은 바로 달의 생명력이다. 하지만 달의 소멸로 썩어버린 바다는 인류의 식량문제에 타격이 될 거라는 염려 따위는 매우 사소한 것에 지나지 않는다. 우주적 견지에서 물리적 소요는 또 어떤 불가측의 사태를 야기할지 전문가도 쉽게 예측하기 힘들기 때문이다. 즉 우주의 존재물은 중력의 법칙에 의해 서로 균형을 유지하는데, 돌연 깨어진 이 조화로움은 우주 전체에 어떤 형태로 그 파장이 전달될지 또 무슨 재앙으로 이어질지 아무도 모를 일이다.

 한 방울 물에도 세계가

스님들이 공부하시는 선방은 생활공간이기도 하므로 좁은 곳이 대체로 웬만한 교실만 하다. 넓은 데는 운동장만한 곳이 전국에 수두룩하다. 지금 머무르는 이곳은 30여 평 남짓하니 몇몇이 한가롭게 수행하기 딱 좋다.

함께 사시는 스님들이 여러 해 동안 척추병으로 고생을 해온 줄 잘 아는 터이므로 스님들의 등산을 간곡히 말렸다. 지병 치료에 도움이 안된다 여겨 유일한 낙으로 여기시던 등산을 만류하였으니, 청소 때마다 넓은 선방의 걸레질은 독차지가 되었다. 어느 덧 내 나이도 만만치 않은데 도리 없이 바라만 보는 스님네는 미안한 마음에 '허리 부드러운 것이 참 부럽다.'고 하시나 그 안쓰러운 심정 어찌 헤아리지 못할 것인가?

학창 시절에 교실 마룻바닥 닦듯이 걸레를 쥐고 이쪽저쪽 분주히
밀고 다니다보면 아무리 큰방도 금방 말끔해진다. 스님네의 생활이
종일토록 솜 방석 위에서 앉아 지내는 일이다 보니 매일처럼 솜면
지가 분명한 것들이 한 움큼씩 나온다. 다행히 비질만큼은 스님들
께서 하시니 가끔씩 걸레질만 내 차지인 셈이다.

자청하여 참선요가를 따라 하신지 두어 달이 지났다. 매사에 자신
이 생긴 듯 큰길 포행을 멈추고 슬그머니 발길을 다시 산 쪽으로 돌
리셨다.

한겨울 날씨치고는 따듯하고 화창한 날 의기가 투합하여 뒷산으
로 등산을 나섰다. 스님들은 의례적으로 공부기간 한철 중에 반 철
정도쯤 되었을 때는 그동안 약해지고 뭉친 다리의 근육도 달랠 겸
예외 없이 등산을 하곤 한다. 몇몇 곳에서는 용맹정진 기간이 끝나
면 전 대중이 함께 산을 오르기도 하는데, 이렇듯 하나의 큰 행사처
럼 여겨져 온 것이 선방의 전통이다.

이번 한철 지내는 선방의 뒷산은 그다지 높지 않은 듯하지만, 6·
25 동란 중에는 근처 사람들이 비행기 소리만 나면 정상에 올라가
서울 폭격장면을 구경하곤 했다는 곳이다. 아닌게아니라 습도가 없
는 겨울 날씨 탓에 시야가 터져 산마루에서 멀리 서울의 63빌딩의
윤곽이 희미하게 보이고 조금 비켜 서해 바다가 햇빛에 반짝거렸
다.

햇빛에 반짝이는 그 바다의 한 점 바닷물은 태평양 한복판의 바닷물의 짠맛과 조금도 다를 바가 없다. 바늘 끝에 묻힌 한 점 바닷물만 그런 것이 아니라 온 바닷물의 성질이 그렇기로는 덜하고 더함이 다르지 않다. 성질도 또한 한 방울의 바닷물이 일체의 바닷물과 다름이 없어서 한 방울의 바닷물에 일체의 바닷물의 성질이 다 들어있으니 '일중일체'이며, 대해(大海)의 바닷물이 아무리 많더라도 방울방울이 다 그러하니 '다중일'이요, '일즉일체다즉일'이다.

또한 영겁을 두고 온갖 세간의 물질이 다 녹아 흘러들었으니 한 방울의 물에서 우주 전체를 엿볼 수 있고 그 성분도 알아낼 수 있다. 이 도리가 '일미진중함시방'이다. 시방(十方)이란, 동서남북과 그 중간중간과 아래위 열 곳의 방위를 말함이니 곧 공간 전체를 일컫는다. 오대양의 바닷물 한 점 한 점이 전혀 다를 바가 없듯이, 낱낱의 바닷물의 이치가 그러하니 '일체진중역여시'라고 한 것이다. 즉 '오온'이나 '색', '공' 그리고 법성게에서의 이 글귀를 요약하면 곧 불교의 세계관과 우주관도 살필 수 있는데, 즉 모든 것들의 '관계성'을 잘 나타냈다.

여기까지는 법성 즉 진성을 공간적 개념으로 설명하였다.

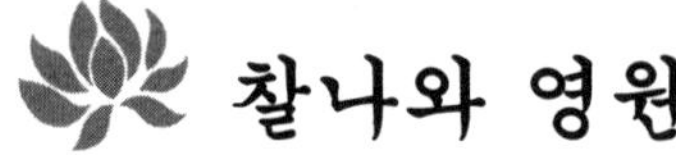 찰나와 영원

無量遠劫卽一念	무량원겁즉일념
一念卽時無量劫	일념즉시무량겁
九世十世互相卽	구세십세호상즉
仍不雜亂隔別成	잉불잡란격별성

무량한 긴 시간도 곧 일념이며
일념이 곧 무량겁이다.
구세와 십세가 서로서로 이어지며 뒤엉킨 듯하지만
어지럽게 섞이지 않고 나름대로 이룬다.

이제부터는 시간적 특성으로 진성을 밝힌다. 무량하고 아득한 겁
의 시간도 일념이라 했으나 일념도 일념 나름이다. 중생은 망상 일

념의 무량겁이지만 부처는 진성 일념의 무량원겁이다. 한 생각이 어리석으면 중생노릇의 분주함에 촌각도 무량겁처럼 고달프지만, 부동심의 부처님에게는 무량겁도 일념사이일 뿐이기 때문이다. 일념의 순간이 무량겁처럼 느낄 때는 지루한 중생살이 때문이요, 무량겁을 일념으로 보내는 이는 한 생각이 시간과 일체가 되어서이니 부처님의 삼매의 경지가 분명하다. 그래서 무량원겁즉일념(無量遠劫卽一念)이요, 일념즉시무량겁(一念卽時無量劫)이라 했다.

해가 뉘엿하니 과거를 보러 가던 선비가 하룻밤 묵을 요량으로 주막에 찾아들었다. 저녁 한 상을 청하고 나서 바깥 평상에 잠깐 누웠다가 깜빡 잠이 들었다. 어느덧 과거에서 급제하고 번성한 일가를 이루어 자식에 그 손자까지 품에 안고 주야장천으로 호의호식하며 온갖 부귀영화를 누리다가 언뜻 깨어보니 한바탕의 꿈이었다. 아직 서산마루에 해가 걸쳐 있었고, 주모에게 부탁했던 저녁밥도 뜸이 덜 들었는데 꿈속의 삶은 한바탕 늘어진 호사였다.

일장춘몽(一場春夢)이란 말도 한 농부가 어느 따사로운 봄날에 밭일을 하다가 새참 끝에 밀려온 식곤증에 나무 등걸을 베고 잠시 쉬느라고 누웠다가 잠이 들었는데, 꿈속에서 만조백관을 거느린 임금이 되어 세상을 호령하며 평생을 다하도록 영화를 누렸다는 이야기를 두고 생긴 것이다. 깨고 보니 역시 한바탕의 꿈이었고, 하늘의 해는 손가락 한 마디도 움직이지 않은 짧디짧은 시간이었다. 하도 신기해서 누웠던 자리를 살폈더니 머리를 두었던 곳에는 개미가 분주히 드나드는 개미굴의 입구가 있었다.

 괭이로 조금 헤치니 개미집의 모양이 꿈속의 왕궁과 흡사하였다. 수많은 개미가 바글거리는 속에서 개미나라의 왕이 되어 결국 한바탕 놀다 온 것이다.

 꿈

절집에서 전해오는 이야기의 대표적인 것으로 이광수의 '꿈'이란 제목의 소설이 있다. 이 소설을 통해 잘 알려진 양양의 낙산사 홍련암의 일화는 영화로도 수차례 제작된 바 있다.

그 곳 주지스님의 상좌승인 조신은 어머니와 함께 불공을 왔던 양양 군수의 딸을 한 번 보고는 짝사랑에 애태우다가 주지스님의 엄한 질책을 받게 된다. 그 벌로 밤새 법당에서 참회를 하게 되었는데 새벽녘에 그만 깜빡 잠이 들고 말았다. 그때 군수의 딸이 찾아와서 함께 살자는 바람에 둘이서 도망질을 하였다. 군수의 딸에게는 이미 약혼자인 화랑이 있어서 둘은 아주 외진 두메산골에 숨어들어 어느 덧 이십여 년 세월을 지냈으나 한을 품고 복수 일념으로 찾아 헤맨 약혼자였던 화랑에게 드디어 발각되고 말았다. 그의 분노 서린 칼에 처자식은 비명 속에 죽어가야 했고, 조신은 우여곡절 끝에 간신히 도망쳐 쫓기고 쫓기다가 마침내 화랑의 칼에 목이 떨어지는 찰나에 비명을 지르며 꿈에서 깨어났다. 아직 얼얼한 목덜미는 때마침 새벽 예불을 나오신 주지스님이 엎드려 곯아떨어져 있는 상좌승의 목덜미를 죽비로 내려쳤기 때문이다.

그 한바탕의 꿈속에서 인간이 평생 겪어야할 만고풍상(萬古風霜)을 모두 경험하고, 과연 출가사문답게 용케도 삶의 덧없음이 그와 같음을 미리 짐작할 만했다. 이후로 다시는 군수 딸의 아름다운 자태에도 아랑곳하지 않고 수행에 전념하였다는 이야기이다. 이런 꿈이라면 수행자는 누구나 한 번쯤 꼭 꾸어보고픈 욕심이 생기는 꿈이기도 할 것이다.

어릴 적에 아침마다 이불 속에서 꽤나 꼼지락거렸다. 일어나지 못하고 미적거리다가 그 사이에 아주 긴 꿈을 꿀 때가 있었다. 한참 재미있게 마음껏 놀았는데 화들짝 놀라 꿈에서 깨어보면 겨우 일이분에 불과했던 기억은 누구에게나 있을 듯하다.

꿈도 그렇지만 생각이란 것도 묘한 것이라서 공상을 시작하면 과거미래가 상관없다. 순식간에 기저귀 차고 있을 때로 갔다가 찰나에 아득한 훗날의 일을 짐작해보기도 한다. 아마 인간의 평범한 능력으로 과거세를 낱낱이 기억할 수 있다면 무량겁의 일인들 일념간에 회상하면서 왕래하지 못할 까닭이 전혀 없을 것이다. 그러므로 이런 일들로 '무량원겁즉일념 일념즉시무량겁'을 이해하면 훨씬 쉽게 느껴질 듯하다.

 # 수마

수행에 지장되는 일을 마장(魔障)이라 한다. 그래서 이성에 대한 그리움을 색마(色魔)라 하고, 밀려드는 잠 또한 수행에 많은 지장을 초래하므로 수행자에게서는 지나친 잠이 수마(睡魔)이다.

수좌스님네는 부처님이 모셔진 불당에 별로 갈 일이 없어서 대웅전의 부처님이 금부처님이신지 돌부처님이신지 모르는 경우가 허다하다.

주지스님도 다른 선방에서 공부를 하신다면 법당에 갈 일이 없겠지만 결제철이나 연말연시의 입시철이면 별 수 없이 사시에 한 번씩 오르내려야 한다. 선방 스님네들은 앉은 자리에서 아침저녁 서로 마주보고 절 세 번하면 그만이다.

그래도 틈틈이 법당에 가서 절을 하는 스님도 꽤 많다. 가끔씩은

기도하던 스님이 염불 중에 졸다가 목탁채를 떨어트려 허둥댔다든 가 절을 하던 도중에 일어나지 못하고 코를 골아대던 모습을 보고 는 그런 이야기로 선방을 잠시 폭소의 도가니로 만들 때도 있다.

이렇듯 수마(睡魔)는 여간 대단한 일이 아니어서 옛날 스님네도 꽤 나 힘들어 하셨던 흔적이 아직도 곳곳에서 전해져 온다. 가령 턱 밑 에 창끝을 괴고 공부를 하셨다든지 허벅지를 송곳으로 찔러가며 수 행하시던 일은 요즘 스님들 사이에서도 간간이 볼 수 있는 일이다.

고려 개국 시 태조 왕건의 왕사였던 희랑대사는 밀려드는 잠 때문 에 아주 아슬아슬한 수십 길 바위 꼭대기를 공부 장소로 삼으셨는 데, 그래도 수마에 시달리게 되자 가야산의 모기를 모두 불러 모아 자신의 몸을 맡기며 공부하셨다.

쌍계사 주지실에는 한 짐이 족히 되고도 남을만한 돌 하나가 있다. 옛날 칠불암에 계시던 어느 큰스님이 낮에는 사중의 잡사를 거두시 고 대중들이 모두 잠든 시간에는 그 돌을 등에 지고 칠불암과 쌍계 사를 밤 걸음으로 오가시며 공부하셨다는 일화가 서려있는 돌이다. 지금은 차도가 훤하지만 칠불선원에 살 때만 해도 평지 시오리 길과 비탈길 시오리가 여간 힘한 것이 아니어서 가벼운 바랑에도 결코 만 만한 길이 아니었다. 쌀가마보다 무거운 것을 등에 짊어지고 눈비를 가리지 않고 이 길을 밤새 오가셨다는 이야기인 셈이다.

지리산 칠불암은 가야국의 김수로왕의 아들 아홉 가운데 일곱 왕자가 출가 수도하여 한 날 한 시에 견성성불(見性成佛)한 곳으로 잘 알려져 있지만, 아자방이라는 선실(禪室)이 있어서 더욱 많은 수행자와 탐방객들의 발길이 끊이지 않는 유명한 도량이다. 그 선실 기둥에 걸린 주련(柱聯)에는 '야유몽자불입(夜有夢者不入) 구무설자당주(口無舌者當住)'라고 적혀 있다. 한밤중일지라도 꿈속에서 헤맬 자는 들어오지 말고, 입에 혀가 없는 듯이 지낼 자만 머무를 수 있는 곳이란 말이다. 곧 수행한다는 사람이 한밤중엔들 부질없이 꿈속에서 헤매서 될 일이며, 말 못하는 벙어리는 아니더라도 쓸데없이 혀뿌리나 놀려 무슨 이득이 있겠느냐는 의미이다. 그 선실을 아자방이라고 부르는 까닭도 의미심장하다. 방바닥이 특이하게도 이중 높이로 되어 있는데, 그 모양의 선과 처마 끝에 높다랗게 탑처럼 서있는 굴뚝 밑면이 사각형인지라 선실 구조의 전체적 평면도가 마치 '벙어리 아(啞)'자와 같기 때문에 아자방이라고 하는 것이다. 이런 데서조차 옛 어른들은 집 한 채를 짓더라도 공부인의 의지를 되새기며 한 일인 줄 알 수 있다.

우리가 잠잘 때 덮는 이불도 수행하겠다는 사람이 폭신한 이불 밑에서 뒹굴다보면 어쩔 수 없이 나태해져 수행과 담을 쌓게 되므로 결국 부처님과 이별하게 된다하여 이불(離佛)이라 한 것이다.

일생의 삼분의 일은 잠으로 소비한다. 세상에는 평생토록 노력하여도 성취 못 할 일이 너무 많다. 목적과 신념이 있는 이는 아까운 시간을 지나치게 잠에 빼앗기지 않는지 살펴볼 일이다.

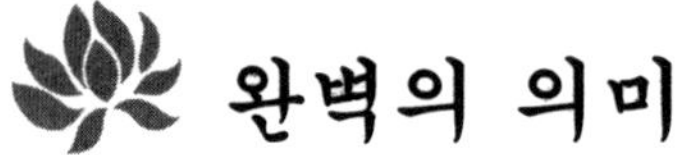# 완벽의 의미

시간은 오직 순환이다. 새 술은 새 부대에만 담자고 하나 헌 것이 있으니 새 것도 있을 수 있다. 지난 일 가운데 그릇된 일은 고쳐서 더 긍정적인 쪽으로 유도하고 좋고 바람직한 일은 더욱 잘 되게끔 발전시키려는 데 온고지신(溫故知新)의 의미가 있는 것이다.

순간마다의 일이 항상 옳고 완벽하며 그러므로 아름답다고 하니 어찌 완벽한 것이 있을 수 있느냐고 따지듯이 묻는 사람이 있다. 완벽하지 못한 완벽이야말로 진정한 완벽인 줄 알아야 한다.

근세 50년 동안 무에서 유를 창조한 민족이 우리이다. 그 와중에 얼마나 많은 불평분자가 설쳤으며 그런 가운데서도 자신의 할 바에 자부와 긍지로 버텨온 이 또한 얼마였던가?

혈세로 사는 정치인 몇몇은 재물과 권력을 좇으며 자신의 명예와 이익에만 몰두하기도 했으나 몇몇 슬기로운 지도자는 반만년의 가난을 몰아내는 데 기틀을 마련하고자 헌신적 열정을 쏟기도 했다.

그런 이들이 어느 사이 한 줌의 흙과 재로 벌써 돌아가 버렸으니 여기에 무슨 우열과 갈등이 있으랴만, 어느 순간을 모자랐다고 아쉬워할 것이며 어떤 순간이 넘친 자국으로 앙금을 남겼는가!

달이 가고 해가 저문 듯 하지만 항상 변함없는 그 날뿐이다. 역사는 단지 상부상조의 기록에 불과하나 각본에 없던 일이었더라도 완벽하기 그지없다. 추억이 아름다워서가 아니라 세상 이치와 도리가 그러니 아름답다고 말하는 것이다.

인과의 법칙이 확연함을 강조하는 이야기를 자주 듣더라도 주변을 돌아보면 선한 이가 억울한 일을 당하고 악한 이는 더 잘되는 듯하여 믿고자 하나 현실적으로는 허구라는 생각이 들어 판단이 잘 안 선다는 이들을 자주 보게 된다. 그 느낌은 세월이 바뀌어도 별다를 바가 없을 것이다.

범부의 눈에 보이는 것도 나름대로 진리적 일 수 있겠지만 그런 가운데서도 그렇지 않은 것이 인과의 엄연함이다. 당장은 모순덩어리처럼 여겨지더라도 거스르지 못하는 것이 바로 인과의 법칙이니 말이다.

그러므로 시간적 해석으로 구세십세호상즉(九世十世互相卽) 잉불잡란격별성(仍不雜亂隔別成)을 이해할 수도 있겠고, 공간적 개념으로 이해해보면 또 다른 느낌이 있다.

영겁이 지나도록 지수화풍(地水火風)·사대원소(四大元素)는 자성을 잃은 것은 아니나 땅기운은 땅기운대로, 물기운은 물기운대로, 불기운은 불기운대로, 바람기운은 바람기운대로만 몰려 있었던 적은 찰나 간에도 없었다. 땅은 물기운과 어울려 형태를 바꾸기도 하고, 불기운과 어울려 견고해지기도 했으며, 바람을 타고 흩어지기도 했다. 그러나 물, 불, 바람을 원망하지도 간섭하지도 않으니 바라는 바가 있을 까닭이 없다. 시공(時空)간에 한결같이 나머지 물, 불, 바람도 서로서로 그러하니 구세십세호상즉(九世十世互相卽)이라 했고, 아무리 무량겁의 시간이 지나도 산은 산이요, 물은 물이고, 불은 뜨겁고, 바람은 움직인다. 그 심심미묘(甚深微妙)한 완벽함이 서로 장애 되거나 간섭하지 않고 영겁토록 자성을 지키니 여여한 자태가 잉불잡란격별성(仍不雜亂隔別成)이다.

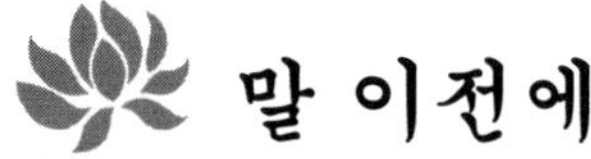 말 이전에

사리자 시 제법공상 불생불멸 불구부정 부증불감

舍利子 時 諸法空相 不生不滅 不垢不淨 不增不減

다시 '사리자야!' 하고 부르셨다. 그 그윽한 음성에는 부처님의 애
틋한 자비가 절실하게 배어있다.

이미 '관자재보살은 반야바라밀다로써 오온이 다 공인 줄 자세히
보고 일체고액을 건너 일대사를 마쳤다.'고 했는데, 언하(言下)에
대오(大悟)하지 못하니 할 수 없이 '사리자야!' 하고 다시 부르신 것
이다.

'금강반야바라밀경(金剛般若波羅密經)'에 보면 해공제일(解空第
一) 수보리 존자가 부처님께 청법을 하는 대목이 있다.

「어느 때 부처님께서 사위국의 기수급고독이라는 동산에 큰 비구 1250인과 함께 계시었다. 이 때 세존께서 공양 때가 되었으므로 가사를 두르신 후 발우를 손수 들고 사위대성으로 들어가 걸식하셨다. 성안에서 차례로 걸식을 마치시고 본래의 거처로 돌아오셔서 공양을 드시고 옷과 발우를 제자리에 두신 후 발을 씻고 가부좌로 자리에 앉으셨다.

이때 장로인 수보리가 대중 가운데 있다가 자리에서 일어나 우측 어깨를 드러내고 오른쪽 무릎을 땅에 대면서 두 손을 합장하고 공손히 부처님께 여쭈었다. '희유하옵니다. 세존이시여! 여래께서는 모든 보살들을 잘 호념하시고 잘 부촉하십니다. 세존이시여! 착한 남녀들이 무상의 큰 깨달음의 마음을 내려면 응당 어디에 머무르며 어떻게 그 마음을 항복 받아야 하겠습니까?'」

보통 금강경(金剛經)이라고도 하는 첫 대목에서 수보리 장로는 부처님께서 걸식을 마친 후 발 닦고 자리에 앉자마자 부처님의 그 모습이 희유한 일이라고 찬탄하였다. 수보리의 경우는 부처님이 한 말씀하시기 전에 이미 알아차린 것이 있었기 때문이다.

부처님께서 입멸 후 그 법을 이어 다음에 전했던 가섭 존자도 어느 날 세존께서 설법하시려고 법상에 오르시어 꽃 한 송이를 가만히 치켜드실 때, 가섭만 그 뜻을 알고 빙그레 미소를 지으니 '나의 법을 가섭에게 전한다!' 고 하셨다. 이것이 바로 '염화미소' 이다.

이와 같이 말 이전의 언전소식(言前消息)에 깨닫는 일도 있거늘 이미 '도일체고액(度一切苦厄)' 까지 일러주셨음에랴?

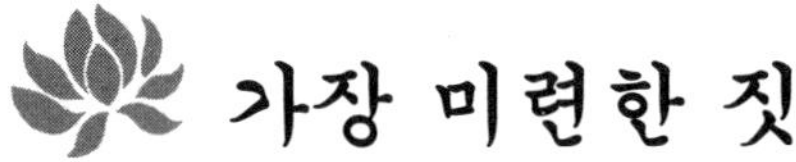 # 가장 미련한 짓

상상근기(上上根機)는 못되더라도 언하(言下)에서 대오(大悟)하였으면 좋으련만 아무런 반응이 없으니 짐짓 사리자를 불러 막막한 대중의 혼침을 깨우고자 하셨다.

용렬한 무리는 부처님께서 자신만 부르시면 많은 제자 가운데 자기만 못 깨친 줄 알고 부끄러워하거나 실망이 클까봐 지혜 제일의 상수제자인 사리자를 부르시어 아무 이익도 없는 근심을 단번에 덜어내도록 하셨던 가없는 배려 때문이다.

인간은 본디부터 스스로를 특수성에 가두는 데 아주 익숙한 족속이다. 남보다 내가 낫다는 생각도 병이긴 마찬가지지만 어쩌면 한결같이 궁상떠는 쪽으로만 생각을 몰아가는지 희한한 일이다.

'애 아빠가 친구 남편보다 돋보이는 것도 없으니 친구를 만나면 항상 주눅부터 든다. 그러면 결혼 전처럼 다정하면 좋으련만 벌써 영 아니다. 애들이라도 뭔가 될 듯하면 그나마 자존심이라도 서겠는데 싹수가 노란 것이 생각만 해도 맥이 풀린다. 돈이나 팍팍 쓸 수 있으면 기분풀이라도 될 텐데, 늘 생활비에 쪼들리니 한숨만 나온다. 사방팔방을 둘러봐도 나만 그렇게 사는 것 같아 팔자 사나운 쪽으로 따지면 대한민국에서 일등이다.'

주변에 이런 이들이 한둘이 아니라서 누구 한 사람에게만 해당되는 일도 아니다. 애 아빠는 애 아빠대로, 아내는 아내대로, 어른은 어른대로, 자식들은 또 자기들대로 우리만 이렇게 불행하고 나만 그렇다는 생각뿐이니, 신통하게도 약속이나 한 것처럼 오직 자신만 그렇다는 생각만큼은 남녀노소가 따로 없다.

'나만 이렇다'는 생각으로 자신을 특수성에 길들이면 구제불능을 면치 못한다. 현상이든 이치든 진실된 면을 볼 수 없기 때문이다. 그러므로 '나만 이렇다'는 생각과 습관은 지독히 나쁜 버릇이며 가장 미련한 짓이므로 버려야 마땅하다. 이에 반(反)하는 말은 보편성이다.

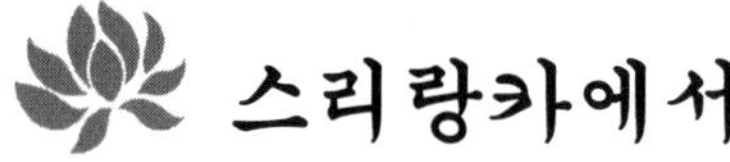 # 스리랑카에서

1930년대의 일이다. 스리랑카는 오랜 불교국가였다. 영국이 그토록 어진 사람들이 사는 낙원과 같은 곳을 식민지로 삼고 제일 먼저 했던 일은 불교를 말살하고 자신들의 국교로 개종시키는 일이었다. 결국 악랄한 탄압과 모진 박해를 동원하는 것도 모자라서 개종을 하지 않은 이교도들은 교육을 비롯한 어떤 정책적 혜택도 받을 수 없도록 하여 거의 90% 이상의 실적을 단시간에 올렸다. 나머지 사람들은 승려거나 부처님의 가르침이 몸에 밴 사람들로서 모든 불이익을 감수하고 살기로 작정했던 이들이다.

영국 정부는 기고만장하여 이들마저 운신할 수 없게 설복시켜 불교를 철저히 능멸하려는 속셈으로 공개 토론의 자리를 마련하였다. 당시 불교계의 지도급 승려들을 라디오 방송국으로 불러내어 여러 날을 두고 토론을 벌였는데, 기세등등한 기독교인들은 박학다식한 신학자를 앞세워 온갖 비방과 억지까지 동원하여 불교를 열등한 종교며 미개한 사람들의 미신이라고 매도하는 주장으로 일관했다. 그러나 승려들의 논리정연한 세계관과 진리에 대한 깊은 이해와 통찰력 앞에는 한낱 철부지의 응석에 불과할 따름이었다.

서구 문명이 현대 과학을 주도했던 데에는 이견이 없으나, 엄밀히 말하면 서양에서 기독교적 사상과 교리가 부정되면서부터 일이다.

무려 2500년 전에도 엄연히 존재하던 뛰어난 사상과 고도의 학문도 한낱 자신들의 교리에 위배된다는 이유로 부정하고 말살해버린 것도 바로 그들의 짓이었다. 인류의 시초가 5000년 전의 아담과 이브라는 따위는 유치하기 짝이 없는 것이다만 그런 암흑기가 불과 수백 년 전까지 계속되었다는 사실은 얼마나 끔찍스런 일인가! 다 자신의 믿음이 옳고 바르다는 어리석음에서 생긴 일이다. 나만 특별나다는 생각은 이렇게 남들까지 고통에 몰아넣는다.

그들이 목을 매고 있는 천당과 지옥도 어린아이에게나 들려줄 법한 이야기이다. 아직도 천당은 하늘에 땅 밑에는 지옥이 있다는 수준이니 말이다. 그러나 2500년 전의 부처님의 우주관은 최첨단에 서있는 현대의 천문학자도 긍정하는 정교하고 세밀한 것이다.

토론 직후 개종했던 모든 국민이 달콤한 식민정부의 배려에도 아랑곳하지 않고 지체 없이 다시 불교로 돌아왔음은 너무도 당연한 일이며, 기록이 전하는 유명한 역사적 사건이다. 지금도 불교국임

을 자랑스러워하는 민족으로 자부심이 대단한 것은 바로 그와 같은
별난 일이 있었던 까닭인지 모른다.

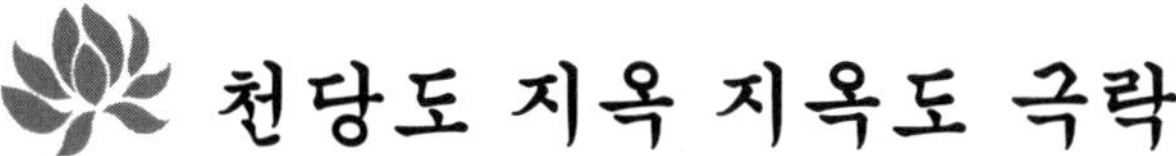# 천당도 지옥 지옥도 극락

본디 천당과 지옥이 따로 없다. 흉악한 자가 천당에서라고 그 짓을 멈추겠으며 불평분자가 어디선들 불평과 비난을 일삼는 데 게으르겠는가? 마음이 섬세하고 고운 이는 지옥이라도 그 솜씨를 아끼지 않는다. 길거리에서 아무 이유도 없이 자기 마음에 들지 않는다고 욕설하고 비난하는 자들이 천당에 모인들 과연 그 곳이 천당이겠는가? 다만 지금은 상대가 애꿎게도 타종교인이지만 그들이 바라는 바의 세상이 되면 여전히 습관대로 자기들끼리 욕하고 헐뜯고 비난과 질투에 몸서리를 칠 것은 너무도 자명한 일이다.

불교에서 행을 닦는다는 수행(修行)이란 말의 참뜻은 평소의 마음가짐과 생각을 바르게 하고 신중히 한다는 의미이다. 어쩌면 그들은 그러한 가르침과는 애당초 상관없는 줄 모르겠으나, 꼭 각목귀

94

신 들린 듯 설쳐대는 꼴이 불쌍하고 가련하여 측은하게 보고 있노라면 저 잘나 그러는 줄 알고 더 기고만장이다.

천당에 가면 영생한다는 이야기도 그렇다. 우리 눈에 구별되는 생물 가운데도 잘난 놈이 있고 못난 놈도 있기 마련이다. 낱낱의 수명도 천차만별이듯이 인간에 비하면 제법 오래 사는 듯하여 우주 어딘가에 영생한다는 천당이라고 불릴만한 공간이 없다는 말은 아니다. 그러나 바로 그 영생이 뭔지도 모르면서 영생귀신 붙은 소리만 해대니 기가 찰 노릇이다.

우리 주변에는 하루살이의 삶도 볼 수 있고 새장의 잉꼬나 카나리아 같은 새의 일생도 관찰할 수 있다. 개나 소도 흔한 동물이지만 동물원의 코끼리, 바다 속의 고래나 거북이는 인간의 수명보다 훨씬 길다고 알려져 있다.

그런데 하루살이가 숲 속의 새들로부터 하늘에서 비가 내리다 해가 나고 바람 불다가 눈이 온다는 말을 듣는다면 도통 무슨 소리를 하는지 모를 것은 뻔한 일이다. 왜냐하면 하루살이의 일생에는 그런 변화무쌍한 날이 없기 때문이다.

맑은 날 태어난 놈은 그 놈대로, 흐리고 비오는 날 생긴 놈은 또 저대로 항상 세상은 그런 줄만 알고 죽어가니 어찌 날씨 변화를 이해하겠는가?

더구나 새들은 사철의 변화를 다 볼만큼 오래 산다고 하면 하루살이에게는 인간이 신선 이야기 듣듯 할 것은 더 말할 것도 못된다.

그런데 인간은 백년 삼만 육천 날을 산다고 하면 상상조차 되지 않는 이해 불가능의 일임은 뻔하다. 더욱이 학이 천년을 살고 거북이가 만년을 산다고 하면 하루살이는 영생이란 말로 느낄 수밖에 없다. 하루살이에게는 그런 숫자가 전혀 없기 때문이다.

TV의 과학 프로그램과 무슨 과학 칼럼 기사를 보니 이미 수십 년 전에 과학자에 의해 밝혀진 어떤 물질의 성질은 일초에 무려 백억 번 이상의 생멸(生滅)을 반복한다고 했다. 만약 하루 팔만 초나 사는 하루살이 일생을 찰나 간에 끊임없이 생멸하는 물질에 비교한다면 하루살이의 짧디짧은 삶도 두말할 바 없이 영생 그 자체가 되고 만다.

사탕을 입에 물 줄만 아는 나이가 되어도 있던 것은 반드시 없어지는 줄 안다. 그러므로 불교에는 영생이란 단어는 물론이고 개념조차 존재하지 않는다. 굳이 비슷한 말이 있다면 무량수(無量壽)가 있긴 하다. 그래도 그 의미는 수명이 무척 길다는 뜻이지 영원히 죽지 않고 산다는 영생(永生)과는 엄연히 다른 것이다. 생기면 없어져야하고 태어나면 어디서든 반드시 죽는다. 설령 안 죽는다 하더라도 버티고 있는 세계가 무너지는데 무슨 재주로 견딘다는 것인가? 믿는 것도 좋지만 바른 법을 배워야 하는 까닭은 바로 이런 데 있다.

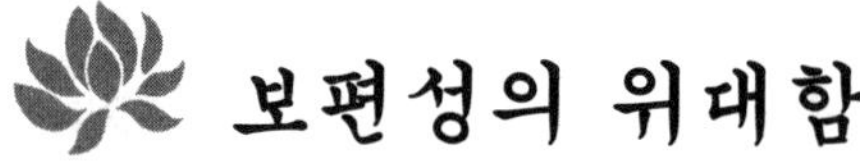 보편성의 위대함

일상사에 이 보편성만큼 위대한 것이 다시없다. 부처님께서 '천상천하유아독존(天上天下唯我獨尊)이라고 설파하신 까닭도 바로 보편성의 원칙에서의 선언이다. 나만 그런 것이 아니라 모두가 그렇고 그럴 수밖에 없다는 전제 하에 하신 말씀이다. 아직 석가모니가 자신만의 특수성과 우월성을 강조하느라 한 말이라고 생각한다면 이 법 알아듣기는 매우 어렵다.

매일하는 요가 동작에 수 년 전쯤 한 동작을 더 보탰다. 처음에는 30초 남짓도 버티기 어렵게 느껴질 정도로 고통이 따랐으나, 그보다는 무릎이 아파서 석 달 가량을 걷는 것도 불편할 만큼 통증에 시달렸다. 그 포즈는 주야장천으로 앉아있는 사람에게는 꼭 필요한 자세라고 여겨져 뒤늦게 시작한 자세였는데, 그토록 심한 고통이 따르는 동작이 아직 남아 있을 줄은 꿈에 생각 못했었다. 자세가 부드러워지고 나서야 겨우 5분가량 견딜만 했다.

지난 한 해는 좀 분주했으므로 그렁저렁 지냈는데 가을부터는 시간을 훨씬 늘려서 아침과 저녁 방선 시간에 15분씩 두 차례를 한다. 그랬더니 다시 시작된 통증이 넉 달이 지나도 풀릴 줄 모른다. 고통 또한 대단해서 파스라도 부치고 싶은 심정이다.

요가를 처음 시작했을 때 너무 힘들고 고통스러워 요가를 제법 하시는 스님들을 만날 때마다 언제쯤 통증이 사라지는지 귀찮게 물었다. 세월을 제법 흘리고 나서야 이 일이 그리 단순한 문제가 아니라고 겨우 생각했다. 나만 그렇게 고통스러운 것이 아니라 누구나 그 과정을 겪으면서 익숙해졌으며 아직도 계속되고 있는 일임을 감안하면 스님들이 답변 대신 빙그레 웃어주던 까닭을 이해할 만하다. 이런 일조차도 보편적 상황을 스스로 인정하고 나서야 마음이 헐떡거리지 않게 된다는 말이다.

스스로를 특수성에 가두었을 때 자신의 초라함과 비참함이 어느 정도인지 안다면 아마도 놀랄 것이다. 그로 말미암아 생겨나는 불안과 초조, 갈등과 소외감 따위는 결국 스스로 불행을 자초하는 꼴이 되기 때문이다. 그러나 자신을 보편적 위치에 놓고 주변을 살펴보면 결코 오만하거나 방자하지 않지만 스스로가 얼마나 당당하고 떳떳한지, 아니 당당하고 떳떳할 수밖에 없는지 비로소 알게 된다.

세상의 이치가 이와 같은데도 중생의 어리석음은 고금에 계속되
는 일이므로 단순히 어리석다는 정도로 거론하고 말 일이 아님이
분명하다.

반야심경을 설법하시던 자리에 참여한 많은 대중이 있었지마는
굳이 사리자를 부르신 까닭도 그런 대중의 마음을 안심시키고 달래
시려는 부처님의 자비로운 배려로 사리자를 짐짓 부르신 줄 알아야
한다.

대중이 모두 정신이 번쩍 들었을 것이다.

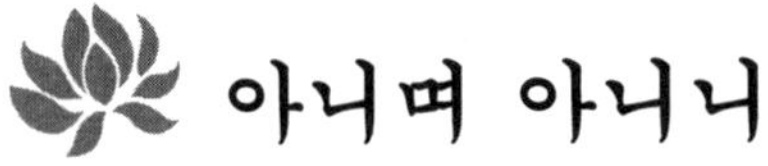 아니며 아니니

'이 제법(諸法) 그대로가 공의 상(空相)인지라 생(生)하는 것도 아니고 멸(滅)하는 것도 아니며, 더러운(垢) 것도 아니고 깨끗한(淨) 것도 아니며, 증가(增)하는 것도 아니고 감소(減)하는 것도 아니다.' 하시니 2500년 전에 이미 우주의 실상을 낱낱이 설명하시고 계셨다.

여기서도 물질적 개념 즉 공간적 시각에서 들여다보면 이해가 쉽다. 생겼다고 하지만 그것은 어디서 오는가? 본래 그 자리의 것이다. 멸했다고 하더라도 역시 마찬가지다.

하늘을 나는 짐승도 결국 언젠가는 땅에서 녹는다. 없던 것이 생겼다고 지구의 무게가 늘어나는 일도 없고, 죽어 재만 남겨도 우주의 질량에는 아무런 변화가 없으니 부증불감(不增不減)이다.

그러므로 생겨도 생긴 것이 아니고 없어져도 없어지는 것이 아니어서 불생불멸(不生不滅)이며, 더러운 것이라고 하더라도 어디서 왔겠으며 깨끗하다고 하더라도 본디 그것이니 불구부정(不垢不淨)이다. 굳이 하나 더 말하면 가도 간 것이 아니며 와도 온 것이 아니니 불거불래(不去不來)라 한다.

사람들이 호들갑을 떨며 식구하나 불었다고 좋아하다가 누가 죽게 되면 돌아가셨다고 슬퍼한다. 그러나 온 것은 무엇이며 없어진 것은 무엇인가? 시절과 인연이 만나 잠시 형체를 이루었다가 시절 인연을 어기지 않고 본디 왔던 자리로 돌아간 것에 불과하다.

짐짓 여기서는 돌아갔다고 말하지만 저 쪽에서는 온 것과 생긴 것이 될 것이고, 그 쪽에서 흩어질 때는 멸했다고 하고 돌아갔다고 하나 이쪽에선 다시 온 것이 된다.

미혹하면 서로 간에 놀랄 일만 있고 알고 나면 시시해서 웃음도 아깝다. 그러므로 깨끗하다 더럽다 할 것도 도무지 없으며 늘지도 않지만 줄지도 않는 것이 세상의 이치이니 셈에 너무 야박할 것도 사실은 못된다.

와도 온 것이 아니고 가도 간 것이 아니니 무엇에 울고 어떤 것에 속으랴?

부처님께서 이토록 자세히 일러주셨는데 아직 네 것과 내 것에 골몰한다면 부끄러운 줄 알아야 한다.

 없고 또 없고 아주 없으니

시고 공중무색 무수상행식 무안이비설신의 무색성향미촉법

是故 空中無色 無受想行識 無眼耳鼻舌身意 無色聲香味觸法

이런 까닭(是故)에 공 가운데(空中)에는 변화가 없는 절대적인 형체(色)가 있을 수 없다고 하셨다. 이루어졌다는 것은 반드시 언젠가 부서진다는 것을 전제로 하여 구성되기 때문이다. 색만 없는 것이 아니라 수상행식(受想行識)도 없다. 색수상행식은 공이요, 공의 성분은 한낱 시절인연에 불과하다. 자기는 죽지 않겠다고 용을 써대더라도 천당이 무너지는 데에는 별수 없듯이, 시절과 인연이 다하여 모든 것이 흩어진 속에서 무엇이 무엇을 느끼고 안다 할 것인가?

수상행식은 인연소치(因緣所致)니 본디 실체라고 할 것이 도무지 없다. 그렇다면 눈·귀·코·혀·몸·뜻(眼·耳·鼻·舌·身·意)

은 무엇을 근거로 있다할 것이며, 물질·소리·냄새·맛·감촉·관념(色·聲·香·味·觸·法)은 또한 무엇이 상대하고 무엇을 상대할 것인가?

무안계 내지 무의식계 무무명 역무무명진 내지 무노사 역무노사진

無眼界 乃至 無意識界 無無明 亦無無明盡 乃至 無老死 亦無老死盡

'안계(眼界)'는 눈과 대상이 되는 색(色)이 서로 만날 때를 말하는데, 귀에는 소리가 코에는 냄새가 혀에는 맛이 몸에는 촉감이 뜻에는 관념 내지 생각이 각각의 대상이 되어 분별되고 인식되면서 모든 세계가 벌어지는 듯 하나 도통 그럴 수가 없다는 말이다.

결국 무안계(無眼界) 내지(乃至) 무의식계(無意識界)의 도리는 중생이 어리석기 때문에 이치를 모를 뿐인데 그 어리석음은 바로 무명(無明)에서 기인된다.

그러나 무명이라는 중생의 어리석음이 본디 있는 것이 아니고 잠시 착각하는 바람에 온 혼란에 불과하니 무명은 본디 없는 것이므로 무무명(無無明)이고, 또한 무명이 본디 없는 것이니 무명이 없다는 말조차도 이치에 아예 맞지 않는 일이며, 무명이 다했다는 말 역시 다를 바가 없어서 역무무명진(亦無無明盡)이라 한 것이다.

'내지 무노사'는 앞의 '무무명'의 무명(無明)부터 '무노사'의 노사(老死)까지 12가지 순환과정을 연기법 가운데에서 나누어 말하므로, 그 사이의 것 모두를 간략하게 내지(乃至)로 한꺼번에 갈무리하

여 아예 노사(老死)도 없는 것이지만 노사(老死)가 다했다는 것까지
역시 없다는 것이다.

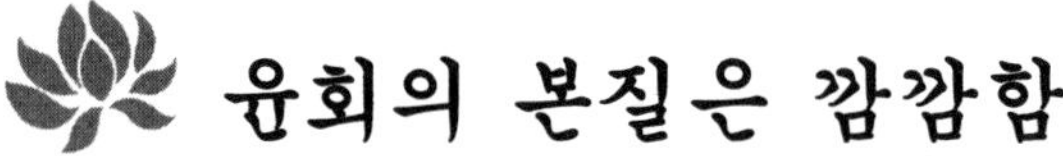 윤회의 본질은 깜깜함

가섭과 수보리가 부처님께서 설법하시기 이전에 이미 판단해 마치듯 하지는 못하더라도, 많은 도인이 스승의 한마디에 깨쳤듯이 '오온개공(五蘊皆空)'에서라도 언하(言下)에 견성해서 이 도리를 알았다면 애꿎게 사리자를 부르시면서 공연히 같은 말을 반복해서 설하실 일도 없었을 것이다. 청중(聽衆)이 모두 깜깜한 밤중이니 할 수 없이 구차하게 덧붙이길 거듭하신다.

세상살이도 어리석고 무지한 자보다는 아무래도 세간의 총명일망정 똑똑한 자가 훨씬 이롭다. 이 법도 똑똑한 이나 알아듣지 어리숙한 자가 이해할 수 있는 일은 결코 아니다. 모르면 손해라는 말이 있듯이 무식하고 무지해서 득볼 일은 하나도 없다. 어떤 문제든 몰라서 발생되는 일이 적지 않고 미리 알았다면 방지할 수 있던 일도 흔하다. 하기는 아는 자가 더 나쁘다는 말도 있으나 그마저 어리석은 결과이지 절대 똑똑해서 하는 짓은 결코 아니다. 인과가 역연하다고 했는데 누가 감히 거스를 것인가? 그래서 알려면 바로 알아야 하고 불법을 알아야 비로소 안다고 할만하다.

12연기는 무명(無明)에서 비롯하여 행(行)이, 행 때문에 식(識)이, 식 때문에 명색(名色)이, 명색으로 인해 육입(六入)이, 육입으로 인해서 촉(觸), 촉으로 인하여 수(受)가, 수 때문에 애(愛), 애 때문에 취(取), 취로 인하여 유(有), 유가 생(生)을, 생이 노사(老死)를 있게 하여 우비고뇌(憂悲苦惱)토록 한다는 가르침이다.

노사에서는 그동안 익힌 업력으로 근본무명부터 순환의 과정을 다시 밟으니 이를 윤회의 수레바퀴 혹은 고리라고 하는 것이다.

간략히 설명하면, 최초의 무지(無明)가 발단이 되어 뭔가 진행(行)되기를 꾀하면, 곧 의식(識)이 개입하고 의식은 자신의 이름(名)과 모양(色)을 갖는다. 명색은 여섯 감각기관(六入)을 통해 접촉(觸)하여, 일체의 정보를 얻고(受) 이를 아끼고(愛) 모으니(取) 결국 업이 된다(有). 이는 완연한 생(生)의 모습이며 이런 생이 있는 한 노사(老死)가 따르니 고통스런(憂悲苦惱) 윤회의 굴레는 이와 같이 연속적으로 반복 순환한다.

그러나 무명이 없다면 행이 생길 수 없듯이 행이 없으면 식이, 식이 없으면 명색이, 명색이 없으면 육입이, 육입이 없으면 촉이, 촉이 없으면 수가, 수가 없으면 애, 애가 없으면 취, 취가 없으면 유, 유가 없으면 생, 생이 없다면 당연히 노사와 우비고뇌가 있을 수 없다.

그러므로 깨닫고 보면 불생불멸(不生不滅)하고 불거불래(不去不來)하는 도리를 환하게 알게 되니, 늙고 죽는 일도 본디 없고(無老死) 그러므로 노사가 다했다는 것도 아예 없는 일이 된다(亦無老死盡).

 고를 알면

무고집멸도 무지역무득 이무소득고

無苦集滅道 無智亦無得 以無所得故

부처님 가르침에 '사성제'라는 것이 있다. 네 가지 성스런 진리라는 뜻인데 바로 고집멸도(苦集滅道)이다. 부처님이 설하신 진리라는 것은 어리석음의 병을 낫게 하는 약에 불과하니 병이 없어졌다면 당연히 약의 용도는 폐기된다. 그렇더라도 사성제를 살펴보자.

첫째로 고(苦)에 관한 것이다. 무엇을 고(苦)라고 하는가에 대하여 부처님은 생로병사(生老病死)가 괴로움이고, 싫어하는 상황과 마주치는 일, 좋아하는 일이 사라져 갈 때, 간절히 구하나 뜻대로 안 될 때, 생존하는 동안 어쩔 수 없이 겪게 되는 일체의 슬픔과 근심, 걱정, 비탄 따위로 괴로워하는 것이 결국은 '고(苦)' 라고 하셨다.

따져봐도 태어나면 죽어야 하는 것이 진리이건만 안 죽을 수도 있다며 스스로를 속이려하나 현실이 그렇지 못하니 고통스럽다. 그러면 건강이라도 해야 되겠는데 자꾸 기력이 떨어지니 그것도 고통스러운 일이다. 정다운 이는 오래 함께 있고 싶으나 죽음으로라도 갈라지니 고통스럽고, 싫은 것들은 사라지길 원하나 그도 마음과 같지 않으니 고통뿐이다. 아무리 내 마음대로 하고자 해도 뜻과 같이 되는 일은 없으니 모든 것이 고통이다.

간혹 이 따위가 진리일까? 의아한 생각도 없지 않겠지만 거기에는 까닭이 있다. 이것에 저촉되지 않는 중생은 하나도 없기 때문이다. 예외적인 것이 있을 수 없는 것이 바로 진리이다.

두 번째로 그 고통의 원인은 도대체 무엇일까? 사실 별스런 것도 아니다. 다만 세상 이치가 그렇고 그런 것인데도 자신에게는 그런 일이 없었으면 하는 따위의 이기적이고 어리석은 욕망이 고의 원인일 뿐이다.

부연하면, 중생의 고집스러운 어리석음이 전혀 그럴 수도 그럴 까닭도 없는 일을 그렇게 되길 바라는 유치한 미련함 때문이라고 할 수 있다. 오직 그런 허망한 것에 대한 집착을 버려버리면 그만인데도 말이다.

집성제에서는 전통적으로 12인연으로써 설명을 한다는 것을 기억하기 바란다.

세 번째 멸성제(滅聖諦)는 불자의 최종의 목표며 삶의 고귀한 본질에 관한 가르침이다. 멸(滅)에는 적멸(寂滅), 해탈(解脫), 열반(涅槃), 지멸(止滅), 이탐(離貪) 등의 의미가 있다. 즉 고를 완전히 여읜 상태를 말함이요, 이고득락(離苦得樂)의 경지를 가리키는 것이다.

불법을 배우려고 하는 이들이 공통되게 가장 관심을 갖는 단어는 바로 이들일 것이다. 사실 관심이 없거나 있다고 하더라도 너무 모르면 무엇을 어떻게 물어야 할지조차 모르게 된다. 출가하여 초심 납자 때 분주히 선지식을 찾아다니기는 했으나 막상 친견한 자리에서는 질문다운 질문을 한 번도 제대로 해본 기억이 없다. 의무적으로 질문을 해야 하는 가풍이 있는 큰스님이 상주하시는 선원에서는 그런 일과가 오히려 고역스럽기까지 했다.

그러나 목표도 없이 떠나는 여행의 결과는 예측불허의 불안한 것이듯 목적이 불분명한 탐구의 결과도 괜한 헛수고에 불과할 가능성이 농후하다. 그러므로 여기에 출현하는 단어에 관심을 가질 정도의 실력이라면 비록 초심자라도 이미 자격이 충분하다. 또 그래야만 허송세월 하지 않고 정확한 행로를 따라 진리의 바다를 항해할 수 있으며 마침내 큰 이익도 얻을 수 있을 것이다.

 # 열반

　고의 반대적 개념으로 고를 여읜 상태를 열반이라고 한다만 정작 무엇이 열반인가에 대하여는 선뜻 입 떼기가 쉽지 않다.

　경전에 의하면 사리자는 어느 외도의 열반에 대한 직접적인 답변을 요구하는 물음에 '그것은 탐진치 삼독(三毒)을 여읜 것이다.' 라고 응답한 적이 있다. 삼독은 이기적 욕망, 증오, 무지를 말하며 거짓, 자만심, 갈등, 질투, 허영 등 모든 번뇌의 원천이다. 바로 그 삼독심(三毒心)을 멸하는 것이 열반이라는 것이다.

　사리자는 또 '열반은 행복이다!' 라고 했는데, 한 비구가 '느낌이 없다면 어떤 행복이 있을 수 있겠는가?' 물으니, '느낌이 없다는 것 자체가 행복이다.' 라고 했다. 반야심경의 도입부에서의 '오온이 개공인 줄 알고 일체고액을 건넜다.' 는 것과 더불어 계속 이어지는 같은 맥락의 설법 또한 사리자의 답변의 근거인 셈이다.

부처님께서도 '연속적인 생성을 끊음이 열반이다.'라고 하셨는데, 이는 바로 윤회와 인과를 끊어야 한다는 다양한 표현의 말씀 가운데 하나이다.

그런데 정작 우리는 이런 직접적이고 절대적인 열반의 경지를 한낱 중생이 추구하고 욕망하는 바의 한계 내에서 이해하려는 실수를 연발한다.

그러므로 부처님은 이런 오해가 따를 용어에는 대단히 신중한 입장을 취하셨다. 그 방법이 바로 부정적 용어를 사용하신 것이다.

가령 '즐겁다'는 단어는 많은 갈래의 인간적 욕망을 상상해 낼 수 있으나, '슬프지 않다'라는 표현은 훨씬 이성적인 판단을 유도한다. 그러므로 부처님께서 평소에 즐겨하신 열반에 대한 설명으로 '탐욕을 완전히 끊는 것' '탐욕을 포기하고 거부하는 것' '탐욕에서 해방되고 초연한 것' '갈애가 소멸된 것' '더러운 것이 소진된 것' '거짓을 여의고 갈애를 파괴하고 집착의 뿌리를 뽑고 윤회를 끊은 것' 등이 반복적으로 이어진다.

이점을 비로소 바르게 이해했을 때 열반의 경지를 증득한 것임은 두말할 나위가 없다.

그러므로 '불교' 하면 먼저 열반과 해탈이라는 단어를 떠올리는 일은 자연스러운 일이다. 물론 두 단어는 같은 의미로 쓰이니 그 말이 그 말이긴 하지만, 부처님께서 수행 끝에 얻으신 결과라고 하니 그것이 과연 어떤 것인지 궁금하기 때문일 것임은 분명하다.

　더구나 부처님은 모든 부귀와 영화를 헌신짝 벗듯이 버리고 그것을 얻고자 모진 고행을 마다 않으셨다고 하니 호기심 어린 관심이 집중될 수밖에 없음은 너무도 당연하다.

　특히 열반이라는 단어 뒤에는 즐거울 락(樂)이 한 자 더 붙어 열반락(涅槃樂)이라고도 쓰이므로 더욱 인상적이다. 이런 호기심이 탄트라 불교에서는 이성간의 열정에서 얻는 즐거움으로 깨달음의 경지에서 경험하는 열반락을 결부시켜 좌도 밀교의 수행법으로 발전시킨 동기가 되었다.

　그러나 잘못된 선입관은 위험천만한 일이며 부처님의 가르침을 전혀 이해 못한 까닭으로 말미암는 것이라 할 수 있다.

　이런 관점에서 본다면 깨달은 이도 깨닫지 못한 자와 다름없는 동일한 언어로 의사표현을 하지만, 그렇지 못한 자에 비하면 깨친 이의 언어구사는 한결 정갈하고 세련되며 정확한 어휘를 사용한다는 데에서 확연히 차이가 있다고 할 수 있다. 그렇다고 듣는 이의 입장에서 당장 자신의 한계를 타넘게 되는 것은 아니겠지만, 깨친 이의 진지하고 깊은 배려가 듬뿍 담긴 채 신중하게 선택되어진 어휘의 나열로 펼쳐지는 가르침은 훨씬 더 듣는 사람의 혼란을 덜어내며 이해를 적절히 도울 수 있게 될 것은 틀림없는 일이다.

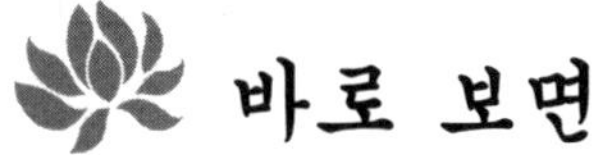 # 바로 보면

불교에서 일체가 고통이라고 한 데에는 그만한 이유가 있다. 실질적으로 우리가 일상에서 느끼는 만족감이라던가 성취감 따위의 좋은 느낌마저 완전히 부정해 버리려는 뜻은 결코 없다. 다만 그 흥겹고 즐거운 느낌이 영원하지는 못하더라도 오래 지속되지 못하는 것이 엄연한 현실이므로, 그 때마다 계속되길 바라지만 곧 사라져버리는 좋은 느낌들은 역시 괴로움만 남겨놓기 일쑤이기 때문이다. 그러므로 불교적인 관점에서는 즐거움이라는 것도 그 요인이 흩어질 때에 결국 괴로움의 한 원인으로 작용하는 까닭에 '일체가 오직 고통뿐!' 이라고 보는 것이다.

또 열반의 경지를 바로 이해하려면 먼저 인과에 대한 철저한 이해가 필요하다. 바라지 않던 행운이 찾아왔거나 혹은 아주 불행한 일이 발생하더라도 모든 일들이 인과의 법칙에 의해서 일어나는 것이라면 어느 일도 도저히 피할 수 없는 일이 된다.

지극히 숙명론적인 견해라는 생각이 들겠으나, 이런 모든 일의 각본은 완전히 각자의 작품에 불과하므로 누구를 탓하거나 원망할 수 없는 일인 줄도 알아야 한다.

이를 확실하게 알았다면 뜻하지 않은 바의 행운이 찾아들었다 하여 희희낙락 할 것도 없고, 나와 상관이 없는 애꿎은 불행이 엄습했다며 원망과 비탄에 몸부림칠 일도 없게 된다.

부처님 당시에 한 왕이 새삼 발견하게 된 사실에 감격하여 다음과 같이 세존께 여쭸다.

"부처님이시여! 많은 수행자들이 있으나 다른 가르침을 따르는 자들은 무언가 항상 부족한 듯한 모습에 무기력하고 절망에 빠진 듯하며 매사에 불만이 가득한 표정으로 두려워하는 기색 또한 역력하지만, 석존의 제자들은 비록 가진 것은 없으나 얼굴 표정이 늘 즐겁고 온화하며 안온한 듯한 근심 없는 밝은 마음으로 살 수 있는 까닭은 어떤 연유에서입니까?"

부처님 당시의 기록과 수많은 문헌 속에서 부처님의 제자나 불교인의 삶이 우울하거나 처량하게 묘사된 곳은 아무 데도 없다. 오히려 그와 상반되게 행복한 사람들로 그려지고 표현된 흔적은 곳곳에 헤아릴 수 없을 정도로 발견된다. 왜냐하면 불교인은 인과를 잘 알아서 공연한 두려움이나 근심이 없고 환난이나 변고가 생겨도 결코 좌절하거나 흥분하지 않으며 늘 고요하고 평온한 모습을 유지하기 때문이다.

불교의 회화나 조각에서조차 잘 드러내어 보여주고 있듯이, 부처님과 그의 제자들은 언제나 미소짓는 사람들로서 늘 행복하고 평화로우며 자비롭고 원만한 표정으로, 고통과 고뇌, 고난 따위의 음울하고 음산한 느낌이 없는 고요하면서도 안락한 분위기 속에서 삶을 영위하였던 것이다.

그러므로 열반의 즐거움이란 어떤 조건에서 만들어진 감각적 쾌락 따위를 가리키는 것이 아니라, 다만 진리를 바르게 이해한 후 정신적 고양으로 말미암아 나타나는 극히 자연스런 일인 줄 알아야 한다.

고를 분석하면서 원인을 보게 되었듯이, 멸(滅)을 알았다면 이에 다다르는 길(道) 또한 짐작이 가능하다. 가령 캄캄한 어둠이 고(苦)이고 등 뒤의 환한 광명을 멸(滅)이라고 가정했을 때, 어두움이 두려운 공포를 일으키는 것이라면 안 보면 그만이다. 고(苦)인 어두움을 부질없이 바라보는 그것이 원인인 집(集)이 되고, 돌아서서 밝은 것을 보고 고(苦)의 공포가 사라지면 멸(滅)이므로, 그 돌아서는 방법을 도(道)라고 알면 이해가 쉽다.

'생사와 열반' '번뇌와 보리' '중생과 부처'가 둘이 아니라는 말은 상대적인 이것들이 마치 동일 선상에 놓인 것과 같아서 중간의 관찰자가 방향만 전환하면 그 즉시 생사번뇌의 중생에서 보리 열반의 부처를 보게 되므로 결코 다른 것일 수 없다는 뜻이다.

네 번째의 도성제(道聖諦)에서는 불교적 수행의 지침인 팔정도(八正道)와 계(戒)·정(定)·혜(慧)의 삼학(三學)을 중점적으로 설하고 있다. 이 도성제(道聖諦)는 두 가지 극단을 피하는 중도를 바탕으로 하는데 부처님의 최초 설법에서도 '수행의 길은 중도'라고 하셨다는 기록이 있다.

양 극단의 한쪽은 감각적 욕망과 쾌락을 추구하며 즐거움만을 쫓는 것 따위를 가리키는 것으로 일반적인 대개의 것이 여기에 속한다. 저질적이고 천해서 이익되는 바가 전혀 없는데 비해, 다른 한쪽은 고행을 통하여 더 나은 세상과 이득 행복 등을 염원하지만 이 또한 고통스럽기만 할 뿐 별다른 이익이 없기는 마찬가지이다. 쉽게 쾌락주의자와 고행주의자로 나누어 생각할 수 있다.

하지만 중도란 이와 같은 두 극단의 편견적 위험을 방지하고 제거할 수 있는 가장 안전하고 올바른 길이어서 더할 나위 없는 최상의 이득을 확실히 획득할 수 있도록 한다.

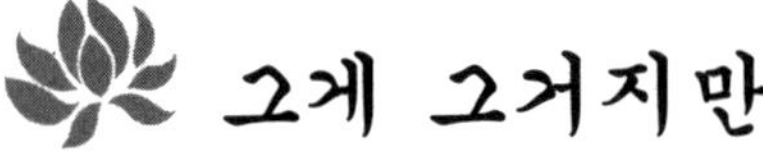 # 그게 그거지만

누가 말하길 자신은 수행보다는 다음 생을 위한 투자로 생각하고 복 짓는 일이나 하다가 내생(來生)이나 기약하겠다고 했다. 물론 당시 그의 일이 남에게 이익되는 일임은 분명했지만 이렇게 말해주었다.

"지금 하는 일들이 다음 생을 위해 하는 것이라면 지금 당장 다음 생에 하고자 하는 일을 우선적으로 실현시켜 보는 것이 오히려 현명한 처사가 아닐까 생각한다. 내생에 하고픈 바가 무엇인지 모르지만 다음 생에도 이런 식의 삶이나 계속 되풀이하고 있을지 어떻게 아나? 그러므로 내생에 미루지 말고 지금 즉시 원하는 바를 추구하는 것이 낫지 않을까? 그러고도 혹시 행운이 따른다면 다음 생은 금생보다 더 나아질지 누가 알겠나!"

윤회의 개념은 항상 그 자리를 맴돈다는 의미이다. 왼쪽으로 먼저 돌면서 동산을 본 후 서산을 보나, 반대편으로 돌면서 서산을 먼저 보고 나중에 동산을 보나 계속 반복되는 과정에서는 아무런 차이가 없다. 계단을 오르내려도 아래서 먼저 출발하든 위에서 먼저 출발하든 수없이 반복을 해야 하는 일이라면 출발점 또한 별의미 없기는 마찬가지다.

어차피 내일을 모르는 것이 인생인 바에야 지금 이 자리가 가장 의미 있고 가치 있는 순간이다. 내일(來日)만 생각하는 자에게는 항상 내일만 있을 뿐 언제가 되더라도 오늘은 영원히 존재할 수 없다.

오늘에 충실하면 내일의 염려 따위는 안 해도 된다. 정녕 오늘에 최선을 다할 때 내일의 희망과 발전도 있다. 지금은 그냥 고달프고 내일이나 되어서 즐겁겠다고 해봐야 그런 습관은 내일이라고 변화될 가능성은 거의 희박하다.

광주리의 과일도 썩은 과일부터 골라 먹는 사람은 항상 상한 것만 먹고, 가장 좋은 것만 가려먹는 사람은 늘 최상의 과일만 먹는다는 말이 있다. 지금이 즐거워야 잠시 후도 즐거울 수 있고 내일도 역시 마찬가지다. 항상 닥치는 매순간이 그럴 수 있다면 일일시호일(日日是好日)이니 날마다 좋은 날 뿐 몹쓸 날이 어디 있겠는가!

억지로 그렇게 하자는 말이 아니다. 인과가 역연(亦然)한 줄 알면 좋고, 나쁘고, 즐겁고, 그렇지 않고 따위는 상관없이 늘 마음이 평온할 수밖에 없다. 당장 실현하는 데 전혀 지척일 이유가 없는 최상

의 삶의 형태이기도 하거니와, 또 그럴 수밖에 없다는 뜻에서 하는
말이다.

그렇다고 고행보다 쾌락추구가 더 낫다는 의미로 이해하면 곤란
하다. 다만 허무맹랑한 생각을 앞세워 자신을 학대해본들 얻는 것
이 꼭 간절히 바라던 것과 같을 수 없고, 공연히 바람직하지 못한
업만 익힌 꼴이 되면 별로 이득되는 바가 없는 까닭에서다. 짐짓 참
된 수행의 의미를 다시 생각해보자는 뜻에서 한 말이다.

 고행

많은 사람이 특히 고행에 관심이 많다. 실제로 인도에는 그 열하의 날씨에도 화로를 머리에 이고 있거나 가시덤불이나 송곳 끝이 뾰족이 나온 자리에 뒹구는 것으로써 수행을 삼는 자가 있다 한다. 혹은 진흙과 오물을 뒤집어 쓴 채로 살아가기도 하고, 굶기를 밥 먹듯 육신을 혹독히 괴롭히는 일로 다음 생에는 최상의 과보를 받는 줄 여기며 심지어 해탈과 열반을 얻게 된다고 철석같이 믿는 이가 아직 부지기수란다. 이런 현상과 광경은 부처님 당시에도 도처에서 열병처럼 유행하던 일이었다. 그러나 아무리 윤회적이며 인과법칙의 관점에서 살펴보더라도 육신을 괴롭힌 흔적 따위로 다음 생에 어떤 보답이 주어지는 것은 결코 아니다. 그런 탓에 부처님도 제자들의 그러한 것들에 대한 관심과 생각을 제거하려고 많은 애를 쓰셨던 듯하다.

다양한 방식의 윤회 패턴이 있다하여도 대체로 업력(業力) 하나로
모든 일을 해석함엔 부족할 것이 없다. 그러므로 자신은 어떤 위대
한 사명을 걸머지고 금생에 태어난 듯이 여겨질지라도 염력(念力)
또한 업력이며, 원력(願力)도 업력이긴 마찬가지다. 단지 스스로를
속이고 또 스스로 속고 마는 기만적이고 우스꽝스런 자기합리화에
불과한 해석이 여럿처럼 보이게 하였을 뿐이다. 다만 자신의 판단
으로 남의 수행을 왈가왈부해서는 안 된다는 점은 염두에 둘 일이
다. 자신이 보기에는 안쓰럽기 그지없더라도 본인이 즐겨하는 일이
라면 고행의 범위에 들지 않기 때문이다. 물론 비상식적이고 혐오
스러운 일을 옹호하느라고 하는 말이 아님은 두말할 바 없다.

엄동설한에도 쌀가루 한 줌에 배추 이파리 몇 쪽 집어먹고 사라지
는 뒷모습은 여간 딱하게 보이지 않나보다. 생식을 한다니까 처음
에는 당근 오이 고구마 등 여러 가지가 상에 올라왔다. 그러나 실제
로는 안 먹던 사람에게 먹는 것이 고역이지 안 먹는 것은 고통이 아
니다. 두유로 쌀가루를 버무리게 된 데에도 익숙하지 않은 사람에
게는 별로 입맛에 맞지 않는 두유가 천덕꾸러기처럼 사방으로 굴러
다니는 것이 보기에도 안 좋아서 폐품처리차원에서 먹던 것이다.
헌데 그를 본 사람들이 올 때마다 한 통씩 들고 오니 혹 떼려다 다
시 붙인 격이 되고 말았다. 종일토록 물도 입에 대지 않는 성미니
하루 중 먹는 때라 해서 훌훌 넘어갈 턱도 없어서다. 즉 나 같은 사
람은 먹는 일이 고행이지 안 먹는 일이 고행이 되지 않는다. 더구나

먹고 탈이 나지 못 먹어 탈이 되는 일은 결코 없으니 말이다.

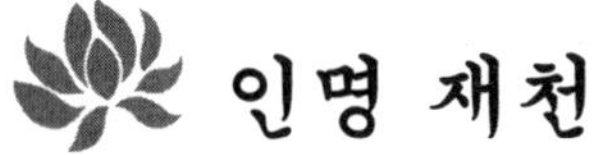 # 인명 재천

지금의 생활 방식을 배우거나 누구와 의논해 본 적이 없다. 다만 죽을 때가 아니라면 이런 방식의 삶 때문에 죽는 일은 없을 거라 여겼다. 수차례 어려운 고비를 넘기면서 무엇에 감사하거나 어떤 것이 도왔다는 등의 생각은 그래서 추호도 해본 적이 없다. 소량으로 사는 것이라든지 평생 폐인이 될 뻔한 단전호흡 수련의 악몽 같은 장애도 과연 어쩌지 못했던 것은 분명 사실이다.

뼈가 부러지고 수술 후 열흘치 약만 갖고 선방으로 돌아왔을 때 나중에 안 일이지만 위험한 일이 생겼었다. 지금이라도 의사선생님들이 이 말을 듣는다면 화를 낼 일이지만 치아를 결박해야 하는 부상이었으나 내 성미에 요가를 쉴 턱이 없었다. 물구나무서기 동작만 빼고 모두 했다. 그런데 약물 중독이 왔는지 갈비뼈가 속속들이 아팠다. 워낙 경황없이 당했던 일이지만 타박상의 흔적은 없어서 뼛속을 파고드는 통증과 함께 두드러기 증세까지 겹쳐 약물에 의한 부작용일 거라고 짐작했다. 그렇다고 괜히 병원에 하소연 해보았자 당장 오랄 것은 틀림없는 일일 테고, 평소에 녹차에는 뛰어난 제독 효과가 있다는 걸 얼핏 들어둔 바가 있어서 녹차만 때도 없이 줄기차게 마시고 바르며 열흘을 보냈다. 차조차 마시지 않는 성미인데 급한 김에 평생 먹을 양만큼을 한꺼번에 먹어댄 셈이었다. 드디어 병원과 약속된 날에 환부를 보이며 그간 약에 부작용이 있었다고 자백하였다. 고개를 갸우뚱거리며 조심스레 살펴보던 의사는 어떻게 견뎌냈냐고 도리어 걱정했다. '대상포진'인데 통증도 통증이지만 바이러스가 신경선을 타고 뇌에 이르면 절명하기도 하는 고약한 병이란다.

지난 일이니 수선 떨 일도 아니다. 다만 녹차가 효험이 있었다면 죽지 않으려고 먹지도 않던 녹차를 시간마다 끓여 마셨을 것이다.

누가 당당하고 떳떳하게 살 수 밖에 없는 것이 우리들의 인생이라는 말에 스님들은 혼자라서 가능한 일이란다. 그러나 꼭 그런 것은 아니다. 혼자 사는 사람도 지저분 떨기 시작하면 차마 눈뜨고 봐 줄 수 없는 것은 별로 다를 바가 없다. 다만 무지로 인한 어리석음이 가장 큰 원인인 줄 알아야 한다.

 # 팔정도

열반에 이르는 가장 안전하고 확실한 길이 정견(正見)·정사유(正思惟)·정어(正語)·정업(正業)·정명(正命)·정정진(正精進)·정념(正念)·정정(正定)의 팔정도(八正道)이다. 각 단어마다 앞에 놓인 '정(正)'은 정확·올바른·이치에 적중하는·중도 등의 의미가 때마다 그 뜻을 드러낸다.

정견은 바른 견해라는 의미이며, 정확한 관찰력·치우치지 않는 중도적 견해·사물의 있는 그대로를 보는 안목 등의 뜻이 있다.

정사유는 치우침이 없는 올바른 사고를 말하는데, 모든 악의를 여의고 이기적 욕망과 증오·폭력이 배제된 순수한 사유를 말한다.

정어는 남에게 상처가 되지 않는 말, 즉 적대감에 찬 말이나 불화를 일으키는 험담과 중상모략·무례하고·거칠고·악의적인 사나운 말 등을 하지 않고 친절하고·즐겁고·점잖고 의미가 있고·유용하며·이치에 적중하는 어휘를 사용하는 것을 말한다. 그렇지 못하다면 침묵하는 것도 이 범주에 들어간다.

정업은 도덕적인 올바른 행위를 가리키는데, 살생·도둑질·불륜 등 사회적 파괴행위를 금하고 명예로운 삶이 되도록 노력하는 일이다.

정명은 삶을 영위하는 데 필요한 수단인 직업에 관한 것이다. 존엄한 생명에 손상을 입힐 수 있다거나 정신을 흐리게 하는 등의 사악한 방식으로 이익을 취하는 따위의 일들을 하지 않고 떳떳한 직업을 수단으로 삼아야 한다는 것을 시사한다.

정정진은 혼란스럽고 건전치 못한 생각이 일어나는 것을 막고 이미 일어났을 땐 그 즉시 없애며, 아직 일어나지 않은 선하고 평화로운 마음은 일어나도록 애쓰며 더욱 힘써 계발하는 활기 넘치는 의지에 찬 노력을 말한다.

정념은 마음속에 일어나는 일체의 생각을 잘 갈무리하여 삿되거나 미혹된 일에 빨려들지 않고 흔들리지도 않는 마음가짐으로 신체의 활동·감각·느낌·관념과 이에 따른 마음을 통찰하는 의지적인 생각을 말한다.

정정은 파도치듯 나대는 마음을 가라앉히고 일체의 의심·불안·근심·악의·격정적인 욕망은 물론 행복과 불행·즐거움과 괴로움 등의 상대적인 마음도 없는 고요한 정신적 상태를 가리킨다.

이 팔정도를 계정혜(戒定慧) 삼학(三學)의 관점으로 나누면, 계(戒)에는 정어·정업·정명이, 정(定)에는 정정진·정념·정정, 혜(慧)에는 정견과 정사유가 포함되는데, 이 삼학은 상호 간에 밀접한 영향을 주고받으며 수행자를 해탈의 길로 인도하는 동반자 관계에 있다.

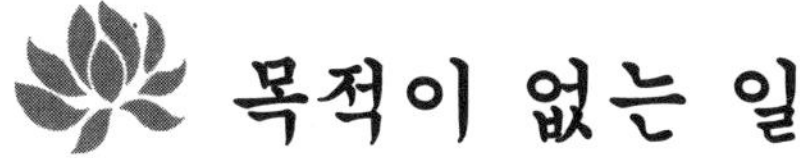 # 목적이 없는 일

그런데 부처님은 반야심경을 설하시며 고집멸도도 없다고 하셨으니, 고(苦)와 집(集)은 미혹했을 때의 일이요 멸도(滅道)는 깨달은 후의 일이긴 하나, 어리석을 때라고 없는 것이 있을 까닭도 없고 깨달았다고 새로운 것이 돌연 생겨나는 것도 아니니 결정코 무고집멸도(無苦集滅道)일 수밖에 도리가 없다. 다만 어지러운 중생계를 한 번 크게 휘저어 조리질 한 것에 지나지 않는다.

잠시 착각을 일으켜 본디 그런 것을 그렇지 않기를 바랐을 뿐이니, 사실을 몰라서가 아니라 욕심이 앞서 억지를 부린 탓이다. 그것을 굳이 지혜라 이름 할 것까지 없다(無智).

또한 얻을 것이 없다는(亦無得) 것은, 나라고 여기던 오온은 물론이고 주변의 모든 현상과 12연기 · 사성제 · 이를 안 지혜라는 것도 본디 있지 않으니 얻을 것도 없는데, 이는 도무지 얻을 바가 없기 때문이다(以無所得故). 즉 애당초 얻을 것이 없는데 무엇을 얻는다고 하느냐는 말씀이다.

이것이 무엇이 발생시켜 얻게 된 결과라면 성주괴공(成住壞空) 속의 일에 지나지 않는다. 한낱 인과와 윤회만 재삼 확인하고 만 꼴이니 결국 다시 제자리라면 괜한 수고로움만 있었을 뿐이다. 본디 그런 것일 뿐 얻을 것도 얻은 것도 아예 없다. 그러므로 열반이 비로소 열반이 된다.

열반을 갈애와 탐욕이 소멸된 경지라고 하니까 그것들이 소멸된 결과라고 생각하는 것은 잘못된 것이다. 결과는 원인으로써 발생하기 때문이다. 바라본 결과로써 사과가 생겨나거나 만들어진 것이 아닌 것과 같은 이치이다. 사과가 있으니 보게 된 것이다. 오르고 올랐더니 산봉우리가 문득 생긴 것이 아니다. 산이 있어서 올랐더니 봉우리가 나타났을 뿐이다.

열반 해탈의 경지도 수행과 선정으로 얻어지거나 만들어지는 결과의 것이 아니다. 이는 인과를 초월한 것이어서 다만 그럴 뿐 인위적이고 조작한 일이 아니라는 말이다.

결과는 또 다시 다음의 일을 도모한다. 그런 일이 다반사이므로 한 비구가 부처님께 '열반은 어떤 목적으로 있습니까?' 라고 스스럼없이 묻기도 하였다.

열반에는 목적이 있을 수 없다. 왜냐하면 궁극적이기 때문이다.

물 긷고 밥 짓고 나무하는 일 즉 운수작반(運水作飯)이 도(道)라고 옛 도인스님들은 이구동성으로 설파하셨다. 누가 물었다. '도가 무르익었으면 원효스님처럼 세간으로 내려와 그렇게 멋지게 살아야 하는 것이 아니냐?'고. 산꼭대기에 이르렀다면 내려오는 것이 도리라고 것이다. 하지만 적절한 비유가 결코 못된다. 왜냐하면 수행은 심심풀이나 여가선용차원으로 하는 짓이 아니기 때문이다. 아직도 무언가 할 일이 남았다면 그것을 열반의 경지라고 할 수 없다. 궁극이라는 말 자체가 끝을 의미하는 까닭에서이다.

열반을 두고 말과 글로 이러쿵저러쿵 하는 것도 우스운 일이다. 열반은 인과를 초월한 것이니 형상조차 없다. 또한 말과 글은 진리를 나타내고 형용하기 위해 만든 것이 아닌 단지 인간들끼리 상호간의 필요 때문에 만들어진 기호에 불과하다. 그러므로 제아무리 출중한 재주를 지녔어도 어떤 방식으로든 열반을 표현을 할 수 있다고 여기는 것은 한낱 부질없는 몽상에 불과하다.

그러나 누구든 물을 직접 마시고 나면 그 차고 더움을 스스로 아는 것과 같이 열반은 경험적 사실이므로 같은 물을 마셨다면 말 이전에 오가는 이심전심(以心傳心)으로 서로의 뜻을 나눌 수 있다.

 기도

불법을 다른 말로 무위법(無爲法)이라고도 하는데 열반의 다른 이름이 또한 무위(無爲)이기도 하다. 여기에 반(反)하는 유위(有爲)라는 것은 인연의 화합에 의하여 조작(造作)으로 이루어지는 것을 뜻한다.

불교는 어떤 인위적인 결과를 목표로 삼도록 설해진 가르침이 결코 아니다. 그러므로 불교적 수행은 거짓과 위선이 배제된 순수의 것이어야 한다.

여기서 한마디하고 싶은 것이 있다. 불교가 무위법을 선양하는 가르침인데 유위법에 불과한 기도(祈禱)라는 개념이 왜 불교에 파고들었느냐 하는 점이다. 이 말에 의심을 품었던 한 스님이 몇 년을 두고 대장경을 열람할 때마다 이 '기도'라는 두 글자를 그곳에서 찾아보려 했으나 결국 허사였다고 말해주었다.

엄밀히 말해 기도라는 개념은 내게 해당되지 않을 일을 어떤 힘을 빌려서라도 있게 해달라는 '기원'의 의미로 본다면 이는 새로운 인과를 스스로 만든 꼴이 되고 만다. 그러므로 아무리 불보살의 서원이 어떻고 주접을 떨어대더라도 순전히 허구에 불과하며 말장난 놀음에 지나지 않는다는 점을 꼭 유념해두어야 할 것이다.

무구(無求)·무원(無願)이 해탈이라고 하신 부처님의 가르침에 전혀 위배되는 일이고 보면, 다른 종교와 신앙에서 주종을 삼더라도 절대 불교와는 상관없는 일인 줄 명심할 일이다.

모든 종교가 기복(祈福)에서 비롯되었음을 부정하지 못한다. 아쉽고 모자라고 바라는 것 없는 이가 더 이상 구할 것이 무엇이 있어 허공에 대고 아우성을 칠 것인가! 현실에 만족하지 못하므로 바라고 구하며 원하는 것이 있어서 신도 찾고 신앙과 종교에서 위안을 얻고자 동업으로 만든 것에 불과하다.

불교의 현실도 다를 바가 별로 없으나 '복(福)은 삼생(三生)의 원수'라고 일러주신 부처님 말씀을 기억한다면 왜 불교만큼은 종교와 신앙의 범주에 들기를 거부한다고 강조하는지 이해가 될 것이다.

어느 때 부처님께서 복에만 관심을 갖고 구하려 애쓰는 이들을 향하여 "복이 없을 때는 지어야하니 한 생이 수고롭고, 지어 논 복은 다시 받아야하니 한 생을 허비하게 된다. 복을 모두 받아 쓴 다음 생에는 복이 없어서 또 한 생을 다하도록 온갖 고초를 겪으며 지내게 되므로, 복 때문에 생기는 우환이 삼생에 걸쳐 이처럼 막심한 줄 수행자는 명심해야 한다."고 하셨다.

　한없이 끌어 모으는데 혈안이 된 자들은 태산만큼 갖고도 만족할 줄 모른다. 물론 그런 자도 가련하기 짝이 없는 일이겠다만, 억만금을 소유하였더라도 세상의 것에 비하면 한낱 티끌에 불과한데 겨우 한 움큼 움켜쥐고 '내 복이 이만하면 됐다.'고 콧김을 불어대며 으쓱대는 자도 불쌍하기는 매일반이다.

　그래서 부처님의 가르침이 무소유(無所有)에 관한 것이라고도 말한다. 사실 없어서 겪는 불편보다는 있어서 생기는 환란은 상상을 초월한다. 부모 · 형제 · 부부 · 친족 간의 일도 그렇지만 모든 일의 근원이 바로 있는 것에서부터 시작되어 갖은 고통과 번뇌를 발생시키는 줄 안다면 무소유의 참뜻을 이해할만 할 것이다. 그러므로 불자라면 올 때는 부처님을 닮을 수 없었더라도 회향하는 모습은 부처님과 조금쯤 비슷하려는 생각이 있어야 옳지 않을까 싶다.

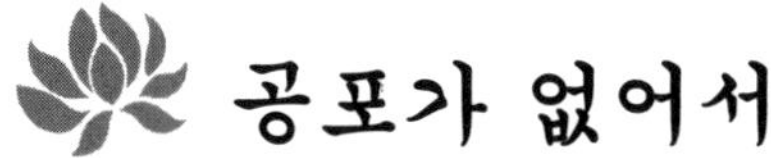 # 공포가 없어서

보리살타 의반야바라밀다고 심무가애 무가애고 무유공포
菩提薩埵 依般若波羅蜜多故 心無罣碍 無罣碍故 無有恐怖

보리살타(菩提薩埵)는 반야바라밀다에 의지한 연고로(依般若波羅
蜜多故) 마음에 거리낄 것이 없고(心無罣碍) 거리낄 것이 없는 까닭
에(無罣碍故) 놀라거나 두려움이 없다(無有恐怖).

여기 '마음에 거리낄 것이 없고'의 문장에서 '마음에'를 '마음은'
이라고 글자를 바꿔놓는다면 느낌이 사뭇 달라진다. '마음은'이라
고 했을 때는 주체적이고 능동적 어감이 있지만 '마음에'라고 하면
피동적 성격을 갖기 때문이다. 그런 까닭에 얼핏 생각하면 '마음은'
이라고 했을 때가 훨씬 활기찬 느낌이 들기는 하나 무수상행식(無受
想行識)이라고 했거늘 무엇을 마음이라고 할 것이며 또 무엇이 있어

서 활발해지는가?

　‘신통제일’인 목련존자와 반야심경에서의 사리자는 부처님께 귀의하기 이전의 수학(修學) 동문이며 석가세존보다도 연장자였는데, 세존께 귀의한 후에 상수제자로서 실질적으로 교단을 이끌기도 하였다. 목련은 돌아가신 모친을 구하러 지옥을 드나들 정도로 신통이 자재하여 뛰어난 수행력과 신통력은 당할 사람이 거의 없을 정도였다고 한다. 이 두 분은 부처님께서 열반에 드시고자 할 무렵에 차마 스승께서 먼저 가시는 것을 볼 수 없어 미리 열반에 들고자 했는데, 과거 부처님시대의 전례에 따라 석가모니께서 윤허하셨다고 전하여 온다.

　어느 날 목건련이 탁발을 나갔다가 시기하는 외도를 만나 타살의 지경에 이르게 되었다. 망가진 몸을 이끌고 부처님께 마지막 작별 인사를 드리고 열반하려 할 때 사리불이 그 소식을 듣고는 목건련에게 찾아와 ‘잠깐만 기다리면 나도 부처님에게 고하고 오겠노라.’ 고 하고는 말과 같이 스승을 향해 하직인사를 드리고 함께 열반에 들었다.

　부처님을 배출한 석가족은 이 두 분의 생존 시에 이웃 나라의 침공으로 멸족 당하는 비극을 맞는다. 그 나라 왕이 어릴 적 수모의 기억에 대한 앙갚음으로 자행한 일인데, 때마침 길목 마른나무 아래에 부처님이 앉아 계셨으므로 군사를 거느린 채 차마 그냥 지나

치질 못하고 내키지 않는 안부를 여쭈었다.

"그늘이 좋은 나무도 많은데 하필 말라죽은 나무 밑에서 쉬고 계십니까?"

부처님께서,

"잎이 메말라빠져 가지가 앙상한 나무지만 없는 것보다는 훨씬 낫다."고 하심을 듣고 이미 사태를 짐작하시는 줄 알고는 회군(回軍)하기를 두 번이나 거듭하였다. 세 번째로 다시 침공을 감행하자 부처님은 더 이상 가로막지 않으셨고 석가족은 그렇게 멸족을 당하고 만다. 지는 해를 쓸쓸히 바라보시는 부처님께 목련존자는 위로의 뜻을 담아 아뢰었다.

"세존이시여! 너무 상심하시지 마십시오. 제가 신통으로 석가족 수천 사람을 발우에 담아 공중으로 피신시켰습니다."

세존의 표정엔 아무런 변화가 없었고 내심 불안해진 목련이 발우를 황급히 내려보니 그 안에는 피만 흥건히 고여 있었다고 한다.

이 고사는 인과를 설명할 때 많이 인용되는 구절이긴 하나 아울러 달마스님이 여섯 번이나 독살을 꾀하는 무리의 독약을 피하셨다가 일곱 번째는 스스로 알고 드셨다는 일화와 2조 혜가스님과 3조 승찬스님이 모두 참형을 자초하시고 가셨다는 점을 상기하며 그 분들의 깊은 뜻은 무엇이었으며 어디에 있었던가를 되뇌어 볼만하다.

살아서는 삶에 철저하고 죽을 때는 죽음에 철저했던 고인의 일화나 다음 세상에 아랫마을 신도 댁에 시주의 은혜를 갚으러 소나 되겠다던 남전스님의 말씀 등이 예사롭게 느껴지지 않는 것은 비단 누구 한 사람만의 일은 아닐 것이다.

또 노파소암(老婆燒庵)이라고 잘 알려진 화두에서는, 한 노파가 암자에서 오로지 수행에 열중하시는 스님을 20년이나 지극 정성으로 봉양했는데, 어느 날 딸에게 음식을 들려 보내며 스님 품에 안기고는 그 반응을 살펴보라고 하였다. 모친의 지시대로 스님의 품에 안겨 온갖 아양을 피우다 돌아온 따님으로부터 스님의 반응이 아주 냉정하더라는 말을 전해 듣고는 '속물보다 못한 인간'이라며 몹시 대노하면서 노파는 암자에 불을 질러 수행자를 쫓아냈다는 것이다.

이 일화는 공부인 사이에 자주 등장하여 친숙하지만 대단히 까탈스러운 주제인데, 마음에 걸림이 없다는 대목을 두고 한 번 정도 다시 음미하는 것도 좋을 듯 하다.

마음에 걸림이 없으려면 당연히 그 도리를 알아야 하니 지혜가 우선이 됨은 두말할 나위 없다. 지혜가 원숙하면 지계(持戒)가 저절로 되고 계행(戒行)이 청정하면 마음이 안정되어 요동이 없다. 어떤 상황에서도 놀라거나 두려워하지 않는다면 평소 행하는 바가 떳떳하고 당당할 것임은 불을 보듯 뻔한 이치이다.

허망한 탐욕으로 인하여 패가망신하는 일을 자주 본다. 욕심은 번뇌를 낳기도 하지만 항상 마음을 들뜨게 하고 끝내는 실의·증오·

무기력·공포를 일으킨다. 즉 탐진치 삼독심이 결국 공포를 불러오는 것이다.

본디 얻을 바가 없음을 알아 마음에 거리낌이 없게 되었고 그런 까닭에 공포가 일어날 이유도 없다는 말은 구하는 바와 원하는 바가 없으면 해탈이라는 말과 일맥상통한다.

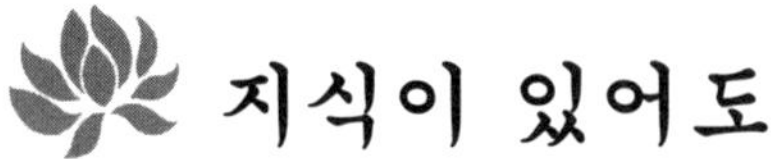 지식이 있어도

절에 들어와서 비로소 지식과 지혜라는 말의 차이점에 대해 듣게 되었다. 아무렴 아련하게나마 구별을 못했겠냐마는, 절에서 후딱하면 듣던 이야기 중에 하나가 바로 이 지혜에 관한 것이었다. 그러는 사이 어렵게 느껴지고 항상 비슷비슷하게 들리던 말 가운데서 반야라는 말도 구분해낼 만했고, 그것이 지혜라는 뜻을 가진 범어라는 사실도 그럭저럭 짐작할 만 했다.

반야심경을 들여다보게 되면서 좀 더 확실한 이해를 기대했지만 쉽지도 않았거니와 요리조리 궁리해 보아도 기특한 생각은 떠오르지 않았다. 기본적인 자질도 없이 스님네의 무리에 섞였고 진지하게 불법에 대해 듣거나 배운 바도 달리 없었으니 당연한 일이기도 하다.

해가 거듭 될수록 초조한 마음에 헐떡이다가 건강도 기울어져 병치레에 한동안 시달리다가 뜻밖에 부처님 말씀을 문득 이해하게 된 때를 만나서 그간 들춰볼 엄두도 내지 못했던 경전을 넘겨볼만 했다. 270자 반야심경의 앞뒷줄을 꿰어보았던 때도 그 무렵이다.

우리가 지혜에 대하여 흔히들 이야기 하지만 반야는 불교적 지혜를 가리키는 것이라고 이미 반복해 강조한 바가 있다. 그러므로 세간에서 일컫는 지식과 지혜와는 사뭇 다르다는 말이 바로 이를 뜻하는 줄 알면 된다.

이를 미처 이해 못한 어리석던 생각은 반야지(般若智)를 얻으면 모든 신통이 단박에 열려서 하늘을 날고 땅속을 기고 남의 마음을 속속들이 다 알며 누구든지 뜻대로 조종하고 세상에 못하는 일이 없게 되는 줄로만 생각했다. 또 도인이란 그런 사람을 가리킨다 여겼고 나도 그렇게 돼야 한다는 생각들로 머릿속을 온통 빼곡이 채워놨었다

처음 납자로서 공부를 시작하여 두어 해 가량은 어서 도인이 되고픈 욕심에 각 처의 어른스님과 이름난 도인스님들을 줄기차게 찾아다니기도 했다. 그러나 이상스럽게도 남들이 대단하다고 하는 그 가르침을 받고도 머리에 남는 것은 도무지 없었다. 때때론 원인도 감 잡지 못한 채 스스로의 한계를 절감하며 좌절의 늪에 빠져들기도 했다. 진한 미련과 안타까운 마음에 남몰래 녹음기라도 차고 들어가 도인의 말씀을 따와서 세뇌가 되도록 두고두고 들어보면 언젠

가는 해결책이 열릴 거라는 묘책도 연구해 내기까지 하였다.

머릿속에 든 생각과 바람들이 그처럼 허망하고 요상한 것 따위였으니 어느 도인의 말씀도 비집고 들어갈 수 있는 처지가 아니었다. 그럼에도 불구하고 철딱서니 없는 그런 생각에서 오랫동안 푹 잠겨 전혀 빠져 나오지 못했다.

다행스럽게도 은사스님의 지극한 관심과 애정 어린 경책은 종당에 결정적인 위력으로 나투었다. 간간이 해제 때마다 찾아뵙게 되면 '승려는 공부하는 것으로만 업을 삼아야 한다.'고 하시며 늘 밤을 새워가며 뭔가를 일깨워 주시고자 애를 쓰셨다. 아무 것도 알아들을 수 없던 처지였으니 도리어 죄송하고 송구스러운 마음뿐이므로 간간이 알아들었냐는 다그치심엔 건성으로 두 마디도 아닌 '예' 소리만 신음처럼 반복했을 뿐이다.

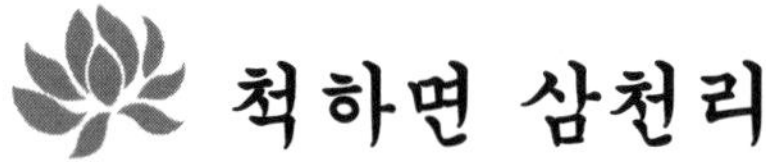 척하면 삼천리

가끔 건강에 관한 이야기를 해주다보면 언제 그 많은 연구를 했느냐고 의아한 표정으로 되묻곤 한다. 그 때는 하던 말도 잃어버리고만다. 도리어 이상하게 생각되는 것은 왜 그들이 그렇게 생각하느냐는 점이다.

가령 단전호흡이 몸에 이로운 연유를 말할 때 '아랫배 안의 내장은 아주 가느다란 실핏줄이 분포되어 있어서 거기서 몸에 필요한 대부분의 에너지를 흡수하여 온 몸에 공급을 하기 때문에 실핏줄을 지나는 혈액의 순환이 원활하지 못하면 여러 가지 질환이 발생할 수도 있다. 단전호흡은 내장에 마찰을 주는 효과가 있으므로 그런 질환을 예방하거나 치유하는 데 꽤 좋은 효과를 발생시킨다.'고 하면 얘기는 옳게 들었는지 말았는지 되돌아오는 말과 반응이 대체로 그런 것이어서 하는 말이다.

혹은 '안구를 각 방향으로 움직여주는 여러 쌍의 근육이 우리의 습관이나 노화현상으로 원래의 밸런스가 깨어질 때 안구가 일그러지면서 눈이 나빠지기도 한다니 달리 조치를 취할 생각을 말고 수련시간에 시선의 방향을 보다 확실히 해서 안구 근육의 균형을 되찾아 준다면 눈의 건강도 지킬 수 있으니 일거양득이 된다.' 라고 하기도 하고 '우리가 꼭 육식을 하지 않더라도 끊임없는 신진대사를 통해 내장 등에서 탈락하여 재 흡수되어 이용되는 양이 만만치 않다고 하니 너무 육식에 집착할 일도 아니며 음식에 추해질 이유도 없다.'고 하면 '언제 저런 연구를 했다고 저러나?' 하는 표정만 역력하게 느껴진다.

그러나 그런 것들은 연구 끝에 얻은 것은 아니다. 생식을 하거나 소량의 것으로 사는 따위와 건강을 위한 여러 동작들이 배운 것이라거나 들어서 따라하는 것이라면 아마도 줄기차게 실행하지 못했을지 모른다.

세간에 잘 알려진 단전호흡법이라든가 풍선만 하루에 몇 개씩 불어도 만병의 공포에서 벗어날 수 있다고 주장하는 풍선요법, 일본인들의 전폭적인 지지와 세계적으로 인정을 받는 니시 건강법의 이론과 운동법들, 혁신적 효과가 있다고 선전하는 수많은 운동기구들까지 그것들이 주장하는 근거를 구태여 귀 기울여 듣지 않더라도 대번에 판단할 수 있는 데에는 그만한 까닭이 분명히 있다.

이는 그것들이 발생시키는 효과의 공통점을 충분히 꿰뚫고도 남을 만한 각성이 있고 나서부터의 일이다. 그 후부터 생식과 일종식을 하면서 물조차 따로 먹는 일이 없이 지내면서도 두려움이나 걱정으로 주저했던 적이 결코 없었다. 이미 보아두고 충분히 이해한 것이 있기 때문이다.

평소의 생활 방식이 건강의 첩경이라고 주장하는 사람의 말이 맞는다면, 내장 안의 숙변을 제거할 수 있어 소화력도 향상될 것이니 얼마든지 소량의 음식물로도 생활이 가능하고, 나아가 만약 몸이 그런 조건만 스스로 갖추게 된다면 음식물에 그다지 의존하지 않더라도 생존할 수 있다는 데 대하여 확고한 신념이 있어서 하는 것이다.

그러므로 누구는 내게 신비한 힘이 있기 때문일 것이라고도 하나 가당치 않은 말이다. 오랜 기간 의약의 도움도 별로 소용이 없던 이들 가운데 혈압 따위의 순환기 계통의 질환과 장애로 고생하던 이들이 아주 빠른 효과에 놀라워하기도 하지만, 신체의 근육과 관절을 위시해서 세포 구석구석의 경직을 풀어주려는 의도로 구성된 일련의 참선요가동작들은 각 부위를 자극하면서 유연하게 했을 것임은 분명하다.

혈액도 딱딱한 곳보다는 부드러운 곳을 지나기가 쉬울 테고 그런 움직임이 혈관벽에 붙어있는 노폐물을 떨구어 밀어내면 비좁던 혈관을 확장하는 효과도 발생시킬 것이다. 그로 말미암아 신체의 여러 부위와 함께 혈관의 탄력까지 회복되면 고혈압이나 저혈압 증상도 능히 호전될 수밖에 없을 것이라는 점은 단순하지만 이와 같은

명확한 이치에 근거한다. 이런 일반적인 현상은 어디에서나 적용되
는 보편타당한 도리이기도 하다.

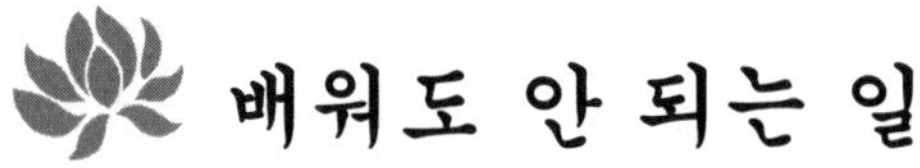 # 배워도 안 되는 일

연말 추위 속에 원고 교정 일로 시내에서 하룻밤을 묵고 온 다음 날 머리가 띵한 것이 기분이 썩 좋지 않았다. 목젖이 부은 기색이 있고 삭신이 쑤셨다. 그럴 때마다 전날에 특별나게 한 일이 있었는지 살피지만 그일 말고는 짚히는 게 없었다. 약방엘 갔더니 몸살기운이란다. 편도가 부은 것을 말하고 약을 닷새치를 타 왔다. 이왕 시작된 병이라면 그 기간은 지나야 물러갈 것이라는 것이 내게는 이미 상식이었다.

이런 증상이 나타날 때마다 물구나무서기로 달래지만 요번은 느낌이 사뭇 달랐다. 사온 약을 먹고 땀을 낸다고 누웠다가 깜빡 잠이 들었는데 깨어보니 입안이 훨씬 더 부어올랐다. 이렇게 되면 상태가 심상치 않다. 다행히 미리 증세를 말하고 조제를 해왔으니 두 번 약국에 갈 일은 없을 듯 했다.

하루이틀 사이에 차도가 있을까마는 별다른 기색이 없자 주지스님께서 시내의 약국에 다시 조제를 부탁했다. 그런데 약사선생님도 유행하는 독감으로 약국 일을 삼일이나 못했단다. 약기운으로 입안의 충혈은 풀리는 듯하면서도 기도 깊숙이 내려가는 느낌은 여전했다. 다행히 이삼일 후에 폐까지 이르지 않고 기도 끝쯤에서 회복되어 심한 기침에 시달리거나 가슴이 들썩이는 고통 없이 조용히 물러가주었다.

스님들이 차도를 물으시기에 성공적으로 감기를 앓아 마쳤다고 했더니, '안 앓고 말지 성공적으로 앓을 건 무어냐?' 하시며 웃었다.

어린 시절 집에서 얼마 떨어지지 않은 곳에 아주 큰 시장이 있었다. 이 시장은 특히 먼 외지 사람까지 모이는 곳이라 늘 북적댔다. 그들 때문에 약국도 여러 개가 덩달아 생겼지만 이상하게도 나중에 개업한 젊은이의 약국에 사람들이 몰렸다.

지금 생각해보면 가장 흔한 병이 감기 몸살과 체하는 것인데 당시에 '감기약은 그 집이 잘 듣더라!' 는 말을 자주 듣던 기억으로 미루어 젊은 약사였지만 아마도 감기의 그런 증상을 정확히 파악하고 조제를 하면서 입소문을 타지 않았나 하는 생각이 문득 든다.

증상에 따라 약의 성분이 얼마나 달라지는지 모르겠으나, 염증이 폐에까지 이르면 기침을 할 때마다 허파 속의 공기가 충혈되고 부어오른 기도로 한꺼번에 몰리면서 찢는 듯한 고통의 경험으로 보아, 적절한 조치는 얼마든지 환자의 고통을 덜어줄 수 있을 거라는 생각에 의심이 없기 때문이다.

이처럼 한자리에서 같은 교과서로 강의를 듣고도 평범한 앎과 특출난 이해가 따로 있을 수 있다.

생이지지(生而知之)라는 말이 있는데 태어나면서 이미 알고 있는 일이라는 말이다. 또 단 한 마디의 말도 듣기 전에 미리 알아차린다는 언전소식(言前消息)과 스승의 가르침 한 마디에 대번에 깨닫는다는 언하대오(言下大悟)는 그래도 상근기에 속한다. 듣고 보고 한참 연구한 후에야 이치에 도달하는 경우도 있지만 손에 쥐어주어도 모르는 멍청이도 부지기수이니 어떻든 이치를 알았다면 축복해 줄만한 일이다.

꽤 오래 전에 들었던 한 어린 스님의 출가담이 문득 생각난다. 고등학생 때 친구 집에서 처음 불교성전을 들춰보게 되었는데 '세상에 이런 일도 다 있구나!' 하고 깜짝 놀랐다고 했다. 출가해서 진한 감동의 여운이 묻어있는 불교성전을 나눠주며 여러 사람에게 읽어보길 권했어도 별로 느끼는 것이 없는 것 같아 몹시 이상하다는 생각이 든다는 것이다.

마치 나를 두고 하는 말처럼 여겨져 남몰래 얼굴을 붉히며 부끄러워했던 기억이 아직 생생하다.

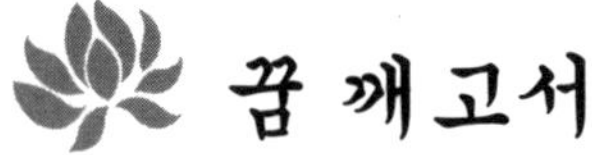 꿈 깨고서

원리전도몽상 구경열반 삼세제불 의반야바라밀다고 득아뇩다라
삼먁삼보리

　遠離顚倒夢想 究竟涅槃 三世諸佛 依般若波羅蜜多故 得阿耨多羅
三藐三菩提

뒤바뀐 꿈속의 생각들을 멀리 여의니(遠離顚倒夢想) 결국 그 자리
가 열반이더라(究竟涅槃). 과거·현재·미래 삼세(三世)의 모든 부
처님도(諸佛) 반야바라밀다에 의지한(依般若波羅蜜多) 까닭에(故)
더없이 뛰어나고 올바르고 완전한 '무상정등정각(無上正等正覺)'
즉 아뇩다라삼먁삼보리(阿耨多羅三藐三菩提)를 얻게(得) 되었다.

반야의 지혜는 통념적인 막연한 지혜가 아닌 불교적인 지혜로서

150

어리석음이 일으킨 착각과 욕심이 다 떨어진 상태의 것이므로, 꿈 속의 뒤바뀐 생각을 멀리 여의고 마침내 열반에 이르렀다는 이 대목과 그러므로 삼세의 모든 부처님께서도 이 반야바라밀다에 의지한 연고로 즉 꿈 깬 것으로 인하여 다시 말하면 욕심을 버린 것으로 '아뇩다라삼먁삼보리' 인 '무상정등정각' 을 얻었다는 구절에서 돌연 반야가 무엇인지를 확신하는 계기를 맞았다. 이후로 이 도리가 수행의 요점이며 불교의 핵심이 됨을 의심하지 않았다.

반야심경에서는 첫머리부터 연속적으로 우리가 일상에서 보고 느끼며 옳다고 생각하는 경험들 즉 사실적이라고 생각하는 것들이 실제적으로는 그렇지 않다는 데 대하여 거듭거듭 강조한다. 첫째는 이 몸뚱이조차도 나라고 여길 근거가 도통 없어서 허망하기 짝이 없는 것이고, 다음은 모든 존재계의 현실이 그와 같아서 물질과 허공의 관계가 그렇고, 접촉하고 느끼고 판단하고 갈무리하는 것은 물론 태어나고 죽는다는 생각과 더럽고 깨끗함 늘어나고 준다는 것들까지도 중생들의 판단 방식으로 옳다고 할 것이 도무지 없다는 것이다.

왜냐하면 색수상행식도 없고, 눈·귀·코·혀·몸·뜻과 물질·소리·냄새·맛·감촉·생각이 없으므로, 또한 보았다거나 의식을 했다는 것까지도 없고, 무명이나 무명이 다했다는 것과 늙고 죽음이나 늙고 죽음이 다했다는 것도 없으며, 고집멸도나 지혜랄 것도 없고, 얻을 것도 없는데, 이는 얻을 것이라는 것이 아예 없기 때문이라고 했다.

보리살타는 이와 같은 반야바라밀다에 의지한 연고로 즉 '착각에서 벗어나고' '탐욕을 버리고' '꿈 깬 덕분'에 다시 말해 '불교적 지혜'로 말미암아 마음에는 거리낄 것이 없고, 거리낄 것이 없는 까닭에 두려움이나 공포도 없으며, 마침내 꿈처럼 뒤바뀐 생각을 멀리 여위고 나서 구경에는 열반을 증득(證得)하게 되었다는 것이다.

이 일은 너와 나 혹은 선택받은 몇몇에 해당되는 일이 아니라 삼세(三世)의 모든 부처님도 오직 이 반야바라밀다에 의지한 연고로, 즉 꿈속의 생각을 멀리 여윌 수 있었고 기필코 욕심을 버린 까닭에 드디어 최상의 깨달음을 얻게 되었다는 사실을 분명히 밝히고 있는 것이다.

 # 장자께서

　장자는 세상 사람들이 아름답다고 여기는 것에 대하여 다음과 같은 글로써 의문을 표했다. 모든 사람들이 어느 여인은 천하의 아름다움을 지녔다고 하지만 사슴이나 물고기는 그 여인을 보면 오히려 숲 속으로 숨거나 물속으로 모습을 감춘다. 그렇다면 어찌 그것이 진정한 아름다움일 수 있느냐고 되물었다.

　지금도 어느 민족은 몸에 이상한 문신과 치장을 하며 신체의 일부분을 변형시키거나 상처를 내고서는 아름다움의 척도로 삼고, 어디서는 사팔뜨기와 곱사등을 신의 선택과 가호 때문이라고 여겨 여간 부러워하는 것이 아니란다. 그것을 사진으로 보거나 전해 듣는 사람들이 아연실색하는 것을 보면 기준도 천차만별인 것은 분명하다.

　옳고 그르고 낮고 못하고를 차치하더라도 인간의 판단기준이 꽤 모호한 것 또한 엄연한 사실이다.

큰물이 한 번 지면 댐과 같은 상수원은 온갖 오물로 빈틈없이 뒤덮인다. 그 오물은 그 물을 먹고 쓰는 바로 그 사람들이 산에서 먹고 놀다가 다시는 안 볼 것처럼 버리고 온 것들이다. 쓰레기는 물론이고 물가의 한적한 곳에 대충 봐두었던 대소변도 씻겨 왔음은 보나마나 뻔한 사실이다. 남들의 그런 처사를 보면 분개하면서 자기 처사라고 다를 바 없다. 그러므로 정화조 물과 별로 다름이 없건만 자기 집 정화조 물은 돈 들여 퍼내면서 수돗물이 나쁘다고 온갖 불평불만을 끝없이 늘어놓는다.

삼복더위의 산속 한가한 숲의 웅덩이나 샘터에는 어김없이 뱀이란 놈이 웅크리고 들어앉아 있다. 뱀은 냉혈 동물이라 아무래도 더위에는 견디기 힘든가 보다. 그런데 그간 잘 먹어 왔던 샘물에서조차 뱀 허물만 보고도 기겁을 하며 생 구역질을 하고 호들갑을 떨어댄다. 굳이 그럴 것까지 없는데 말이다.

우리가 먹는 물은 단 한 방울도 어느 깨끗한 곳에서 바로 생겨난 것이 아니다. 여지껏 먹어 왔던 물과 지상의 모든 물이 뱀 뿐 아니라 지렁이 굼벵이 죽은 쥐며 심지어 송장 썩은 물에 지나지 않는다.

그러므로 내 눈에 지저분해 보인 것은 당연히 더럽고, 못본 것이면 무조건 깨끗하다는 생각은 순전히 허구적 판단이다. 좋다는 것과 싫다는 것 등의 차이도 다를 바 없다. 옳고 그르다는 생각도 괜한 분별에 불과하다. 다만 유치하고 옹졸한 생각이 빚어낸 결과일 뿐이다.

장자가 어느 날 꿈속에서 나비가 되어 만발한 꽃들을 맘껏 희롱하며 재주를 부리다가 깨어났다. 그런데 꿈속에서 나비였을 때는 도무지 자기가 사람인지 장자인지도 몰랐다. 살랑거리는 바람결에 한참이나 하늘을 자유자재로 날아다니면서 사뭇 즐거워하다가 언뜻 깨서보니 순전히 꿈이었다.

장자는 큰 고민에 빠졌다. 왜냐하면 지금 생시의 장자라고 여기고 있지만 어쩌면 나비가 잠을 자다가 꿈을 꾸면서 꿈속에서 사람이 되어 자기는 장자라고 불리는 사람이라고 여기는지 알 수 없었기 때문이었다.

어차피 인생이 한바탕의 꿈에 불과하다고는 하나 그래도 장자 역시 내내 장자이고 싶었던가 보다.

우리는 누군가가 죽으면 슬퍼하고 죽음을 두려워하며 싫어하는 데에는 예외가 거의 없다. 그러나 만약 죽은 이들을 다시 불러내어 뼈에다 살을 부쳐 줄 테니 돌아오겠냐고 하면, 아무도 '그러마!' 하고 선선히 대답하며 나설 이가 전혀 없을지 모를 일이 죽음에 관한 일이다. 마치 장자가 꿈속에서 나비가 되어 한껏 행복에 겨워했듯이 말이다. 또한 저 옛날 어느 처녀는 군사에 붙들려서 궁궐로 끌려갈 때 옷깃이 젖도록 눈물을 펑펑 흘리며 몸부림을 쳤지만, 산해진미와 부드러운 침상에 누워보고는 엊그제 울고불고 난리 치던 일을 금방 후회했다고 하듯 할 수도 있기 때문이다. 그러므로 만인의 공통된 견해라 하더라도 결코 옳다고만 할 수 없다.

인간사에서 속이고 속는다는 일도 마찬가지다. 아내는 남편에게 그 남편은 아내에게, 또 부모는 자식에게 자식은 부모를 원망하는 식으로 서로가 속았노라고 하지만 엄밀히 말하면 누가 누구를 속이는 법은 절대 없다. 다만 스스로가 속았을 뿐이다. 그 원인은 욕심과 지나친 기대감 따위일 수도 있지만 결국 그릇된 판단이 앞선 탓때문이다.

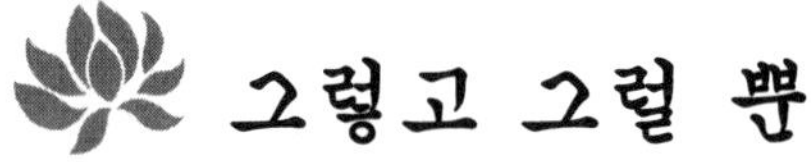 그렇고 그럴 뿐

흔히들 죽음에 대하여 '처참하다', '비참하다' 라든지 '불쌍하게', '불행하게' 혹은 '안 됐다' 라는 말로써 애도의 뜻을 나타낸다. 처참하고 비참하게, 불쌍하고 불행하게 죽지 않고 화려하고 행복하게 잘 죽었다는 말이 전무한 것을 보면, 우리가 아무 생각 없이 습관적으로 사용해온 죽음에 관한 표현은 어설픈 데가 있어서 모순의 산물에 불과하다. 이런 잘못된 언어 습관은 모르는 결에 인간의 사고방식에도 적지 않은 혼란을 일으켜 왔을 것이다.

인명(人命)은 재천(在天)이라는 말이 있다. 사람의 명(命)의 길고 짧음은 이미 태어날 때부터 정해진 것이라서 목숨만큼은 각 개인의 의지에 따라 늘기도 하고 줄기도 하는 것은 아니라는 것이다. 목숨이 팔자소관이고 아니고를 떠나서 이 일의 시종(始終)이 인과법의 범주에서 벗어나지 못함을 알면 요란하게 소란을 떨 것도 아예 없다. 그러므로 죽음 앞에 어떤 수식어가 붙던 실제로는 조금도 일그러짐이 없이 항상 완벽하다. 오히려 단명이니 장수니 하는 말이 어불성설이다.

물론 백 살과 백 일 간의 수명의 길고 짧음을 인정하지 않아서가 아니다. 그러나 백 살을 살았더라도 제 수명에서 촌각만큼 바삐 갔다면 단명이라 해야 옳고, 백 일을 넘기지 못한 아이도 제 목숨보다 한 호흡 길이만큼 더 살았다면 장수였다고 해야 하는데, 그런 일은 전혀 있을 수 없기 때문이다.

삶이 이토록 완전한 것임을 이해한다면 절대적인 기준치가 존재할 수 없는 법이다. 그런 까닭에 완벽하기 그지없는 일을 두고 오히려 눈에 띄는 차별적 현상으로만 판단하여, 장수와 단명 따위로 분별과 시비를 초래하는 것은 관찰자의 무지에서 비롯된 것에 불과하다. 오직 그렇고 그럴 뿐인 일을 별별 망상이 동반한 사량(思量)과 분별이 언어를 빙자하여 낱낱의 차별을 만든 결과이다.

삼업(三業)은 좋거나 좋지 않은 결과를 발생시키게 되는 세 가지 형태의 업에 관한 것이다. 부정적인 결과를 초래하는 몸으로 짓는 신업(身業)에 살생(殺生) · 투도(偸盜) · 사음(邪淫)이 있고, 입으로 짓는 구업(口業)에 망어(妄語) · 기어(綺語) · 양설(兩舌) · 악구(惡口)가, 뜻으로 짓는 의업(意業)에 탐심(貪心) · 진심(嗔心) · 치심(癡心)이 있다.

　‘정구업진언(淨口業眞言)’으로 시작하는 천수경의 ‘수리 수리 마하수리 수수리 사바하’는 중생의 온갖 부질없는 사유(思惟)가 만든 분별세계에서 청정법계로 나아가는 데 반드시 필요한 덕목으로 구업(口業)의 정화(淨化)를 우선적으로 제시한다. 즉 생각으로만 품은 악한 마음도 종당에는 큰 허물로 발전될 수 있고, 선업이건 악업이건 모든 업은 몸으로 짓는 것이지만 의업(意業)과 신업(身業)을 젖혀두고 구업(口業)만 들어 참회하는 데에는 연유가 확실하다. 일체의 사유와 행동의 근본이 바로 언어이며, 또 언어적 개념을 의지하지 않는 생각은 아예 존재할 수 없는 까닭에 정구업진언이 모든 악업 참회의 바탕이 되기 때문이다.

　설령 머리의 생각을 말로 뱉거나 글로 옮겨 적어 문자화하지 않았더라도 머릿속의 사유도 언어적 개념의 방식이 아니면 생각자체가 불가능하다. 그 한 생각이 있은 다음에 모든 방식의 행동이 비로소 몸을 통해 표출되는 것이 순서이므로, 구업(口業)이 의업(意業)의 뿌리가 되며 신업(身業) 또한 다를 바가 없다.

　이런 관점에서라면 사유의 발달은 언어로써 사물과 현상에 대한 분별력을 향상시키는 계기는 되었다 할지라도 절대적 근본자리에서 보면 도리어 불행한 결과를 양산하고 말았다. 어느 결에 언어의 마력에 흡인된 대다수의 사람들은 일체의 사물과 현상을 언어적으로 이해할 수 있다는 믿음을 굳게 갖게 되었고, 이로 인해 실질적 이해보다는 언어적 개념에 더 친근감을 갖고 이에 익숙해져서 실상보다는 허상에 이끌려 살게 된 때문이다. 즉 실제(實際)보다는 구실과 명분만 쫓는 묘한 세상으로 만든 핵심 요인이 언어라는 점이다.

이를 지혜롭게 간파한 선각자들은 언어의 허구성을 경계하여 말이 가 닿지 못하는 자리라는 언어도단(言語道斷)과 마음으로도 살펴볼 곳이 없다는 심행처멸(心行處滅)이라는 말로써 절대의 경지를 설명하고자 애쓰기도 하였다. 전도몽상(顚倒夢想)은 이런 현상을 함축적으로 지적한 말이라고도 할 수 있다.

 # 선도 악도 생각지 않을 때

조용하던 선사(禪寺)가 술렁거렸다. 전대미문(前代未聞)의 사건이 생겼기 때문이다. 석가모니부처님 이후 가섭, 아난으로 의발(衣鉢)이 전해지기 시작하여 달마대사에 이르기까지 인도땅에서의 28차례와 달마스님이 동쪽으로 오셔서 혜가, 승찬, 도신을 거쳐 홍인대사에 이르도록 다시 네 차례나 더 전법 되었지만, 삭발도 하지 않고 먹물 옷도 걸치지 않은 속인(俗人) 모습의 행자 나부랭이에게 부처님 법과 그 징표인 의발이 전수(傳授)된 적은 일찍이 없었기 때문이다.

더욱이 사중(寺中)의 대중들이 납득하고 수긍할 수 없었던 일은 평소에도 조실스님께서 칭찬을 아끼지 않으셨던 신수(神秀)라는 걸출한 제자가 있음에도 불구하고 어느 날 홀연히 외진 변방의 강촌에서 굴러 들어와 삼 년 동안 담장 밑의 방앗간에서 디딜방아를 찧던 노(盧)라는 성(姓)을 가진 일자무식의 청년에게 전법(傳法)의 징표(徵表)인 부처님의 의발을 넘겼다는 것은 아무래도 사리에 맞지 않은 일인 듯해서였다.

대중들은 숙의 끝에 결코 묵인할 수 없는 일이라는 데 의견을 모아서, 부처님의 의발(衣鉢)을 되찾고자 노행자(盧行子)가 갔음직한 길을 여러 무리로 나뉘어 뒤쫓기 시작했다.

노행자는 야반(夜半) 삼경(三更)에 홍인대사로부터 은밀히 의발을 전수받고 즉시 강을 건너 대사께서 일러 주신대로 남으로만 방향을 잡아 두 달이 되어서 대유령에 다다르게 되었다.

홍인대사 회상에는 장수 출신으로 힘과 무예가 뛰어난 혜명(慧明)이라는 승려가 있었는데, 공교롭게도 남쪽으로 뒤쫓는 무리에 끼어 있었다. 힘이 장사인 그는 가장 앞서서 대유령 고개를 막 넘어서려는 노행자를 발견하곤 벽력같은 소리를 지르며 내달렸다. 신변에 위협을 느낀 노행자는 할 수 없이 의발을 길옆의 바위 위에 올려놓고 멀리 피할 겨를도 없어서 근처에 몸만 간신히 숨겼다.

곧 쫓아온 혜명은 두 달만에 손에 넣게 된 의발인지라 의기양양하게 덥석 안아 올렸다. 그런데 한 벌의 가사와 밥그릇에 불과한 그 보따리는 어찌된 영문인지 꼼짝 하지 않았다. 의아하게 여기며 다시 힘껏 드니 되려 의발이 놓여있던 바위가 함께 딸려서 들려졌다.

넋이 나간 혜명이 바닥에 털썩 주저앉아 사방을 돌아보며,

“제가 여기까지 온 까닭은 의발을 탐내서가 아니고 오직 도를 얻고자 함입니다. 행자께서는 자비를 베푸소서.” 하면서 두려움에 울부짖었다.

노행자는 그의 진심 어린 간절한 음성을 듣고 숨겼던 모습을 그의 앞에 드러냈다. 혜명은 지극한 예의를 갖추고 가르침을 청한다.

이때 노행자가 최초로 한 설법이,

“불사선(不思善) 불사악(不思惡) 하라! 이때 그대의 본래면목(本來面目)은 무엇인가?”이다.

즉 ‘선도 생각지 않고 악도 생각지 않을 때 무엇이 진정 그대인가?’ 라는 물음이다.

이에 크게 깨달은 바가 있었던 혜명은 그 가르침의 은혜에 무수히 예배하며 감사드리고 나서, 자신의 이름에 노행자 혜능(慧能)의 혜(慧)자가 있음을 송구스러이 여겨 새롭게 도명(道明)이란 법명을 받고는 스승의 장도를 축원하며 발길을 되돌려 뒤늦게 산기슭에 당도한 무리를 이끌고 돌아간다.

우리가 쉼 없이 해대는 모든 분별 즉 착하다 악하다, 좋다 나쁘다, 밉다 곱다, 사랑한다 증오한다, 깨끗하다 더럽다, 희다 검다, 밝다 어둡다, 차다 뜨겁다, 달다 쓰다, 짜다 싱겁다, 많다 적다, 높다 얕다 따위의 모든 상대적인 차별은 어떤 절대적 기준으로 생기거나 만들어진 것은 결코 아니다. 더구나 일체의 모든 인식은 오직 자신의 관점에서 가치를 판단하고 의미를 부여하였을 뿐이므로 더욱 근거가 희박하다.

설령 눈으로 보고 귀로 듣고 하는 따위의 육감 전체를 동원하여 인식한 것일지라도 반야심경에서 이르길 그 모든 인식판단의 체계는 일찍이 존재한 바도 없고 생긴 일도 없다고 누누이 되풀이 강조한다. 진실이 그렇다면 그 허망하고 부질없는 알음알이들은 정체도 모호하기 짝이 없는 것이며, 그런 까닭에서도 절대적 의미와 가치가 있는 참된 실상과는 전혀 별개일 수밖에 없다.

산은 높다는 말을 들으려고 생긴 것도 아니고 골짜기 역시 깊다는 소리를 들으려고 만들어진 것이 아니다. 계곡에서 흐르는 물이 푸르고 맑은 까닭이나 시커먼 하수천에서 악취를 풍기며 흐르는 물도 깨끗하니 더럽니 하며 괜한 시빗거리나 삼으라고 그런 것도 아니지 않은가? 공연히 인간들이 온갖 수식어를 동원하여 분별을 끊이지 않으며 하릴없는 소란을 불사할 뿐이다.

오직 제 입맛에 맞으면 좋아서 헤헤대다가 조금만 섭섭해도 온갖 말로 비난을 하며 스스로 괴로워한다. 하지만 다른 이들은 여전히 같은 것을 두고 좋다고 하는 것을 보면, 분명 자신만의 일에 불과할 뿐인데 결코 그를 알아채지 못하니 온갖 허물만 태산처럼 키운다.

즉 도명행자를 위한 법문은 모든 번거로움과 분란이 오직 사량으로 인해 시작된 분별에서 지나지 않아서, 일체의 사유가 끊어진 자리에서라야 진실 그 자체를 만나게 된다는 육조 혜능의 직설적인 가르침이었던 셈이다.

반야심경 중에서라면 원리전도몽상(遠離顚倒夢想)한 연후(然後)라야 참된 도리를 증득하게 된다는 뜻과 의미가 통한다고 할 수 있다.

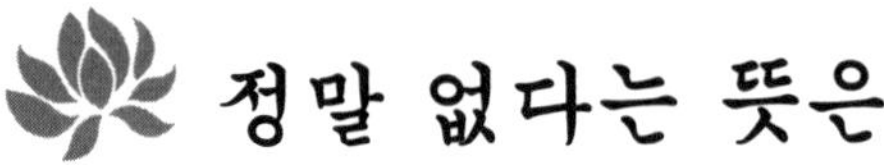 # 정말 없다는 뜻은

조주스님에게 한 승려가 '개에게 불성이 있는가?' 여쭈니 스님께서 답하시길 '무(無)'라고 하셨는데, 이를 두고 괜한 공상으로 온갖 분별을 내며 스스로도 번거롭고 남마저 혼란케 하여 안타깝기 그지없다.

더욱 가관인 것은 조주스님이 '무'라고 하셨을 때의 '무' 자는 아무 의미가 없는 중국말의 발음상의 '무(moo)'라는 주장은 가당치 않아서 기가 막힌다.

그러한 주장을 일삼는 이는 간화선(看話禪)을 글자대로 화두를 그저 바라보는 것이라고 이해했는지 모를 일이긴 하다. 묵조선을 비롯한 여러 관법이 비슷한 주장을 펴고 있지만, 이미 간화선은 화두를 의심을 하며 공부하는 것이라고 널리 알려져 있는 마당에, 굳이 관법적 해석을 부쳐 간화선의 참된 의미라고 우겨대는 심보는 도통 이해 못할 일이다.

　미혹한 자가 뭐라고 하던 세상의 어떤 일에도 예외가 없듯이 진리를 밝히려는 이 공부에서도 딱 한 가지만은 확실히 존재한다. 그것은 바로 그 '진리'를 알려고 하는 의지가 무엇에 앞서 최선(最先)의 목적이 되어야 한다는 점이다. 즉 목적개념이 확고해야 한다는 의미이다.

　이는 여행길에 오르는 것과 같은 사소한 일에서도 경우는 똑같다. 도대체 자신이 왜 여행을 해야 하고, 또 어디로 갈지, 왜 가야 하고, 무엇을 하게 될지도 모른 채 나선 여행이라면 넋 나간 자의 유랑과 전혀 다를 바가 없을 것이다.

　그러므로 수행인은 자신의 목표인 깨달음, 해탈, 열반, 반야, 진여, 불성 내지는 부처라는 것에 대하여 끊임없이 참구하지 않으면 안 된다. 그것은 일반적이고 대중적인 개념의 언어로는 '인간이 추구할 수 있는 바의 최상의 행복' '세상에서 최상의 가치와 의미가 있는 일'로 표현될 수 있는데, 그 의지가 불교적 개념으로 구체화된 것이 곧 '여하시불(如何是佛)'이기 때문이다. 이 일은 그것을 완벽히 해결하기까지 잠시도 멈칫거림이 없이 그 본질과 성향에 대하여 의심하고 궁구하는 것이 무엇에 앞서 상책이다.

　수행을 하던 않던 또 무슨 일에 종사를 하더라도 인간들 대부분이 추구하는 궁극적인 목표가 여기서 터럭만큼도 벗어나지 않는다는 점을 이해한다면, 왜 모든 화두가 '여하시불(如何是佛)' 하나에서 비롯되며 여기로 회귀하는지를 이해할 수 있을 것이다.

이것이 바로 간화선의 핵심이며 요체이다. 이와 같아야 비로소 사교입선(捨敎入禪)도 가능하다.

조주선사께서 '무'라고 하셨을 때 그 '무'는 그냥 입김 샌 소리가 아니다. 묻는 학인의 불성(佛性)에 대한 알음알이를 단번에 부셔버린 일구(一句)이다. 마치 6조 혜능대사의 '불사선(不思善) 불사악(不思惡)하라!'는 자비로운 가르침에 방불하다 할 것이며, 단번에 생사를 말끔히 잊게끔 돈망생사(頓忘生死)케 하던 덕산선사의 삼십방 몽둥이질과 임제스님의 할(喝)에 비견되는 것이라 할 수 있다.

멍청한 학인의 전도몽상(顚倒夢想) 중에 사량(思量) 분별(分別)로 조합된 불성 따위는 개만이 아니라 부처일지라도 있을 턱이 없으므로 일체의 전도몽상(顚倒夢想)을 멸각(滅却)하지 않는다면 도저히 이 일은 판단할 수 없기에 '무(無)'라고 하셨고, 설령 원리전도몽상(遠離顚倒夢想)해서 판단이 섰더라도 다시 그 멸각했다는 생각조차 없어야 하므로 '무'일 수밖에 없는 것이다.

후세에 이 화두로 지도하신 여러 선지식께서도 고구정녕(苦口丁寧)히 이르시기를, 유무(有無)를 떠난 '무'인줄 알라고 당부하신 까닭도 이와 같아서다.

다시 유무(有無)를 떠났다는 말만 고상하게 여겨 그저 맹랑하게 '무'자만 하염없이 들여다보면 된다고 생각하면 이 또한 자신과 남을 함께 망치는 일이 되고 만다.

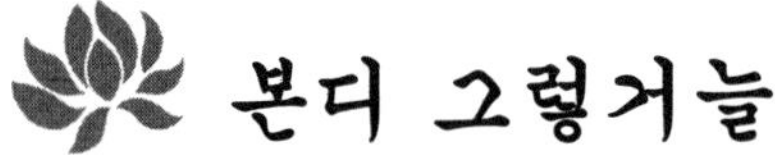 # 본디 그렇거늘

조선 중엽 승가고시에 나왔던 문제다.

"천지(天地)가 본연(本然)커늘 운하(云何) 홀생(忽生) 산하대지(山河大地)인고?"

천지가 본디 그런 건데 어찌 홀연히 산하대지가 생겼다고들 야단법석을 떨어대는가? 하는 물음이다. 이에 대하여,

"천지(天地)가 본연(本然)커늘 운하(云何) 홀생(忽生) 산하대지(山河大地)이닛까?"라고 답하고 급제한 이가 바로 서산대사였는데, 즉 천지가 본디 그렇다면 어찌 홀연히 산하대지가 생길 까닭이 있으오리까? 하는 답변이었다.

한 스님이 청법(請法)하는 자리에서 매우 간절하게,

"제 업장(業障)이 두터워서 수행에 진전이 없습니다. 선사께서는

제 업장을 소멸시켜 본분사(本分事)를 밝힐 수 있도록 자비를 드리우시기 바랍니다."하였다. 선사께서,

"네 두터운 업장을 들어내 보여라!" 하시니,

승려는 한참 머뭇거리다가,

"아무리 찾아봐도 도무지 찾을 수가 없습니다."했다.

선사는 너그러운 웃음을 안면에 가득 머금으시고는,

"그래? 그렇다면 업장은 이미 소멸해 마쳤느니라!" 하셨다.

자고로 언어는 인간이 만들었으되 그 언어에 치이고 밟히고 뭉개진 채 사는 것이 인간사의 적나라한 실상이다. 난무하는 언어의 홍수 속에 줏대도 없고 갈피도 못 잡은 채 휩쓸리는 일이 비일비재하다.

행복은 무엇이며 사랑은 어떤 건지, 또 의리는 무엇을 뜻하고 정의는 어떤 것을 의미하는지도 모른 채 행복과 사랑을 말하면서 서로 시기하고 질투하며 비난과 대립, 증오와 갈등에 몸서리를 쳐댄다. 의리와 정의를 구실과 명분으로 투쟁과 폭력을 정당화하고 마침내 살생과 골육상잔의 전쟁마저도 불사하는 일이 다반사이다.

실로 지구상의 인간사를 포함한 크고 작은 모든 일들이, 이처럼 겨우 언어에 의해 야기되는 분란이라 하여도 과장된 이야기는 아닐 듯하다.

업장은 무엇이며 수행은 도대체 어떤 것인가? 소멸이란 것도 한낱

분별이며 깨닫는다는 것도 방편상의 언어일 따름이다.

이를 깊이 인식하여 무언(無言)으로 수행의 방편을 삼아 정진하는 이들이 고금을 통해 끊이지 않고 나타났다. 세계적으로 이목을 모았던 무언(無言)수행자가 적지 않은 것도 그런 까닭에서이다. 그러나 무언가의 의사소통을 위해 옆구리에 메모지를 낀 채 하는 짓이라면 과연 무언수행(無言修行)이라 해도 될런지 의심스럽다.

그러므로 침묵(沈默)의 진정한 의미와 그 중요성을 설파한 성자들을 떠올리지 않더라도 말의 필요성을 부정해서가 아니라, 언어의 한계성과 언어의 허구적 성향을 숙지하는 정도라면 참된 묵언(默言) 수행자에 방불할 수 있을 것이다.

'일초직입여래지(一超直入如來地)라고 했다. 대번에 여래의 경지로 뛰어든다는 말이다.

설령 아직 그렇지는 못하더라도 이점에 대해 얼마간 이해된다면 최소한 자신의 공부법에 의심하거나 망설이는 일은 결코 없으리라!

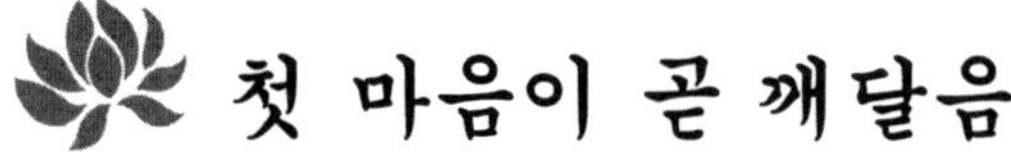 첫 마음이 곧 깨달음

初發心時便正覺　　초발심시변정각
生死涅槃常共和　　생사열반상공화
理事冥然無分別　　이사명연무분별
十佛普賢大人境　　십불보현대인경

처음 마음을 내는 순간이 문득 바른 깨달음이니
삶과 죽음 열반이 항상 서로 어울렸구나.
도리와 실제에 투철하여 분별이 없으니
시방의 부처님이나 보현보살과 같은 훌륭한 이의 경지로다.

처음 이 공부의 가치와 의미를 비로소 알고 진정한 마음을 냈을
때 바로 그 때가 문득 바른 깨달음을 얻은 때라고 말하고 있다.

어렵고 힘든 긴 행자기간을 지나서 승려가 되어보지만 수행자의 길이 밖에서 생각한 것과 사뭇 다를 수 있다. 그러므로 자신의 기질과 성격에도 적당한가를 미리 어렴풋이나마 가늠해볼 수 있는 시간이 행자시절이다. 이때 처음으로 접하는 글이 '초발심자경문'인데 모든 수행자는 초발심(初發心)이란 말과 함께 수행길에 나선다하여도 과언이 아니다.

6조 혜능스님처럼 이 법의 소중함을 이미 투득하고 입문한은 이도 있을 것이나 서푼의 이익을 위해 섞인 사람도 능히 있을 법하다. 고로 '초발심'이란 말은 형색을 수행자와 같이 했다는 뜻에서 하는 말이 아니고, 이 법의 의미를 알고 그와 같아지려는 의지가 처음 발생한 순간의 마음을 말하는 것임은 두말할 여지가 없다. 그러므로 '초발심'이란 말의 의미를 명확히 투득한 것으로도 바른 깨침이라고 하는 이유는 이 때문이다.

선가(禪家)에서는 어떤 문자나 언구에 의지하지도 않고 수행의 단계를 거치지 않으며 다만 진성을 밝혀 깨닫는 법을 돈교(頓敎)라 한다. 수행자가 초발심을 바로 이해하거나 혹은 증득하고 보면 돈오(頓悟)만이 사실임을 알게 된다는 점은 특히 유념할 바다.

생사와 열반이 서로 어울려있다고 했으니 분별 이전의 일이라는 말이다. 3조 승찬대사는 신심명(信心銘) 첫 구절에서 '지극한 도는 어려움이 없으니 오직 헤아려 가리는 일을 꺼린다. 다만 미워하고 사랑하는 짓만 않는다면 이 법에 밝고 밝다’ 하신 것도 도(道)가 이와 같음을 설파한 것이고, 비로소 일체의 도리와 실제적 현실에서도 모순이 없어서 차별적 분별이 끊어지므로 ‘시방의 모든 부처님과 보살님 같은 큰 성인의 살림살이’ 라고 하였다.

불법을 다른 말로 공문(空門)이라고도 하는데, 반야심경은 불교적 지혜의 핵심을 설한 가르침이라 규정할 때 그 핵심을 핵심답게 줄여 말하면 ‘공(空)’ 한 자이기 때문이다.

너무 막막할까봐 개공(皆空)이라 했고 다시 덧부쳐서 오온개공(五蘊皆空)이라고 자세히 설명했다. 도일체고액(度一切苦厄)은 얻을 바의 이익을 높이 드러내어 시선을 모으려는 데 불과하다. 공(空) 일구(一句)에 알아듣지 못하니 일어나는 허물이 이처럼 태산과 같다.

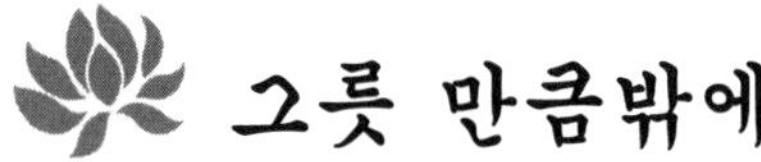 ## 그릇 만큼밖에

能仁海印三昧中	능인해인삼매중
繁出如意不思議	번출여의부사의
雨寶益生滿虛空	우보익생만허공
衆生隨器得利益	중생수기득이익

능인께서는 해인삼매 가운데에서
뜻하신 대로 부사의한 경지를 하염없이 보이신다.
모든 중생에 이익이 되는 보배의 비가 허공 가득 내리지만
중생은 자신의 그릇 크기대로만 이익을 얻을 뿐이라네.

능인(能仁)은 부처님의 열 가지 다른 이름 가운데 하나이다. 십호
(十號)의 첫째는 여래(如來)이니 이와 같이 오셨다는 뜻이 있고 이

와 같이 진리에 도달했다는 뜻도 된다. 두 번째는 응공(應供)이니 부처님의 덕은 천상과 인간의 모든 중생들로부터 공양을 응당 받을 만하다는 뜻이다. 세 번째는 정변지(正徧知)인데 일체의 지혜로써 두루 다 아셔서이다. 네 번째는 명행족(明行足)이니 행하시는 바가 밝아 명확하기 때문이다. 다섯 번째는 선서(善逝)이니 부처님은 열 반의 경지에서 다시 생사에 추락하는 일이 없으므로 잘 가신 분이 라는 의미이다. 여섯 번째는 세간해(世間解)이니 세간의 일을 다 아 신다는 말이다. 일곱 번째는 무상사(無上士)로 부처님의 위대함은 누구와도 견줄 바가 없어 위로는 아무도 없는 어른이라는 뜻이다. 여덟 번째는 조어장부(調御丈夫)이다. 부처님은 자비와 지혜로써 일 체의 중생을 길들이고 이끄는 어른이라는 의미이다. 아홉 번째는 천인사(天人師)이니 인간과 하늘에 스승이 됨을 나타낸다. 열 번째 는 불세존(佛世尊)이니 부처는 깨달은 이라는 뜻이고 세존은 세상에 서 가장 존귀하다는 의미여서 나뉘어 쓰이는 일이 더 일반적이다. 그러면 11가지의 이름이 되지만 통칭 십호(十號)라고 하는데, 부처 의 길을 가고자하는 이는 이에 대한 명확한 이해가 꼭 필요하다.

해인삼매(海印三昧)는 부처님이 증득하신 삼매(三昧)를 말하는데, 삼매는 마음이 산란하지 않고 집중된 상태를 말한다. 잔잔한 바다 의 수면 위로 우주의 온갖 사물이 사실처럼 투영되듯이 세존께선 이 삼매에서 일체의 진리를 환히 밝히셨다. 그러므로 해인삼매에 드신 부처님께서는 직접 증득하지 않고는 누구도 감히 상상할 수 없는 일까지 하염없이 드러내신다(繁出如意不思議).

마치 이와 같은 일은 일체의 중생에 이익이 되는 보배의 비가 하늘 가득히 내리는 것과 같으나(雨寶益生滿虛空), 중생은 각자가 갖고 있는 역량의 그릇 크기에 따라 이익을 얻을 뿐이니(衆生隨器得利益), 얻고 못 얻고, 많고 적음 따위는 부처님의 허물이 될 수 없다.

다시 말하지만, 언전(言前)에 깨달은 사람이 있는가하면 언하(言下)에 깨치는 이도 있고, 한참 설명을 듣고야 조금 알아듣는 이가 있는가하면 팔만대장경을 앞뒤로 외우면서도 딴 짓하는 사람도 분명히 있으니 정말 딱 맞는 말씀이다.

공부가 되고 안 되고, 수행에 진척이 있고 없고 따위는 순전히 자신의 역량과 인내 노력 등에 관한 문제일 뿐이다. 부처님께서 누구는 곱고 누구는 미워서 일부러 깨닫지 못하도록 은밀히 일러주시거나 그르게 가르치신 바도 아니니, 자신의 그릇을 헤아려 더욱 분발하여야 할 것이다.

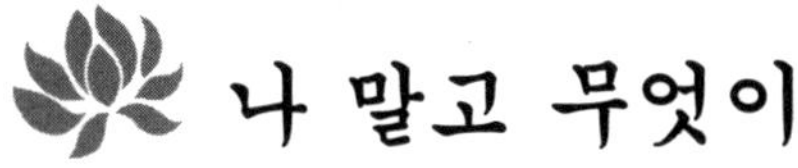 나 말고 무엇이

직접 들은 이야기다. 남편이 경찰로 재직하던 중에 6·25를 만났단다. 파죽같은 기세로 인민군이 내려오는 바람에 갓 출산한 부인은 피난을 떠날 수가 없었다. 한 떼의 인민군이 들이닥쳐 집안을 샅샅이 뒤지며 야단을 피울 때 보에 쌓인 핏덩어리 아기를 두 손으로 바쳐 올리며 '이 아이를 죽이고 대신 나 좀 살려달라.'고 울부짖었단다. 인민군 장교는 한참이나 멍하니 내려다보다가 말없이 돌아갔다고 했다. 아직도 그 자식을 보면 죄스러운 마음에 가슴이 아프다고 눈시울을 붉혔다.

기억에 또렷이 남아있는 일이 문득 떠오른다. 길을 가던 중이었는데 갑자기 퍽 하는 소리가 나서 고개를 돌렸다. 얼른 이해가 가지 않는 상황인데 한 여인이 갑자기 비명을 지르며 달려나갈 때 교통

178

사고라고 겨우 짐작하였다. 헌데 돌연 되돌아 뛰기 시작하더니 또다시 그리로 엉거주춤 다가갔다. 몇 번인가 반복하다가 그 뭔 가에서 멀찍이 떨어져 주저앉아 대성통곡을 해댔다. 구경꾼들은 승용차와 여인을 가운데 두고 빙 둘러섰다. 자세히 보니 한 가운데에는 댓살밖에 안 되었을 어린아이의 몸뚱이가 머리만 납작하게 눌린 상태로 누워있었고 조금 떨어진 곳에는 거기서 터져 나왔을 듯한 내용물이 보기에도 흉측스럽게 널려 있었다. 그 처참한 광경에 아이의 어미인 듯한 여인은 더 다가가지도 쳐다보지도 못한 채 멀리서 몸부림만 쳐대며 울부짖는 것이었다.

해마다 되풀이되는 일이지만 갑자기 쏟아진 폭우에 행락객들이 휩쓸리는 큰 사고가 발생하였다. 그 광경을 물끄러미 지켜만 봐야 했던 한 주민은 방송국 카메라 앞에서 "많은 사람들이 갑자기 불어난 계곡 물에 한꺼번에 떠내려가면서 살려달라고 아우성쳤지만 뻔히 보면서도 '미안해요! 미안해요!' 라고 할 수밖에 어쩔 도리가 없었다."했다.

살신성인(殺身成仁)이란 말도 버젓이 있지만 좀 전까지 가슴에 품고 있던 자식의 주검을 두고도 선뜻 다가서지 못하는데, 자신의 존재가치를 남보다 열등하다고 여기는 사람이 과연 몇이나 될지 의심스럽다. 비록 생명을 던져 다른 생명을 구했다 하더라도 저 죽을 줄 모르고 했다면 모를까 자신이 죽게 될 줄 뻔히 알면서 남을 살리겠다고 하는 일이 말과 같이 가능한 일인지 판단이 쉽지 않다.

아들이 몇 차례 대학입시에 실패한 경험이 있는 한 어머니는,
"그 애가 처음 실패할 땐 느끼지 못했던 일인데 거듭 되다보니 다음부터는 때마다 내 자식보다 남의 자식 합격여부가 더 신경이 쓰여서 '이 모든 일이 나의 자존심과 체면치레 때문이고, 자식의 성공을 바라는 마음도 내 욕심에서 비롯된 것에 불과하구나!' 하고 크게 깨닫고 심히 부끄러워했던 적이 있었다."며 심경을 들려준 적이 있다.

누구는 자신의 머리카락 한 올로 천하를 구한다 하더라도 절대 뽑지 않겠다고 했다지만 야속하다 할 수 없다. 비단 석가모니가 '천상천하유아독존(天上天下唯我獨尊)' 이라고 하지 않았더라도 천지간에 나 말고 존귀한 것은 아무 것도 없다. 이는 한 개인의 입장에서가 아닌 전 생명체에 골고루 해당되는 말이다. 석가세존도 자신을 위한 출가였을 뿐이다. 설사 피붙이를 위해서 자신의 목숨을 잃더라도 과정과 결과야 어찌 되었건 냉정히 말하건대 전적으로 나를 위한 일이었다는 점을 부정 못한다. 변명해봐야 그것은 한낱 기만이며 위선이고 거짓에 지나지 않는다.

서로가 좋아서 온갖 반대를 무릅쓰고 죽기살기로 뭉칠 때는 서로가 오직 님을 위해 자신이 있는 듯이 헌신할 것을 다짐하며 혹은 큰

선심이나 쓰듯 결혼도 하지만, 어느 날 돌연 변심하고 마는 까닭도 철저하게 자기 자신을 위한 선택이기 때문이다. 자신의 생각과 기대에 미치지 못하는 상대는 아무런 존재가치와 의미가 없으니 결국 파경으로 치달을 수밖에 없는 것이다.

그런데 그 절대적인 '나'란 것이 불교적 지혜인 반야로써 꿈속에서 깨어나 욕심을 버리고 자세히 살펴보니 아무 실체가 없다는 것이다.

누가 그 사실을 알고 있었으며 언제 생각이나 해 보았는가?

오온 중에 색(色)인 몸뚱이는 한 줌 흙이요, 재요, 먼지에 불과하다. 이 한 줌의 흙과 재, 먼지에 탐욕심을 얹어서 허망한 것을 나라 여기고, 순전히 무지한 탓으로 욕망에 사로잡혀 꿈꾸듯 온갖 갈등 속에 황망한 짓을 세세생생(世世生生)토록 자행하는 것이 인생사이니 말이다.

삼법인(三法印)이라고 알려진 진리는 제행무상(諸行無常)·제법무아(諸法無我)·열반적정(涅槃寂靜)·일체개고(一切皆苦)이다. 여기서도 무아는 진리의 한 축으로 자리매김 되어 나타나는데 그저 단순히 '내가 없다.'는 정도로 이해하고 말 일이 아니다. 일체의 모든 사물과 그 이치는 인연에 의지하여 잠시 모였다가 흩어지기를 반복하므로 찰나 간에도 같은 모양을 유지할 수 없어서 고정된 실체는 없다는 뜻에서 제법무아(諸法無我)인 것이다. 바로 전과 지금, 지금과 잠시 후가 이미 변하여 바뀌었다면 어느 것도 진실한 자신의 모습이라고 할 수 없듯이, 모든 현상적 이치는 항상(恒常)하는 것이 없으므로 제행무상(諸行無常) 역시 절대적 진리이다.

이 세 가지 참된 진리라는 삼법인이 네 가지를 들면서 석 삼(三)으로 말하는 데에는 까닭이 있다. 오온이 개공이긴 하나 이 이치를 모르고 고해에서 방황하니 그를 중생이라고 하듯, 그의 진리는 처한 상황이 일체가 고통뿐이므로 앞의 두 가지와 일체개고가 어울려 삼법인이 된다.

반면에 오온이 개공인 줄 알면 일체의 고통과 액난을 여읜 채 열반적정의 경지에서 유유자적(悠悠自適)하게 되니 그것이 열반이며 적정의 세계다. 이를 바로 안 사람에게는 중생적 일체개고 대신에 열반적정이 어우러져 진제(眞諦)의 삼법인이 되는 것이다.

두 스님 사이에 논쟁이 벌어졌다. 가만히 들어보니 '부처님이 깨달으신 후 수행을 하셨느냐? 안 하셨느냐?' 에 대한 것이다. 한 스님은 불경에 부처님께서 항상 선정에 들어 계셨다하니 수행을 계속하신 것이라는 주장이고, 다른 스님의 주장은 깨친 어른이 무슨 수행을 또 하느냐는 것이었다.

중생의 안목(眼目)으로는 보이는 형상 외의 일은 알지 못한다. 그러므로 중생의 소견으로는 부처님도 가부좌하시고 수행을 하시는 듯하지만 그것이 바로 부처님의 일상(日常)의 모습인 줄 알아야 한다. 즉 부처님 일상의 행이 다시 말하면 불행(佛行)이 그렇다는 말이니 이 역시 진제(眞諦)적 입장이며 앞의 것은 중생의 한계를 벗지 못한 속제(俗諦)적 관찰이다.

그러므로 네 가지이긴 하나 중생의 입장인 속제(俗諦)에선 ‘제행무상’, ‘제법무아’로 인해 일체의 고통을 느끼는 까닭에 ‘일체개고’를 보태서 ‘삼법인’이 되고, 깨달은 견지(見地) 즉 진제(眞諦)에서는 ‘제행무상’과 ‘제법무아’의 이치를 보고는 바로 일체 고액을 여의고 ‘열반과 적정’을 증득하였으므로 이것들이 어울려 ‘삼법인’이 되는 줄 알면 혼란스러울 것이 전혀 없다.

# 그럴 수 없는데도

같은 제행무상과 제법무아에서조차 범부 입장에선 오직 고통만 발견하고 번뇌만 만들어 느끼므로 중생의 근본 무명은 있지도 않은 일을 고집스럽게 있다고 여기거나, 그럴 수도 없는 이치인데도 끊임없이 그리될 수 있다고 어리석게 믿고 악착같이 실현시키려 하기 때문에 큰 좌절과 절망을 자초하게 된다.

이런 일은 중생계가 시작됨과 동시에 시작되었을 것은 너무도 뻔하다. 성주괴공(成住壞空)·생주이멸(生住移滅)의 법칙 즉 모든 존재의 흥망성쇠(興亡盛衰)는 시공에 상관없이 엄연한 현실이건만, 중생은 영원한 무엇이 있고 또 의지할 만한 것이 필히 있다고 굳게 믿는다. 언젠가는 이 몸도 결국 죽어 없어지게 된다는 사실을 인정해야 할 때쯤이면 다시 뒷날에 어떤 형태로든 계속 이어지길 바라는 마음을 포기하지 못하고 영혼설을 만들거나 마음 따위의 존재성을 주장하며 스스로를 위로한다.

'태어난 것은 반드시 죽고 만들어진 것은 필히 없어진다.' 는 것은 부처님의 가르침이 아니었더라도 우주의 법칙이며 순환원리로써 엄연한 현실이건만, 이상하리만큼 이 순간에도 인정하려 들지 않는 사람이 부지기수다. 도리어 그것은 허무주의자나 비관론자들의 어리석은 생각에 불과하다고 매도하기를 서슴지 않는다.

부모는 자식이 항상 품속의 자식이기를 바라지만 아이는 그럴 수 없다. 자식 역시 부모가 자신이 갓난아이일 때처럼 보듬어주기를 바라나 현실적으로도 불가하다. 왜냐하면 살아있다는 자체가 끊임없는 움직임 즉 변화를 의미하기 때문이다.

부부간이나 형제, 자매, 인척 심지어 벗이나 이웃까지도 세월이 흐를수록 서로 간에 갈등과 원망만 깊어지는 까닭 역시 이 법칙을 인정하지 않아서다.

이는 물질적인 것에서도 마찬가지다. 인간도 태어나는 순간부터 쉼 없이 하는 일은 오직 죽음을 향해 가는 일밖에 없다는 말이 있듯이, 아무리 소중한 물건도 시절과 인연이 다하면 사라지게 되는 것이 거스르지 못할 이치이다. 그런데도 내 것만은 그렇게 되지 않기를 바라는 묘한 심보는 매사에 고통을 느끼지 않을 수 없게 한다.

이러한 어리석음이 중생을 중생이게 하는 핵심적 요인이라는 엄연한 사실을 수행자는 잘 숙지할 필요가 있다.

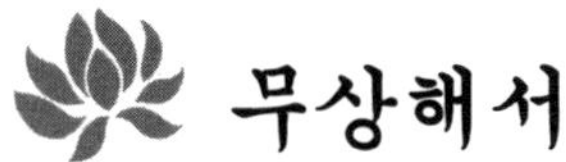 # 무상해서

　매우 큰 부자가 있었다. 어느 날 평생에 다시 보기 힘든 귀한 찻잔을 선물 받게 되었다. 하인들을 불러 모아 물건을 들어 보이면서 말하기를 '이 찻잔은 소중한 것이니 조심해 다뤄라. 만약 이 잔을 깨뜨리는 자는 목숨을 내놓아야 한다.'고 했다. 하인들은 되도록 그 물건을 멀리하려 했으나 결국 그 중 하나를 깨뜨리고 말았다. 모든 하인이 두려움에 떨고 있을 때 일을 낸 하인은 나머지의 찻잔도 마구 부수기 시작하였다. 그 광경을 목격하게 된 주인은 하도 어처구니가 없어 놀란 나머지 입만 딱 벌리고 있다가 도대체 제정신에 한 짓이냐고 물었다. 하인은 '주인님, 어차피 이것들은 언젠가는 깨어져야 하는 물건입니다. 하나를 깨뜨리고 죽나 모두를 깨뜨리고 죽나 한 목숨 죽기도 마찬가지입니다. 이렇게 하면 이 때문에 다른 사람이 더 이상 죽을 일이 없어집니다.' 하니, 주인은 크게 깨우친 바

186

가 있었다고 한다.

무상(無常)이기에 아프던 자는 쾌차해질 수 있고 가난도 극복된다. 아이가 성인이 되는 까닭도 무상의 이치로 가능한 일이니 번뇌와 보리가 다를 까닭이 전혀 없다. 이처럼 제행무상과 제법무아를 보고 그 사실 때문에 열반과 적정을 얻을 수 있으며, 이 도리 가운데에서 무상대법(無上大法)을 확실히 알게 되어 어느 것에도 집착을 하지 않는 자유를 얻는다.

무지와 어리석음에서 벗어나 밝고 명확한 이치를 증득하여 허망한 생각을 하지 않고 또 바라지도 않는다면 그가 바로 진리를 깨달은 대 해탈인(解脫人)인 것이다. 바닷물이 사해(四海)에 가득하여도 짠지 싱거운지, 살갗에 닿으면 쓰라린지 거칠게 하는지 알 바가 아니듯이, 이 몸뚱이조차 진실되지 않아서 공(空)한 것인 줄 안다면 일체의 고통과 액난(厄難)이 무슨 상관이 있겠는가!

그러므로 보리살타(菩提薩埵) 즉 구도자는 꿈속에나 있을 법한 허망한 일에 대한 열망과 욕심, 있을 수도 없는 일인데도 불구하고 있을 거라고 믿는 뒤바뀐 전도(顚倒)된 어리석은 생각들을 멀리 여의고서 구경(究竟)에 마침내 열반을 증득하게 되었다는 말이다.

즉 과거와 현재는 물론이고 미래세의 부처님도 한결같이 반야바라밀다에 의지하여 원리전도몽상(遠離顚倒夢想)한 것, 꿈 깬 것, 욕심을 버린 것에 의지하여 아뇩다라삼먁삼보리인 무상정등정각(無上

正等正覺)을 얻게 된다는 것이다.

이 얼마나 쉬운 일인가! 이 도리는 갈고 닦고 할 것도 없는 그냥 그대로의 천연의 법이다. 그러므로 부처님께서 이 법을 펴시고자 함에 주저함이 없었다.

평범한 사람도 자기가 하기 싫은 일이나 어려웠던 일은 남에게 권하지 않는다. 부처님과 같은 성인이 범인보다도 생각이 모자랄 까닭은 없다. 이 법의 소중함이 세상의 어느 것과도 비할 바가 없는 줄을 익히 잘 아셨던 까닭에 40여 년을 전법(傳法)에 열중하셨다. 노력과 희생을 강요하는 법이 아니라 있는 그대로의 진실을 바라만 보면 되는 일이므로 마지막 입멸(入滅)시까지 변함없으신 모습을 보여주실 수 있었다.

天上天下無如佛	천상천하무여불
十方世界亦無比	시방세계역무비
世間所有我盡見	세간소유아진견
一切無有如佛者	일체무유여불자

천상천하에 부처님 같은 분은 다시 없구나.
시방의 세계에서 견줄 이가 또한 없도다.
세간에 있는 바 모두를 다 보아도
일체에 부처님만한 이는 도무지 없어라!

 진실하기만 할 뿐

고지반야바라밀다 시대신주 시대명주 시무상주 시무등등주 능제일체고 진실불허

故知般若波羅蜜多 是大神呪 是大明呪 是無上呪 是無等等呪 能除一切苦 眞實不虛

그러므로 알아야 한다(故知). 반야바라밀다(般若波羅蜜多)는 가장 신령스러운 주문이며(是大神呪), 가장 밝은 주문이고(是大明呪), 이를 능가할 것이 없는 높은 주문이며(是無上呪), 비슷비슷한 것도 없는 주문이어서(是無等等呪), 능히 일체의 고통을 없애버리니(能除一切苦) 진실하여 헛됨이 없다(眞實不虛).

끝으로 간절한 당부를 거듭 하시길 '그러므로 알아라. 꿈에서 깨

어난다는 말은! 욕심 버린다는 말은! 가장 신령스럽고 신비로운 주
문이며, 어두운 미혹을 단번에 걷어버리는 밝은 광명과 같은 주문
이며, 더 이상 나은 것이 없는 주문이고, 비슷한 것도 전혀 없는 주
문이다. 그 신령한 능력은 한줄기 빛이 암흑을 단번에 없애버리듯
이 일체의 고통을 제거한다. 이 법은 진실하기만 할 뿐 전혀 거짓되
지 않다.’ 하셨다.

　주문(呪文)은 이를 입으로 계속 반복함으로써 실현하고자 하는 의
지를 더욱 굳건하게 하는 힘이 있다. 그러나 중생은 자신을 위하여
모든 노력을 경주해서 무언가를 하고자 하나 도리어 한결같이 자신
을 더욱 옭아매는 일밖에 하는 것이 별로 없다.

　오직 반야바라밀다의 법만이 즉 꿈을 깨고 미혹에서 벗어나 욕심
을 버리고 진실 그대로를 보는 일만이 최상의 가치가 있는 줄 알고
쉼 없이 반복하여 입으로 되뇌이며 마음에 아로새긴다면 이로써 생
사를 벗어나게 되므로 신령하고 신비스러운 주문이라 했다. 또 캄
캄한 밤과 같은 어리석은 마음을 광명이 암흑을 없애듯이 대번에
밝힐 수 있으니 가장 밝은 주문이라고 했으며, 이 법에 의지하지 않
고는 생사에서 해탈할 수 있는 방법이 없으므로 위도 없고 또 비슷
한 법도 없다고 한 것이다.

 염원

고설 반야바라밀다주 즉설주왈

故說 般若波羅蜜多呪 卽說呪曰

아제 아제 바라아제 바라승아제 모지 사바하

그러므로 반야바라밀다의 주문을 설하노라(故說般若波羅蜜多呪).

그 주문을 말하면(卽說呪曰)

'아제 아제 바라아제 바라승아제 모지 사바하' 이니라!

본디 불가(佛家)에서는 전통적으로 주문(呪文)은 해석하지 말아야
한다는 입장을 고수한다. 주문은 범인(凡人)의 사유 바깥에 있는 신
비로운 것이므로 해석할 수 없다는 의견도 있고, 많은 뜻이 포함되

어 있어서 한마디로 요약할 수 없거니와 정확히 열거하였다 하더라도 긴 문장이 되면 문장의 번잡함으로 인해 효율성이 떨어지기 때문이라고도 주장한다. 후자의 경우는 기호적인 기능을 감안한 간결한 주문(呪文)을 통해 자신의 의지를 확고히 하려는 뜻으로 보아 공감되는 바가 조금 있다.

이 부분에 대해서 이미 다양하게 번역이 되어 있으나 개인적으로는 유감스럽게도 별로 달갑지 않은 것들이다. 드러내고자 하는 의미를 이해 못하거나 인정하지 않으려는 뜻에서가 아니라, 이왕지사 부처님의 가르침을 직설적으로 나타내고자 한 일이라면 보다 더 확실히 의미를 밝히려는 용기가 있어야 했을 것이라는 아쉬움 때문이다.

어차피 언어와 문자로 해결될 일이 아닌 줄 모르는 바는 아니지만 저 앞에서 반야를 '꿈 깬 것!' '욕심을 버리는 것!' '생사윤회를 끊자는 것!' '인과를 초월하자는 것!' 으로써 가르침을 설하신 바에야, '아제 아제 바라아제 바라승아제 모지 사바하'를 어귀상의 수평적 번역인 '가세 가세 어서 가세 피안의 저 언덕으로 어서 가세. 모두 성취하여지이다' 보다는 '깨자 깨자 어서 깨자! 깊은 어리석은 꿈을 어서 깨자!' 라든가 '끊자 끊자 어서 끊자! 생사윤회를 어서 끊자!' '버리자 버리자 욕심을 버리자! 부질없고 허망한 욕심을 버리자!' '초월하자 초월하자! 어서 빨리 인과를 초월하자!' 등으로 해석했어야 뜻이 더 명확해진다고 생각한다.

바로 알아들을 수 있는 이라면 몰라도 잘못 알아듣게 되면 그 허물을 누가 감당할 것인가? 흙덩이를 던지면 사자는 던진 사람을 물고 개는 부질없이 흙덩이나 좇는다는 이야기가 있다. 문구에 얽매여 스스로를 망치는 억울한 일이 없도록 잘 살피는 일은 자신의 몫이긴 하다. 건너고, 넘고, 가고, 끊고, 버리고, 초월하고, 꿈 깬다는 것들이 말 뿐임은 분명하지만, 아와 어가 다르다 했으니 이에 관해서는 탁견의 선지식의 숙고가 요구된다.

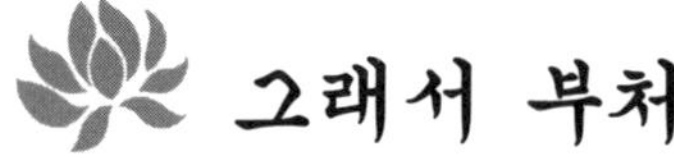 ## 그래서 부처

是故行者還本際	시고행자환본제
叵息妄想必不得	파식망상필부득
無緣善巧捉如意	무연선교착여의
歸家隨分得資糧	귀가수분득자량
以多羅尼無盡寶	이다라니무진보
莊嚴法界實寶殿	장엄법계실보전
窮坐實際中道床	궁좌실제중도상
舊來不動名爲佛	구래부동명위불

그러므로 행자가 본래 그 자리에 돌아가게 되었다면

망상을 쉬지 않으려도 안 쉴 수가 없으니

무연선교의 여의보주를 움켜잡아

집으로 돌아가 분수에 따라 자량을 삼을 뿐이다.

이 다라니로써 한량없는 보배로 하여

법계의 진실한 보배궁을 장엄하고

마침내 진실한 중도의 자리에 앉으면

예부터 움직인 것도 없으니 이름하여 부처이네.

이런 까닭에(是故) 수행자가 미혹이 일어나기 이전의 본래 그 자리로 되돌아만 갔다면(行者還本際), 부질없던 헛된 생각들을 다시 일으키려 해도 절대 어림없다(叵息妄想必不得).

자비를 베풂에 분별이 전혀 없는 최상의 무연선교방편여의보주를 움켜쥐고(無緣善巧捉如意), 집으로 돌아가서 분수에 맞게 자산으로 넉넉히 쓰면 된다(歸家隨分得資糧). 이 다라니 즉 이와 같은 참된 것으로 더할 바 없는 보배로 삼아(以多羅尼無盡寶), 법계의 진실된 보배 궁전을 장엄하게 꾸미고(莊嚴法界實寶殿), 마침내 치우침이 없는 중도의 자리에 앉더라도(窮坐實際中道床), 예부터 움직인 바가 없으니 그것을 이름하여 부처라 한다(舊來不動名爲佛).

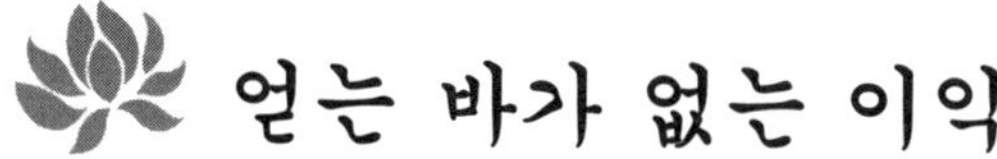 얻는 바가 없는 이익

누가 묻는다.

"반야심경을 많이 하면 좋은 일만 있다는데 아침저녁으로 하루에 몇 번이나 해야 합니까?"

일러주길 잘못 일러줘서 알아먹길 잘못 알아먹은 것인지 모를 일 이긴 하다.

학자가 아니니 경을 보았으면 몇 권이나 들추어 보았겠냐마는, 많 은 경전에서 부처님의 말씀이라고 하기에는 도저히 납득이 안 가는 그런 구절이 반복될 때는 참 황당한 느낌이 들곤 한다. '이 경전을 받들어 지니고 독송을 한다면 어떤 이익이 있을 것' 이라는 구절 따 위가 그것이다.

그렇게 볼 수밖에 없는 자의 허물일 수도 있으나 자칫 크게 그르

196

칠 우려가 있는 것 또한 엄연한 사실이다.

부처님 앞에서 하는 축원을 들어봐도 가관이다.

'여기 아무 데 사는 이런 자가 부처님 앞에 백일기도도 부치고 인
등도 켜고 지극정성으로 공양도 올리니 부처님께서는 가피를 베푸
시어 아무쪼록 평생토록 동서사방으로 돌아다녀도 항상 좋은 일만
만나게 해주십시오. 또 삼재팔란과 온갖 질병과 관재구설은 영영
저와는 상관없는 일이 되게 하시고, 사대는 건강하고 수명은 장수
하고 자손은 번창하며, 학생은 우등을 성취하게 하시고, 사업하는
자는 성공하며, 장사하는 이는 매일 재수가 좋아야 하겠습니다. 직
장인도 때때로 승진을 해야 하니 부처님은 소원을 꼭 이루게 하옵
소서.'

경이란 것에도 버젓이 '이 경을 지성으로 독송하면 불에 들어가도
안 타고, 물에 들어가도 빠지지 않으며, 독약을 먹어도 안 죽고, 칼
을 맞아도 오히려 칼이 부러진다. 수갑을 차도 저절로 풀리고, 감옥
에 들어가도 옥문이 스스로 열린다.'는 등의 글이 적혀 있다.

중생의 근기가 다양하니 그런 글귀에 솔깃하여 재미 붙이고 오는
사람도 있겠지만, 승속 모두가 그 방편이란 것에서 아직 헤어나질
못하고 헤매는 것은 아무래도 문제가 있는 일이라 아니 할 수 없다.

어느 경전을 막론하고 부처님은 중생의 욕심을 걷어내고 속히 미
혹에서 헤쳐 나오게 하여 무상대도(無上大道)를 얻게 하시려 혼신의

노력을 기울이셨음을 엿볼 수 있기 때문이다.

그런 부처님이신데 경전 중간이나 말미에서 다시 중생의 욕심을 부채질하는 말씀을 하셨을 까닭이 없다는 점은 자명하다.

아마도 이 법을 확연히 알지 못하는 이가 편집을 하던 도중에 자신이 이해한 바대로 적어 놨거나, 아니면 중생의 욕심이 그러한 까닭에 이런 구절로써 더 많은 이가 이 경에 솔깃할 것을 계산에 넣고 의도적으로 한 짓이 아닌가도 생각해볼 만하다. 마치 혹자는 반야심경은 부처님께서 사리자를 위하여 친히 설법하신 경전이라고 믿는 것처럼 말이다. 물론 그것을 전제로 해서 여기까지 글을 이끌어온 필자의 의도 또한 다를 바 없기는 마찬가지다.

일단은 전문을 다 훑어본 셈이니 그 내막을 감출 일도 아니다. 그러므로 솔직히 말하건대 수천 매의 원고를 써오면서 느낀 일 중의 하나는 글은 아무나 쓰는 것이 아니라는 점이다. 필력이 신통치 않으면 상상력과 추리력이라도 풍부해야 된다. 그러나 아무런 능력이나 자질도 갖추진 못한 처지에서의 글쓰기란 가당치 않은 일이었다. 다만 세상의 상식대로 부처님의 설법처럼 꾸미면서 원고지를 메우다보면 능력에 버거운 일이긴 하나 한정된 지면에서 보다 더 많은 메시지를 전할 수 있다는 생각에 픽션화하게 되었다. 나머지 이유가 하나 더 있지만 일단 여기서 멈추기로 하고⋯⋯.

여하튼 다시 본론으로 돌아가서, 대체적인 경의 일반적 구성이 그렇듯이 반야심경에서도 '시대신주(是大神呪)부터 그런 기미가 있는 듯도 할 것이다. 그러나 이 경만큼 간결하고 담박한 경도 흔치 않다는 점은 중언부언하여도 과한 것이 아니다.

단지 '이와 같은 간절한 발원'이라야 필경에 '얻는 바 없는 이익'을 얻게 된다는 것이다. 즉 얻었으나 얻은 바가 없으므로 잃을 바도 없는, 진실 그 자체를 확연히 들어낸 구절이니 최상승의 가르침의 정수라 할 수 있다.

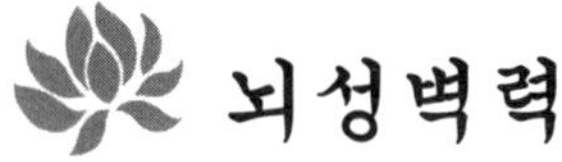 뇌성벽력

반야심경이 불교의 핵심적인 경전이고, 그러므로 이 경전을 바로 이해하기만 하면 부처님과 다름없게 된다고 아무리 외쳐대도 시답지 않게 여길 사람이 한 둘이 아닐 것이다. 왜냐하면 모든 사람들이 신이 있고 그 신의 능력 또한 무량하다고 야무지게 믿고 있는 마당에, 그럴 까닭도 없고 이치 또한 그런 게 아니라고 해봐야 정신나간 소리로 여겨지기 십상이니 말이다. 특히 개국 이래 대물림해 온 반만년의 가난의 한을 시절인연이 절묘해서 최상의 영화를 국가적으로도 누리게 되다 보니, 약 팔듯 하는 광고와 선전에서 겨우 종교를 알게 된 대다수의 사람들은 서구 문물에 휩쓸려 들어온 서양식 신앙과 그 신의 활약 덕분에 대한민국이 선진국 대열에 합류한 줄 굳게 믿기까지 하는 실정이니 말이다.

한번 생각해 보자. 가령 부처님과 신에게 기도를 해서 성공한 건축가가 있다고 치자. 어느 날 그가 만든 구조물이 일순간에 무너져서 무고한 수많은 사람이 희생을 당하게 되었다. 마치 삼풍백화점이나 와우아파트 어느 한강다리처럼 말이다. 전지전능한 신이라면 아무리 애걸복걸하더라도 조그마한 축사나 지어먹고 살게 했더라면 애꿎은 사람이 날벼락 맞을 일은 애당초부터 없었을지 모를 일이다. 신이 먼 훗날까지 계산에 넣고 한 일이라면 할 말이 없을는지 모르겠다. 이 땅에도 그동안 종교와 신앙이 버젓이 있음에도 불구하고 단군의 후예들이 겪었던 역사상의 헤아릴 수 없는 전란의 앙화와 6·25의 쓰라린 참상도 설명할 길은 묘연하다. 또한 금세기 지구 저편에선 신에게 선택되었다는 믿음 하나로 투철했던 사람들 역시 믿음이 같았던 사람들에게 순식간에 수백만씩이나 도륙 당했던 일들도 설명불가의 엄연한 현실이다. 이처럼 신이란 것들이 참말 존재해서 인간사에 괜스레 참견하려 드는 짓으로 인정받는 것이라면, 그 깃발 아래 모여서 서로 살육질로 과업을 삼을 것이 아니라 양심 있고 정의로운 종교가 진정코 해야 할 일은, 그 모든 소요의 빌미가 되고 원천으로 여겨지는 신이란 것들을 경원의 대상으로 삼고 제거하는 데 총력을 기우려야 옳을 것이다.

그러나 천만다행으로 그런 존재는 애초부터 존재하지 않았다. 다만 터무니없는 것들에 대한 믿음이 널리 편재되어있는 까닭에 털끝만큼의 의심이나 반응조차 보이지 않으니 서글플 뿐이다. 마치 관심 없는 사람에게 골프를 얘기하고 야구의 감칠맛 나는 경기 방식을 입 아프게 설명해주더라도, 낮술 한잔하고 한잠 늘어지게 자는 것이 더 낫다고 하는 사람이 있는 것처럼 말이다.

다겁을 두고 익혀온 일들이 항상 끌어 모으는 일이었고 보다 화려한 꿈을 꾸어대는 일이었다. 오직 지대한 관심사의 전부가 그에 불과한데 느닷없이 욕심을 버리고 꿈을 깨야한다고 하면 의아한 생각이 앞설 것은 너무나 뻔하다. 그렇지 않아도 늘 욕심이 적어질까봐 걱정되고 꿈이 깰까봐 근심되는 판인데 말이다. 더구나 부처가 되자는 말은 혼비백산케 할 소리다. 잠시도 원해본 바 없는 부처가 되어 버릴까봐 돌연 전전긍긍하는 것이 현실이다. 그래서 눈도 꼭 감고 귀도 꼭 막은 채로 알면서 모르는 체, 보고도 못 본 체, 들어도 못 들은 척 하려는 것이 중생의 모습이요, 범부의 솔직한 살림살이 아닐까?

그래서 부처님의 말씀을 처음 듣게 되면 눈앞이 캄캄해지고 정신이 아득해진다. 마치 뇌성벽력과 같은 우레소리로밖에 들리지 않는다. 그래도 그런 기미라도 있다면 다행이다. 언젠가 귀가 뚫리게 될 여지가 조금은 있어서 희망을 가져도 좋을 듯하니 말이다. 하지만 벽창호처럼 기미도 없어서 눈만 멀뚱거린다면 과연 누구를 원망해야 옳을 꺼나!

나머지 하고픈 말을 하기로 하자. 너무 경전의 구성이 파격적이라서 관심있게 연구한 바가 없으면 알기 힘든 일이겠지만, 이 경전은 석가모니부처님의 설법이 아니라는 점을 주시해야 한다. 그러므로 이 특이한 상황을 염두에 둔 채 찬찬히 음미해 볼 필요가 충분하다고 여겨지는 경전이기도 하다.

다른 이본(異本) '마하반야바라밀다심경'을 살펴보면 보다 명확히 드러나는 바인데, 이 경은 어느 한 날 관자재보살 즉 관세음보살에게 사리자가 나아가 청법을 함으로써 관자재보살이 설하시게 되었던 법문이었다. 물론 그렇다고 화자(話者)인 관자재보살과 청자(聽者)인 사리자 단 두 분 사이에서 오고간 설법으로만 속단해서도 안 될 일이다. 팔만장경 대부분이 대체로 일정한 형식에서 벗어나지 않음에는 거의 다를 바가 없어서 이 경전 역시 예외가 아니기 때문이다.

그 격식을 대략 훑어보면 경전의 첫 글귀는 반드시라고 해도 되리만큼 여시아문(如是我聞) 즉 '나는 이렇게 들었다.'로부터 시작하는데, 다음엔 설법이 이루어진 장소에 대한 배경 설명이 꼼꼼하게 기술된다. 그러고도 정작 부처님의 설법이 있으시기까지는 아주 장황하고 지루하리만큼 온갖 어휘가 동원되어 한참씩이나 종합적인 상황설명이 있은 다음에, 부처님께 설법해주시기를 청하는 의식을 경건하게 마치고 나서다. 그 앞에는 법회가 열리던 그 자리에 어느 누가 참석하였으며 누구는 어떤 모습으로 어디서 왔다는 내용까지 자분자분히 나누어 기록하는 것이 불경의 전형적 구성이다.

　그러므로 이 반야심경이 설해지던 때는 부처님께서 왕사성의 영취산에 계시면서 깊고 깊은 광대심심(廣大甚深)이라는 삼매에 드셨을 적의 일이다. 그 곳에는 문수사리보살과 관세음보살을 비롯해서 미륵보살과 같은 일체지(一切智)를 깨달은 보살마하살들이 함께 자리하고 있었다. 그 보살마하살 중에 관자재보살이 반야바라밀다를 깊이 수행하여 오온이 개공인 줄 드디어 깨달아서 일체의 고액을 벗어났으므로, 부처님 제자 가운데 '지혜제일'로 불렸던 사리불이 이를 알고 관자재보살에게 그 연유를 여쭌 데에서 이 경은 비롯되었다.

　그러므로 첫머리부터 '도일체고액(度一切苦厄)'까지는 사리자가 관자재보살에게 청법한 대목에 해당되며, '사리자야! 색불이공이며 공불이색이다.' 이하가 관자재보살이 법을 설하신 곳이다. 그러나 이 경이 부처님의 설법이 아니라는 점 때문에 즉 관자재보살의 설법이라는 이유로써 그 가치나 의미와 내용이 달라지는 바는 조금도 없다. 보다 더 절대적이고 극적인 사건의 전말은 설해진 법문 내용 그 자체에 있다.

　짐짓 화자를 바꾸는 만용을 부려가며 이야기를 꾸려왔던 까닭은 상식에 반하는 경전의 성립배경으로 인해 처음부터 당혹감을 느끼게 될 초학자의 혼란스러움을 다소간 덜어내 보려는 의도가 앞섰던 것이 이유의 전부였다는 점을 밝혀둔다.

　부처님께서는 설법마다 고구정녕(苦口丁寧)히 오온이 무엇이고,

육근(六根)·육처(六處)·육입(六入)이 무엇이며, 사성제와 12연기법을 숙지할 것과 8정도를 실천할 것을 누누이 당부하셨다. 그런데 외람되게도 관자재보살은 그 일체의 가르침을 단 한순간에 야멸차게 부정해버리고 만다. 심지어 깨달음도 없고(無智) 그러므로 열반과 해탈을 얻는다는 일도 없다고(亦無得) 선언하였다. 하기사 본디 얻을 것이 없는 일이고 보니(以無所得故) 부처님의 가르침과 그 궤적이 다를 리 없긴 하다. 그러나 그 가르침을 따르는 제자가 존엄하신 스승 면전에서 그의 가르침을 전면적으로 부정해버렸으니 동서고금에 일찍이 없었고 앞으로도 역시 있을 법한 일이 결코 아니다. 더구나 절대적 믿음이 전제조건인 종교와 신앙집단 안에서 벌어진 일이라면 그 파장은 매우 심각한 것일 수 있다.

도를 배우는 이들은 이런 일이 발생한 까닭을 살펴야 한다. 불법은 언제고 절대적인 신 따위의 존재를 상정해본 일이 없기에 가능한 일이다. 부처님도 신적 개념의 대상이나 존재가 아님은 두말의 여지도 없다. 그러므로 불법 안에서의 사유의 자유로움과 그 광대함은 어마어마하다. 즉 제법공상(諸法空相)이 드러내는 바처럼 티끌만한 것도 예외없이 일체의 것 모두가 헛것인 줄 알았을 때 부처이기 때문이다. 내가 참이라고 믿었던 것은 물론이고 온 세상이 절대적으로 인정하는 진리라는 것까지 철저히 부정하지 못한다면 절대긍정은 있을 수도 또 알 수도 없으며, 그 구구절절한 가르침이라는 것들도 결국 한낱 꿈속의 환영에 지나지 않아서다.

이 경은 사리자의 요청에 의해서 무엇을 어떻게 깨달을 것인가의 방법론에 관한 구체적인 설법이다. 즉 부처란 무엇인가와 무엇이 깨달음인가에 대한 친절한 답변이다. 그런 까닭에 일체의 존재의 한계를 넘어선 경지를 구체적으로 설한 것이라 할 수 있다. 부연하면 인과를 넘어서서 윤회를 결정코 단절하는 것에 대한 직설적인 설명이다. 원리전도몽상(遠離顚倒夢想)이면 구경열반(究竟涅槃)이라고 했듯이 허망한 꿈만 깨면 완벽하다고 설하고 있는 것이다. 아마도 이보다 더 후련한 가르침은 다시없을 듯 싶다.

꿈속에서도 얼음은 차고 불은 뜨겁다. 허나 꿈속에서 꿔준 돈이나 진 빚을 꿈 깨고 나서 갚으라고 채근하거나 변제하겠노라고 나선다면 세상의 웃음거리가 되고 만다.

하물며 몽중(夢中)에서 살인을 저질렀더라도 꿈 깬 후에 자수를 하고 감옥에 가길 자청을 한다면 가당키나 한 일이겠는가! 즉 꿈속의 일은 꿈을 깸과 동시에 아무런 관계성이 없다.

바로 혼탁한 오욕락의 깊은 늪과 탐진치에 찌든 채 헤매어온 중생사에서 영원히 벗어나는 일이 이와 흡사하다 할 수 있다. 길고 지루했던 다겁 생의 꿈속의 일일지라도 한번 깨고 나면 다시는 미혹의 인과 사슬에 얽매여서 윤회를 거듭하는 일은 없다. 그런 연유로써 무상(無上)의 가르침이라는 부처님의 설법도 전혀 예외가 될 수 없다고 관자재보살은 설파한다. 더욱이 이 설법은 진실하기만 할 뿐

헛된 바가 전혀 없노라고(眞實不虛) 재삼 강조하고 있기까지 하다.

부처님의 가르침이 진리일 수 있다. 그러나 그 가르침을 무턱대고 배우기만 하는 것으로 최상의 목적을 삼을 수는 없는 일임을 새삼 깊이 느끼게 해주는 경전이 바로 '마하반야바라밀다심경'이다. 즉 이와 같은 것이라야 진정한 불법이기 때문이다. 자신이 부처이고자 하면 바로 부처라는 최대의 장애물을 마침내 걷어내지 않으면 안 된다. 이것이 바로 선(禪)의 마음이며 불법의 요체이다.

자! 이제 그 선(禪)의 마음을 따라가 보자.

제2장
욕심이
버려질까봐

 안다고 안 것인가

티베트 스님들 중에는 전생을 기억하는 이가 제법 된다고 한다. 달라이 라마는 열네 번을 윤회했다 하고, 그런 기억을 하는 대여섯 살짜리 어린아이를 그 먼 곳에서 데려와 그 애에게 축복을 받는다며 꼬부라진 노인네들이 허연 머리를 연신 내밀기도 했다.

많은 불자들은 중생은 윤회를 해야 한다는 사실을 알게 된 것에 만족하는 듯하다. 이런 현상은 인과에서도 마찬가지다. 윤회와 인과를 굳게 믿음으로써 자신은 진리를 바로 알았다고 생각하는 따위는 부처님의 가르침과 근본적으로 상관이 없는데도 말이다.

윤회와 인과는 믿고 안 믿고의 문제가 아니다. 윤회와 인과를 부정한다고 해서 없는 것도 아니요, 굳게 믿는다고 하여 더 달라질 것도 없다. 그런데 많은 사람들은 큰 착각 속에 빠져서 무슨 대단한 사실이나 새롭게 알게 된 듯 윤회와 인과를 다시금 굳게 믿게 되었다는 것에 자랑스러워한다.

윤회와 인과에 관한 생각은 부처님께서 새롭게 만드신 것이 아니다. 세계의 어느 민족이건 또 종교와 신앙이건 형태의 차이가 있더라도 이에 대한 믿음은 하나같이 뿌리 깊다. 석가모니께서 태어나신 인도는 더 철저했다고 한다. 다만 석가모니께서 하신 일이 있다면 그때까지 윤회와 인과를 믿는 데 급급해 하던 사람들에게 윤회와 인과는 기필코 타 넘어야할 중생 모두의 공통과제라는 점을 명확히 설명하셨다는 점이다. 즉 윤회와 인과는 확연하고 말고의 문제가 아니라 단지 윤회와 인과의 질긴 사슬에서 벗어나야만 전정한 해탈이라고 보신 것이다.

만약 윤회와 인과가 영원한 것이고 절대의 것이라면 누구도 그 굴레에서 벗어날 수가 없다. 부처라는 것도 결국은 허울뿐인 덧없는 말에 불과해진다. 왜냐하면 부처는 윤회와 인과를 뛰어넘은 경지인데, 절대적인 것에서 벗어날 수 있는 것은 아무 것도 없기 때문이다.

또 부처님께서는 윤회와 인과는 환(幻)과 같아서 실체가 전혀 없지만, 미혹한 중생이 잘못 집착하는 바람에 윤회와 인과의 사슬에 스스로 묶인 바가 되었을 뿐이라고 설파하셨다. 그러나 중생들의

소행은 지은대로 받는다는 믿음과 부처님의 말씀의 참뜻이 이와 같
을 것이라는 지레짐작으로 인과와 윤회가 이처럼 뚜렷하니 다음 생
을 위해 뭔가를 해야 한다고 온갖 분주를 떨어대는 데 더욱 열성적
일 뿐이다.

 있으면 있나

부처님께서 늘 고구정녕히 하신 말씀은 '꿈 깨라!', '욕심을 버려라!' 뿐이었다고 과감히 말할 만하다. 그러나 미혹한 자들은 윤회와 인과를 믿고 선하게 산다면 다음 생에는 그 결과로써 나은 과보를 받게 되어, 보다 더 좋은 세상을 만나서 최상의 즐거움을 누릴 수 있는 법을 알게 되었다며 흡족해 한다. 답답함에 하신 말씀이 '달을 가리키면 달을 봐야지 왜 손가락만 보나!' 였다.

여기서 많은 이들이 갈등을 일으킨다. 윤회와 인과를 믿지 않으면 불교 자체를 부정하고 마는 결과가 생기는데 도대체 무슨 말을 하냐고?

참 어리석기 그지없는 일이다. 윤회와 인과는 믿고 안 믿고의 결과로써 그 성질과 역할이 변하는 것이 아니다.

우리가 법이라고 말할 때에는 그 누구의 역량에 상관없이 동일한 가치와 의미, 작용이 항상 하는 것을 뜻한다. 윤회와 인과 역시 몇몇의 주장과 학설 따위에 간섭되는 것이 절대 아니다. 그런데도 윤회와 인과를 내가 믿지 않는다면 마치 이 법이 중생계에서 사라지기라도 할 듯 야단들이다.

미혹에 빠져 깊은 꿈길에서 헤매는 중생에게는 아무리 윤회와 인과가 확연한 듯하여도 꿈을 깬 부처에게는 있는 일이 결코 아니다. 마치 꿈에서도 얼음이 차고 불은 뜨겁지마는 꿈만 깨고 나면 찬 얼음과 뜨거운 불도 일순간에 없어지듯이 말이다.

윤회와 인과라는 말은 그러면 왜 있느냐고 반문하지만 '거북이 털 토끼 뿔은 실체가 있어서 말이 있느냐?'고 부처님은 되물으셨다. '쥐뿔도 모른다.'는 말이 있기는 하나 쥐뿔이 있어서 쥐뿔을 말하는 것은 아닌 것과 같은 이치이다.

 # 업력이 지증해서

'나는 이미 된 부처요, 너희는 앞으로 될 부처일 뿐 다를 바가 전혀 없다.'

부처님은 우리 모두에게 똑같은 불성이 모자람이 없이 충만하다고 하셨다.

만약 중생에게 불성이 없다면 그 누구도 부처가 될 수 없는 일이다. 산더미 같은 바위를 녹인다고 금을 얻을 수 있는 것이 아니듯이 중생에게 불성이 없다면 성불은 물 건너간 일이 되고 만다. 그러나 손톱만큼의 금광석에서 금을 얻을 수 있듯이 모두가 본디 불성이 배어있는 하나같은 부처의 씨앗이므로 불종(佛種)이라고 했다. 그런 까닭에 원래 부처였다고 한 것이다.

그러나 안타깝게도 중생들은 아직 윤회의 속박과 인과의 사슬에서 벗어나지 못하고 있다. 그 까닭은 비탈에서 구르기 시작한 공이 언덕을 내려와도 한참동안 평지를 구르는 관성의 법칙처럼 생전에 익힌 습관이 힘이 되고 업력이 되어 다음 생을 이어가기 때문이다.

이미 육신은 한 줌의 재가 되어 허공으로 흩날려졌건만 아직도 육신이 존재한다고 여기고 허공에 떠도는 중음신 따위는 자신은 항상할거라고 평소에 굳게 믿는 바가 업력이 되어 죽고도 죽은 줄 모른 채 염력의 힘으로 생을 꾸리기 때문이다. 즉 자신의 존재가 영원불멸할 거라고 어리석게 생각하고 있던 나머지 생각의 힘으로만 떠도는 가엾은 존재가 염력(念力)중생들이다.

또는 원력의 힘으로 윤회를 거듭하기도 하는데, 금생에 못다 이룬 야망을 다음 생을 기약하면서까지 끝끝내 자신의 포부와 야망을 이루려고 하는 힘 때문이다.

옛날에는 임금은 하늘에서 낸다하여 천자라고 불렀다. 지금도 가끔 천명(天命)으로 사는 듯한 이를 볼 수 있기도 한데, 그 또한 전생의 원력이 지중해서라고 여길 만하다. 그러므로 부처님의 참된 가르침을 염두에 둔 불자라면 원력도 함부로 세울 일이 아니라는 점에 유념해야 한다.

원력 중생에는 보살의 원력도 예외일 수 없다. 듣기 좋은 말로는 '원력이 대단하다.'고 칭찬 비슷한 인사치레를 주고받는다만 그런 따위야 업력이지 원력이라고 할 수 없다. 그러한 원력을 억만 번 거듭 세운 결과가 아직 요 모양 요 꼴이라면 그 원력이 철천지원수가 아닐 수 없어서이다.

이처럼 업력(業力)의 힘은 언제고 막강해서 중생계를 이어가는 절대적 원인으로 작용한다. 세상의 이치에 너무 무지하여 항상 당장의 일에만 연연하다가 그것이 습관으로 굳어서 세 살 버릇 여든까지만 간 것이 아니라 다음 생에까지 연결이 된 결과이다. 그러므로 중생계가 없어질까 걱정하는 무리는 불교를 논할 자격조차 없다.

지금도 거대하게 진행되는 불사를 심심찮게 본다만 절이 없어서 불교가 망할 일은 사실 없다. 만약 불교가 불교답지 못하다면 부처님도 그 존속을 원치 않으실 것이라는 생각은 오랜 신념이다. 중생계가 없어질까봐 중생을 위한 원력을 세우고 절이 없어질까봐 절이나 짓겠다고 원력을 세우는 일이 긴요한 것이 아니다. 어서 깊은 미혹을 떨쳐버리고 모두가 부처임을 보다 철저히 자각하는 일에 일념으로 전념하는 것이 더 시급한 과제이기 때문이다.

 정 력

부처를 이루는 일은 정력(定力)으로만 가능한 일이다. 속히 바른 이치를 증득해서 나고 죽는 일이 없는 법을 터득하여 부처가 되는 일만이 가장 고귀하고 가치 있는 일이 됨은 두말할 나위 없다.

영겁의 세월 동안 습관적으로 반복했을 중생 놀음을 그만두고, 허망하기 짝이 없는 나라는 존재의 영원성에 대한 믿음과 허울 좋은 원력에서 벗어나서 반드시 부처의 경지에 도달하려는 용맹한 의지에 투철할 때 이를 일러 정력(定力)이라 한다.

사바세계의 의미에는 생노병사(生老病死)와 희노애락(喜怒哀樂)이 적당히 섞여 있는 곳이므로 참고 살아가야 한다는 뜻의 인토(忍土)와 넉넉히 참을 만하다는 능인(能忍)이라는 뜻이 담겨있다. 그러므로 사바는 모든 중생이 수행하기에 가장 알맞다고도 말한다.

비록 이런 사바세계일지라도 인신난득(人身難得)·불법난봉(佛法難逢)이라! 사람 몸 받기 어렵고 불법 만나기 더더욱 어렵다고 한다.

어쩌면 이 알 수 없는 도리 탓에 중생계가 유지되는지도 모른다. 그래서 부처님이 성도(成道)하실 무렵에 마구니 권속들이 적극적으로 방해했다고도 전해진다. 만약 실달타가 깨달아 정법이 성하게 되면 마구니 권속과 국토가 위협을 받게 되기 때문이다.

다양한 생명체 가운데 인간의 몸을 받고 온전한 육신을 갖추어 보고 듣고 생각하기를 바르게 할 수 있다면 천만다행이다. 그런 줄도 모르고 한 생을 다시 허비하게 되면 다음 생에 어떤 몸으로 태어날지 전혀 기약도 하지 못한다.

헤아릴 수 없는 생명체 중에서 개미나 벌 구더기 같은 미물과 물고기 따위는 한번에도 엄청난 수의 생명체가 탄생되는 데 비하여, 미미하게 종을 이어가는 인간의 귀한 몸을 만나게 된 것은 천재일우(千載一遇)의 기회이며 행운의 극치라 여길 만하다. 더욱이 온전한 육신으로 부처님 법을 만나서 바로 찾아들어간다면 열반을 증득할 수 있는 것은 당연한 일이다.

그러므로 공부인은 지금이 다시 만나기 힘든 절호의 기회라는 생각으로 혼신의 힘을 기울여 공부에 힘써야 한다는 당부가 참된 인신난득(人身難得)·불법난봉(佛法難逢)의 의미이니, 사람 몸 받기 어렵고 불법 만나기 더더욱 어려운 줄 필히 가슴 깊이 새겨 둘 일이다.

 안 되는 줄 알면서도

절에서 고시공부를 하여 판사가 된 사람이 무슨 생각에선지 종교라는 것이 대체로 말만 다를 뿐이지 비슷비슷하지 않느냐고 하였다. 하느님을 믿고 천당에 가서 영생을 얻는다거나 부처님 믿으면 극락에 태어나서 무량한 수명을 누린다는 것들이 다 그게 그거 아니냐는 투였다. 하기야 말대로라면 맞긴 맞는 말이다. 한마디 물었다.

"당신이 법을 집행할 적에 집권당의 사람이라고 해서 그 사람이 무슨 짓을 해도 처벌을 하지 않고 눈에 띄는 대로 호텔로 모셔 극진히 대접하고, 정책을 비판하고 동조하지 않는 야당 세력의 무리들은 법과 질서에 상관없이 모조리 감옥에 가둔다면 당신은 그런 일을 옳다고 여기느냐?"

눈이 휘둥그레지더니 그럴 수는 없는 일이라고 손사래를 쳤다.

"그렇다면 당신은 어째서 하느님을 믿고 부처님을 믿는 것만으로도 천당과 극락에 가서 영생 따위를 누린다는 말은 당연하다고 생각하느냐? 그리고 진리라는 것은 시간과 공간의 구애와 간섭 따위는 아예 받지 않거니와 그 무엇에서도 초월하여 어디서나 동일한 가치와 의미를 갖는 것을 뜻한다. 그런데 극락과 천당은 우주 안팎 어디에 있기에 그 세계는 부서지지도 않으며 죽지도 않는다고 여기느냐? 또 천당과 극락이 묘사를 할 수 있는 곳이라면 반드시 그 세계는 이루어진 세계가 틀림이 없다. 어찌 이루어진 것이 부서지는 날이 없을 것이며, 천당과 극락이 죽어 다시 태어나는 곳이라면 태어난 자는 언젠가는 반드시 죽어야 하는 것이 우주의 법칙이거늘, 어찌 그곳은 생(生)만 있고 사(死)는 없다고 어리석게 믿느냐?"

한마디 더 덧붙였다.

"어찌 당신과 같이 똑똑한 사람이 현실적으로는 불가능한 일이라도 종교와 신앙에서는 그런 일이 가능하고 그럴 수 있다고 믿는지 참말 안타까운 일이다."

새삼스럽게 다른 종교와 신앙에 대하여서 거론할 것도 없다. 중생의 미혹이 그와 같은 것은 태고적부터의 일일 뿐이다.

 # 극락 간다는 것

물론 불교에 정토(淨土)신앙이라는 것이 있다. 누구 말 맞다나 부처님 말씀대로 살면 내세에 극락 간다는 믿음이다.

팔만대장경에 '정토삼부경' 이라는 경전도 엄연히 있지만 개인적인 의견에 불과하다 할지라도 그것은 부처님께서 가르치시고자 하신 일은 정녕 아니다. 그것을 철석같이 믿는 이들 입장에서야 할 말이 많겠지만, 육조 혜능스님도 '서방에서 죄를 지면 어느 곳에 참회를 할 것인가?' 하셨다.

그동안 각기 백천억 겁을 윤회하면서 극락은 몇 번이나 들락거렸을지 알 수 없다.

'정토삼부경' 에는 '극락에서 모두가 성불한다.' 고 하지만 거기서 성불할 수 있다면 왜 이곳에서는 안 된다고 여기는지 또한 모를 일이다.

그런 이들이 떠벌리듯이 '정토삼부경'이 불교의 핵심이라는 말 따위도 터무니없는 헛소리에 불과하다. 이는 마치 단 한 줄의 문장이 한 권의 책 내용을 대변한다고 우기는 것과 다를 바가 전혀 없다.

나 역시 부처님의 경전을 가끔씩 들여다보지만 경전의 어느 구석에서도 부처님 믿어 극락 가서 죽지 말고 영원히 살기만 하라는 악담은 보도 듣도 못했다.

세상에는 사람들이 이름 붙인 여러 법칙 중에 '수요와 공급의 법칙'이라는 것이 있다. 불교 경전에 이러한 내용이 어느 결에 삽입된 까닭도 그런 곳에서 찾을 수 있을 것 같다.

수요자인 중생의 이목을 끌어 모으기 위해 공급자에 해당하는 경전의 편찬자가 방편으로 끼어 넣은 것일 수도 있다는 점에서다. 즉 자신의 존재를 영원히 존속시키고 싶어하는 중생들의 근본 무명인 욕망을 달래려고 경전에 끼어 넣게 되었다는 해석이 가능하기 때문이다.

대단한 가르침도 듣는 자가 있을 때 비로소 그 진가가 나타나는 법이다. 아무도 관심조차 보이지 않는다면 더없이 고귀한 진리라도 아무런 쓸모가 없기 때문에 그런 방편설이 끼어 든 것이라고 능히 짐작할 수 있다.

 봐도 본 것이 아니다

깊은 통찰 없이 글만 보고 뜻을 풀이한 자들이 그릇 해석하여 나대는 바람에 부처님의 가르침과는 어긋나게 변질되었을 수도 있다. 그런 까닭에 절집에서는 함부로 경전을 보지 못하게 하였다. 즉 글에 떨어졌다던가 글에 굴림을 당한다던가 하는 말이 이런 일을 염려하여 생긴 말이다.

결국 경도 깨친 눈으로 볼 때 정확하게 볼 수 있는 법이다. 팔만대장경의 모든 경구가 필경 석가모니 부처님의 친설(親說)은 아니라 하더라도 이 법에 의지하여 깨친 이들의 것이라면 구태여 시비 삼을 이유는 조금도 없다. 그러나 부처님의 친설마저도 글로 옮긴이들이 잘못 알아듣고 그릇되게 기록을 했다면 부처님의 의도와는 전혀 다른 내용으로 변질될 가능성은 충분하다.

이런 까닭에 참선공부가 필요하다. 말만 참선이 아닌 부처님의 마음을 밝히려는 의지에서 하는 공부를 말한다. 부처님의 생각을 읽지 못하고 경전의 글귀에만 연연하다보면 애는 썼다지만 부처님의 일과는 전혀 상관이 없게 되는 까닭 때문이다.

공연히 누구를 탓할 것도 아니다. 우리의 미혹이 깊지 않다면 그런 일들이 부처님의 가르침을 위장하고 팔만대장경 가운데 끼어들 일은 아예 없었다. 중생이 원하고 바라는 바가 그 뿐이니 누군가 짐짓 중생들의 시선을 모으려는 생각에 한 일일 테니 말이다.

그로 인해 더 많은 이들이 그것에 큰 매력을 느껴 불문 중에 귀의하고 그런 과정을 거치면서 다시 정법에 분발했는지도 모르니, 아닌 줄 알면 됐지 날을 새며 갑론을박할 일도 아니다.

오직 바른 원을 세워서 불법에서 멀어지지 않기를 바란대도 불제자의 자격을 갖추었다 할만하다. 기운 나무는 이미 기울어진 쪽으로 반드시 쓰러지는 법이기 때문이다.

어느 도인 스님은 열반에 드실 즈음 돌아가신 다음에 무엇이 되시려는가 여쭈니 아랫마을에 물소나 되겠다고 하셨다. 평생토록 도를 닦아서 물소가 되어 허우적거릴 거라면 누가 불법을 닦으려 하겠는가마는 시절과 인연이 그러하다면 사양할 수 없다는 뜻이다. 아무렴 물소가 되셨으리요마는 이 법을 밝게 알기에 서슴없이 하실 수 있었던 말씀이며, 항상 불법에 대한 일념으로 언젠가는 기필코 성불의 연이 있으리라는 신념에 밴 말이기도 하다.

226

 발전

대만에서 유학 중인 스님과 동행하여 해인사까지 찾아온 외국인 교수를 만났던 적이 있다. 스님도 초면이었으나 내 나라 사람이니 대화는 자연스레 스님의 통역으로 이루어졌다.

스님의 소개에 의하면 그들은 대만 국립대학의 부부 교수라 했다. 우리나라같이 별난 곳도 드물 것이다마는 아직도 대만 땅에서는 대다수 사람들의 종교와 신앙이 불교라 하여도 과히 틀린 말이 아니란다. 고유의 민족종교까지도 불교와 명확히 구분하기 어려울 정도로 동화되어 있어서 그들 스스로도 불자라고 불리길 원한다니 짐작할 만한 일이다.

스님의 말씀으로 두 교수님의 불심과 구도열은 평범 이상이라 했다. 특히 참선에 대한 관심이 유별나서 선불교만큼은 한국이 가장 발전하였다고 알고 있어서 다음 학기 준비 차 귀국 길에 오르는 스님을 따라 나섰다는 것이다. 이미 그 땅의 찬란했던 불교의 역사는 어느덧 박물관에서나 들추어 볼 형편이 되었고 오직 정토 신앙만 왕성하여 정통 선불교의 형태가 가장 잘 보존된 한국에서 참선을 배우고 싶어한다고 했다.

아직 내 일신의 일도 감당을 못하는 처지이다 보니 먼 타지의 일은 고사하고 주변의 일에도 마음의 여유를 부리지 못한다. 그런 가련한 처지지만 간혹 외국의 예를 들면서 '발전된 불교'에 관한 말을 들을 때마다 순간적으로 의심에 빠졌던 적이 한두 번이 아니다.

'온전치 못한 것이 불법이었던가?'

'부처님 가르침을 두고 발전이라는 단어를 사용할 때 그것은 과연 무슨 의미를 나타내는가?'

'발전했다는 불법은 정녕 어떤 모습이며 무엇을 일컬어 발전된 불법이라고 하는가?'

평소의 생각이 이러하니 아무리 불교에 관한 일이라도 남의 나라 일에 관심을 두어본 일이 별로 없다. 대만의 최고 엘리트인 그들이 우리 땅까지 찾아와서 참선을 배우겠다고는 하지만 정법과 비법이 본디 다른 것이 아니라 하지 않던가? 부처님의 말씀도 마구니가 하면 마설(魔說)이고, 마설도 부처님께서 하시면 불설(佛說)이 된다고 했다. 참선도 삿된 마음으로 하면 외도(外道)법이 되고 외도법도 바른 마음으로만 하면 참선인 것이다.

 참선은 왜

이 땅의 불법도 별 볼일 없게 되어서가 아니다. 먼 이국땅으로 정법을 찾아 나선 그들의 구도심의 근원은 무엇일까? 문득 궁금한 생각에 대뜸 물었다.

"참선을 하려고 하는 까닭은 무엇 때문입니까?"

좌법(坐法)을 비롯한 다양한 수행법 가운데 상당부분이 아주 오랜 옛날부터 중국에서 개발되어 왔으며 또한 체계를 갖추고 발전되기도 하였다. 그러므로 맘만 먹으면 그들의 땅에서 구미에 맞고 자신의 목적에도 부합하는 완벽하고도 훌륭한 가르침을 쉽게 만날 수 있었을 것이다.

"오직 견성성불(見性成佛)하고자 함입니다."

두 교수의 대답은 간단명료하였다. 절집에서 잘 쓰는 표현으로 십 년 수행자보다 훨씬 나은 대답이다. 머리 깎고 먹물 옷 걸치고도 쉽사리 하지 못하는 답변이라는 뜻이다.

그 몇 해 전 일이다. 머리가 어느덧 희끗한 중년 신사 한 분이 찾아온 일이 있다. 어디서 무슨 얘기를 들었는지는 모르겠지만 내게 참선 지도를 받고 싶단다. 내키지 않는 일이니 떨어지지 않는 입을 애써 벌려가며 목적이 무엇인지 물었다. 답변이 가관이다.

"나이가 오십에 이르니 기억력도 현저히 감퇴하고 집중력도 형편없어져서 참선을 배워 기력을 회복하고자 합니다." 했다.

"참선을 배우면 그렇게 된답디까?"

"예! 예전에 취미로 붓글씨와 사진을 배운 적이 있습니다. 그때 몇 분 스님들과 함께 배웠는데 그분들의 실력은 보통의 일반인보다 몇 배나 빨리 향상되었습니다. 그때 아련하게나마 느낀 점은 '스님들은 참선을 하시기 때문일 것이다' 라는 것이었지요. 그래서 그런 생각을 하게 된 것입니다."

입안 가득히 쓴 침이 돌았다. 더 이상 답변할 말도 없었다.

"죄송합니다만, 저는 그쪽 일에 대해서는 알지도 못하고 생각해 본 적도 없습니다. 그래서 저는 도움 드릴 말씀이 전혀 없습니다."

사실이 그렇다. 남다른 집중력을 얻고자하여 이 공부를 한 것이 아니다. 신묘한 능력을 염두에 두고 한 일은 더욱 아니었다. 그러니 그가 바라고 원하는 일 즉 그에게 도움 될만한 일은 조금도 모른다.

그의 말 맞다나 스님들의 능력이 남다른 듯이 보이는 까닭은 단지 승려이기 때문일 수도 있다. 승려라고 다 참선을 하는 것도 아니요 참선하는 스님네는 그따위 철없는 짓은 아예 하지도 않으니 말이 다.

 길고 짧은 차이는

처음 원고를 쓸 때의 일이다. 일주일 익힌 자판으로는 하루 종일 두드리며 글자를 만들어 보았자 A4 용지 석 장도 채우기 어려웠다. 한 글자마다 몇 번씩이나 쓰고 지우기를 반복해야 온전한 글자가 겨우 되었다. 그렇게 낱낱의 글자를 만들어가며 문장을 만들려니 표현하고자 하는 의미와는 상관없는 글이 되기 일쑤였다. 또 몇 줄의 글이 되었다 싶어도 전혀 문맥이 통하지 않았다. 가장 시급한 일이 우선 온전한 글자를 만드는 일이고 보니 온통 자판에만 신경 쓰다보면 무슨 글을 쓰려 했는지조차 까맣게 잊는 일이 허다했다. 전혀 의미가 통하지 않는 글이었지만 매 글자마다 드린 공이 아까워서 지우기는커녕 다시 글도 아닌 놈을 마냥 덧붙여 댔다.

워드프로세서에 관한 책이라도 한 권 구하여 보며 문장을 앞뒤로 옮길 수라도 있었다면 답답한 마음이 훨씬 덜 했을지 모를 일이다.

그러나 토굴에서 책방이 있는 대처까지는 왕복 팔 십리 길이니 그
일도 수월치 않기는 마찬가지이다. 그래도 보름가량 지나서 얼결에
건드린 마우스가 블록을 만들고 문장을 움직여 놨다. 덕분에 문장
과 어휘를 앞뒤로 바꿔가며 어설프게나마 글을 다듬을 수 있었다.
비록 출판을 하려고 쓴 글은 아니었으나, 분위기에 휩쓸려 내친김
에 눈 딱 감고 출판사까지 보냈던 것이다.

문장의 격은 고사하고 한 글자씩 만들어가며 써낸 글이지만 20일
만에 마칠 수 있었던 데에는 누가 뭐래도 역시 머리 깎은 승려라서
가능한 일이었다. 토굴살이하는 처지이니 온종일 컴퓨터 앞에 붙어
있어도 남에게 걱정에 찬 한 마디 말인들 들을 일이 전혀 없어서였
다. 보름쯤 지났을 때 하늘의 둥근 달이 정말로 또렷이 두 개로 나
뉘어 보였을 정도였어도 말이다.

머리 깎은 이와 긴 이와의 별난 차이는 이런 정도에 불과하다. 승
려에게는 특별히 간섭할 이도 간섭받아야 할 일도 없다. 결코 참선
을 하는 까닭도 아니며 집중력 따위 때문이 아니다. 그러나 세속에
묶인 이들은 그렇지 못하다. 당장 날마다 생업에 충실하지 않으면
안 된다. 또 무슨 일을 하고자 하더라도 가족의 이해와 동의까지 필
요할 때가 있다. 주위에서 자고자 하면 같이 자야하고 먹자 하면 먹
어야 하고 놀자 하면 놀아도 주어야 한다. 이보다 더 많은 관계와
구속이 있겠지만 크게 다를 바 없긴 마찬가지 일 것이다.

즉 출가 수행자보다 못해 보이는 까닭은 나다운 나는 거의 있을

수 없기 때문이다. 나란 것은 오직 누구의 자식, 아무개의 부모, 누구의 아내, 아무개의 남편 또 학생들의 선생님, 선생님의 학생, 어느 회사의 사무원, 어느 나라의 정치가로만 존재의 의미와 가치가 있기 때문이다. 이를 부정하면 그와 동시에 나의 존재가치는 즉시 소멸된다. 이것이 바로 무아설의 근간(根幹)이기도 하다.

승려는 철저하지 못하더라도 그런 일에서만큼은 훨씬 자유롭다. 모든 일이 본인의 의지에 좌우되니 말이다. 이처럼 주변 여건과 환경이 발생시킨 자연스런 결과물을, 무턱대고 스님들은 참선으로 단련이 되어서 집중력이 탁월하고 별난 능력이 있다고 여기면 뭔가 석연치 못한 구석이 있다.

그리고 인정할 것은 인정해야 한다는 것이 평소의 지론이다. 나이 들어 흰머리는 한 올씩 늘어 가는데 기억이 더 또렷해지고 집중력이 유별나게 강해지는 이는 아무도 없다.

이루어진 것은 당연히 무너지고 생겨난 것 또한 필연적으로 없어진다. 만들어진 것은 그것이 무엇이든지 그 순간부터 닳고 낡아 종당에는 부서지고 소멸한다. 생겨난 것들도 얼핏 보아서는 항상 그 모습인 듯하지만 어김없이 늙고 병들다가 죽어 없어짐에는 다를 바가 없지 않은가? 성미가 고약하다는 말을 들을지라도 그래서 그따위 물음에는 대꾸조차 않는 것이다.

 # 어불성설

그들은 대답의 차원이 달랐다. 견성해서 부처가 되려고 참선을 한다는 것이었다. 그렇다면 하고 싶은 말이 조금 더 있다. 물론 살림살이가 묻고 대답할 만한 처지가 못 되는 줄 모르는 바는 아니나, 도라는 것과 진리라는 것이 몸에 걸치고 뽐내는 장식물이 아니며, 남들과 시비나 일삼으라고 생긴 것도 아니니 공연히 도를 들먹이며 남들을 혼란스럽게 하거나 능멸하며 업신여기는 짓거리가 아니라면 굳이 피할 일도 아니기 때문이다. 돌아온 답변이 그럴 듯하니 잠시인들 지체하랴?

"견성(見性)하여 성불(成佛)하겠다는 말은 성(性)을 보고 부처가 된다는 말인데 무엇이 성(性)이며 무엇이 부처입니까?"

답변이 없다. 그러면 안 된다. 견성성불하겠다면서 성(性)도 모르

고 부처도 모른다면 어불성설(語不成說)도 이만저만이 아니다. 코미
디가 따로 없으며 이런 걸 두고 넌센스라고 하지 않던가?
 사실이 그렇지 않은가? 어찌 성(性)이 무엇인지도 모른 채 그것을
보겠다고 하며 부처도 모른 채 부처가 되겠다고 한단 말인가?

 # 갈아도 안 된다면서

당(唐)나라 개원(開元, 713~742) 연간에 마조 도일(馬祖 道一)은 형악의 전법원이라는 도량에서 수행하던 중에 남악 회양(南嶽 懷讓, 677~744)선사를 만나게 된다. 회향선사께서는 마조의 근기와 남다른 정진력을 기특히 여기시다가 어느 한 날 드디어 물으셨다.

"수좌는 좌선을 하여 무엇을 얻고자 하는고?"

"오직 부처가 되고자 합니다."

스님은 잘 알아 들으셨다는 듯이 고개까지 끄덕이셨다. 잠시 후 어디선가 기왓장 하나를 가져다가 마조 앞에서 북북 갈아댔다. 느닷없이 벌어진 괴이한 일에 궁금해진 마조가 한 마디 여쭙지 않을 수가 없었다.

"스님! 기왓장은 갈아 무엇에 쓰시려는지요?"

"아! 이거? 거울 만들려고 그러지."

마조는 기가 딱 막혔다. 선사께서는 천하의 이름난 선지식이 아닌가? 마조 자신도 선사의 법력과 자자한 명망을 흠모하다가 이끌리듯 험난하고도 멀디먼 길을 마다 않고 찾아 들었던 것이다. 그런데 눈앞의 일은 영 마땅치가 않다.

"아이구 스님! 기왓장을 간다고 거울이 됩니까?"

"그래? 아주 멍청한 놈은 아니군! 기왓장을 갈아서는 거울을 만들지 못한다는 것은 알고 있으니 말이야! 그런데도 그대는 주질러 앉아 있는 것으로 부처가 될 수 있다고 여긴단 말이지?"

마조는 순간 정신이 아득해지는 것을 느꼈다.

남악 회양 선사가 누구란 말인가! 얼마 전에 세 왕의 흠모를 받으며 장안과 낙양에서 널리 법화를 펼쳐 삼제국사 양경법주(三帝國師 兩京法主)로 불리며 당대는 물론 뒷날까지 널리 이름을 떨친 신수(神秀)라는 기량이 출중한 상수 제자가 있음에도 불구하고, 일자무식의 산골 무지렁이 티도 벗지 못한 채 삭발 염의와 수계도 않은 속인의 모습으로 약관의 나이에 오조 홍인(弘忍)스님으로부터 석가모니 부처님의 의발을 직접 전수 받은 드라마틱한 일화의 주인공인 육조 혜능(六祖 慧能, 638~713)대사의 직계 제자가 아닌가!

그러한 불세출의 선지식이 기왓장이 아니라 진흙덩이나 나무토막일지언정 그것으로 거울을 만들겠다고 한다면 의례 그럴 수도 있으려니 해야 옳지 않은가!

그러나 마조는 감히 얼굴빛을 바꿔가며 스님 행위의 부당함을 지적하고 조소하였던 것이다. 스님은 그 찰나에 마조의 어리석음을 단번에 몰아내고 일깨워주실 한 마디의 말씀을 내리셨던 것이다. 훌륭한 말은 채찍의 그림자만 보고도 힘을 낸다 했다.

마조는 즉시 알아 차렸다. 머리를 깊이 조아리며 여쭈었다.

"어찌 하오리까?"

"소수레가 움직이지 않는다. 소를 치랴? 수레를 치랴?"

 # 유구무언

마조는 아무 말도 할 수 없었다. 입이 열이라도 할 말이 없다.

"그대는 앉아서 참선하는 것을 배우느냐? 아니면 앉은 부처를 배우느냐? 좌선을 배우는 중이라면 선(禪)이란 앉거나 눕는 데 있는 것이 아니며, 앉은 부처를 배운다고 하더라도 부처란 어떤 모습에 있는 것이 결코 아니다. 머무를 데가 없는 법에서는 마땅히 취하거나 버릴 것도 없다. 그대가 앉은 부처처럼 되기를 바란다면 부처를 죽이는 짓은 될지언정 불법과 무슨 상관이 있겠으며, 앉은 모습에나 굳게 집착하고 있다면 그 깊고 묘한 이치는 영원히 깨닫지 못할 것이다."

가르침을 듣자 스님은 마치 제호를 마신 듯 했다고 했다. 제호란 인간이 마실 수 있는 음료 중에서 최상의 것으로 몸과 마음이 동시에 평안해진다는 신비의 영약과 같은 것을 말한다.

소가 뒷걸음질 치다가 쥐를 잡았다는 말이 있다. 목적 없이 하던 일이 뜻밖의 결과를 냈을 때 쓰는 비유이다. 그러나 진리를 논하고 최상승법을 논함에 있어서는 적절한 비유가 전혀 못 된다. 물론 무심히 했던 일이나 다른 결과를 염두에 두고 하던 일이 뜻밖의 결과를 불러오는 경우도 있을 수 있다. 하지만 닥친 결과의 의미를 정확히 모르고 있었다면 그 일이 있다 해도 어찌 있음을 알 수 있겠으며, 목적 없이 하는 일이 제아무리 고상하더라도 결과가 신통할 까닭이 전혀 없다.

비유컨대 가령 누가 A라는 마을을 찾아 나섰다고 하자. 그러나 그 사람은 그 A라는 지명만 들었을 뿐 마을이 있는 방향과 위치, 생김새나 분위기 혹은 어떤 사람들이 살고 있는지 등에 관한 정보가 전혀 없다면 과연 그는 소정의 목적을 원만히 이룰 수 있을까?

남악 회양 선사는 바로 이 엄청난 모순을 지적하셨던 것이다.

 # 채찍의 그림자

"그대가 기왓장을 갈아서 거울을 만들겠다는 나의 말을 듣고 오만 불손하게 터무니없는 짓이라며 감히 야유하듯 대꾸할 수 있었던 가장 확실한 까닭은 무엇인가? 그것은 그대가 거울이 무엇인지 너무나 잘 알고 있었기 때문에 가능한 일이지! 거울이 갈고 닦아서 만들어지는 물건이긴 하지만 기왓장을 연마한다고 거울이 될 수 있겠나! 그런 일은 도저히 있을 수 없는 줄 여실히 안다면 천하의 그 누가 그럴 수 있다고 하더라도 현혹되거나 미혹에 빠져 헤매지도 않을 것이며 터무니없는 짓도 않을 수 있지! 헌데 그런 이치 정도는 잘 알고 있는 그대가 지금 이 일에선 왜 그리도 멍청한가? 누가 그대에게 앉아만 있으면 부처가 된다고 일러주던가? 설령 그럴 수 있다 하더라도 목적 개념도 분명히 하지 못한 채 하는 일은 한낱 부질없는 짓거리인 줄 알아야 하네."

242

"그대는 정녕 부처가 무엇인줄은 알고 있는가? 알고 있다면 더 할 말이 없네만 보아하니 그렇지 못한 것이 틀림없어! 똑똑한 그대가 철없는 짓거리를 할 까닭은 만무네만 불당의 불상 흉내나 내고 있다면 더 할 말도 없네! 좌우지간 진정 그대가 부처가 무엇인지 알고 있다면 그렇게 하염없이 주질러 앉아 있는 일로 부처가 될 것이라고 하진 않을 것이란 말일세. 자! 이쯤이면 이제 그대가 먼저 할 일이 무엇인지 알 수 있겠지?"

마조는 드디어 알아차렸다. 어떤 모순을 부둥켜안은 채 쩔쩔매고 있는지 비로소 발견하게 된 것이다.

지금이라고 남악 선사와 같은 선지식이 왜 없겠으며 마조와 같은 법기(法器)가 어찌 되지 못하랴? 다만 미혹의 나락에 깊이 빠져 있으면서 도무지 헤쳐 나올 궁리조차 하지 않으니 어느 날을 기약할 것인가?

 # 행운은 없다

항간에는 육조 혜능대사의 일을 두고 그저 맥없이 있어도 어느날 별안간 그처럼 깨칠 수 있으리라 굳게 믿고서 저도 그랬으면 하는 철부지도 있는 듯도 하다마는 어찌 그런 일이 생길 수 있으랴?

당시에 오조 홍인화상의 문하에는 자타가 인정하는 제일의 선객으로 신수스님이 있었다. 신수스님(神秀, 606~706)은 어려서 이미 유학의 경(經)과 사(史)를 배웠으며, 박종다문(博綜多聞)하여 노장(老莊)의 현지(玄旨)·서(書)와 역(易)의 대의(大義)·훈고(訓詁)·음운(音韻)·삼승(三乘)의 경론(經論)과 사분율의(四分律儀)에도 통달하였다. 당(唐) 무덕(武德) 8년(625) 낙양 천궁사에 출가하여 여러 스승에게 참학하였으며, 황매현(黃梅縣) 기주(蘄州) 동산(東山)에 머물던 홍인대사의 문하에 들어가 그의 법을 배웠다. 홍인은 그의 기

244

량을 두고 '나의 문하에 많은 사람들이 있으나 현해원조(懸解圓照)함에는 신수를 따를 사람이 없다.'며 칭찬을 아끼지 않았다. 그러므로 홍인 회하(會下)의 700여 대중 가운데 상좌(上座)가 되는 데 부족함이 없었다.

상원(上元) 2년(675) 10월에 홍인대사가 입적하자 신수는 형주(荊州) 강릉(江陵) 당양산(當陽山)으로 옮겨 머물렀는데 그를 따르는 승려의 무리가 구름 같았다. 구시(久視) 1년(701) 측천무후(則天武后)는 그의 자자한 명성을 듣고 흠모하다가 궁중의 내도량(內道場)으로 모셔와 법요(法要)를 설하도록 하였다. 중종(中宗)도 즉위하여 신수를 깊이 예우하였으며, 중서령(中書令) 장설은 제자의 예를 다했다. 예종(睿宗) 또한 그를 지극히 예우하였으므로, 3제의 국사요 장안(長安)과 낙양(洛陽)의 법주(法主)라고 불릴 만큼 그의 덕화와 법력은 비범하였다.

그러나 산골 나뭇꾼의 티도 벗지 못했고 아직 삭발 염의(削髮 染衣)의 수계도 하지 않은 백의(白衣) 차림의 일자무식 촌뜨기 청년 노행자(盧行者)가 오조 홍인대사의 회상에 천하가 인정하던 스님의 상수 제자인 신수스님이 건재함에도 불구하고, 석가모니 부처님으로부터 전해져오는 가사와 발우를 홍인대사로부터 친히 전해 받았다는 사실은 천지가 개벽할 일임이 분명하다. 이를 두고 단지 한 행운아에게 우연히 발생한 일 정도로만 여긴다면 불조(佛祖)에 짓는 허물 또한 적지 않을 것이다.

 혜능

혜능스님은 당시 중국에서도 변방에 속하는 광동성 신주(新州) 신흥현(新興縣)에서 노(盧)씨 댁의 한 몰락한 가문에서 출생하였다. 세 살에 아버지를 여의어 궁핍하고도 어려운 환경에서 성장했으며 땔감을 해서 팔아 근근이 홀어머니를 봉양하는 처지였다. 그러던 어느 날 장터의 여관집에 장작을 들여주다가 한 손님의 경 읽는 소리를 듣고 크게 느낀 바가 있었다. 그 자리에서 독경하는 이에게 묻고 도움을 받은 후 모친의 허락을 얻어 여관에서 만난 이가 가르쳐준대로 오조 홍인화상이 계시는 황매현의 동선원(東禪院)으로 출가를 작정하고 향했다. 오조 홍인대사를 처음 친견했을 때 화상께서 "너는 어느 곳 사람인데 이 산까지 와서 내게 예배하며 새삼스럽게 구하고자 하는 것은 무엇이냐?" 물으셨는데 "저는 영남 사람으로 신주의 백성입니다. 멀리서 와서 큰스님께 예배드리는 까닭은 다른

246

것을 구함이 아니옵고 오직 부처가 되고자 할 뿐입니다." 하고 대답했다.

오조 스님은 짐짓 화난 듯한 목소리로 꾸짖듯이 말씀하셨다.

"방금 네 스스로가 영남 사람이라 하지 않았더냐? 그렇다면 변방의 오랑캐거늘 어떻게 감히 부처가 될 수 있단 말이냐?"

이에 대해 "사람에게야 남북이 있겠지만 부처의 성품에 어찌 남북이 있겠습니까? 오랑캐 몸은 스님과 같을 수 없사오나 부처의 성품에 무슨 차별이 있겠나이까?" 하고 대답한다.

화상은 말씀을 거두시고 좌우를 둘러보시다가 방앗간으로 보내 방아 찧는 일을 하게 하시었다. 이미 알찬 재목이었던 것이다.

기록에 의하면 혜능스님의 성장 환경은 매우 불우하였다고 한다. 변방의 두메산골에서 땔감을 해서 내다 팔며 겨우 연명해야 하는 딱한 처지여서 학문을 익히고 연마할 수 있는 형편이 아니었다. 그런 무지렁이가 이 법을 별안간 얻게 되었다고 짐작하여 함부로 이 법을 얕잡아 보거나 방자한 언동을 남발해서는 안 된다. 지레 겁을 내어 수행을 하려하지 않거나 법을 익히고 연마하려 들지 않는 것도 잘못된 일이긴 마찬가지지만 말이다.

 회의

왕자의 신분으로 출생하여 부귀영화를 누렸던 석가모니부처님과 혜능의 비천함은 비교할 바가 아니다. 일국의 태자와 변방의 일자 무식인 산골 무지렁이가 어찌 같다고 우기겠는가? 그러나 절대 평등한 이 법 앞에서는 차별 또한 있을 수 없으니 혜능의 말 맞다나 드러난 차별인들 불성과 무슨 관계가 있다 하리요! 하물며 도를 배우고 익히며 수행하고 닦으며 진리를 깨닫고 증득하는 데 있어서야 하등의 구별이 있을 수 있겠는가?

석가모니가 그럴 수 있었다면 나도 또한 그럴 수 있으리라! 신분이 고귀한 사람은 산은 깊게 보고 골은 높게 보며 개울은 넓다하고 바다는 좁다하던가? 아니다! 그들도 붉은 것은 붉다하고 흰 것은 희다하며 나무는 나무로 보고 돌은 역시 돌로 본다.

석가모니는 영화로움 속에서도 인생의 끝을 보았다. 그래서 부친이신 정반왕께서 원하는 바의 소원은 무엇이든지 다 들어줄 터이니 출가만은 하지 말 것을 간절히 말씀하셨을 때,

"저를 죽지 않도록 하여 주십시오."라고 한 것이다.

혜능은 어떠했는가? 세 살에 이미 아버지를 여의었고 두메의 깊은 골에서 홀어머니와 근근이 살아가고 있었다. 그러니 모습이 사람일 뿐이지 과연 그들의 삶이 어떠했을지는 헤아려 봄에 어려움이 별로 없다.

그러하더라도 그가 석가모니의 생각에 못 미칠 까닭은 전혀 없다. 진정으로 공부에 관심이 있고 참선에 뜻이 있는 이들이라면 이에 주목할 필요가 반드시 있다. 혜능은 결코 선택된 사람도 아니었으며, 그의 깨달음은 우연과 행운이 가져다 준 결과가 결코 아니기 때문이다.

석가모니와 혜능이 현실에 지극히 만족하였다거나 자포자기하는 심정으로 살았다는 뜻으로 하는 말이 아니다. 한 사람은 고귀한 신분으로 더할 나위 없는 호사를 누렸고 다른 한 사람은 겨우 사람의 허울만 둘러 쓴 채 비천한 신분으로 금수처럼 살았다. 비록 생존 환경과 시대마저 달랐지만 어느 결엔가 이들은 하나같이 삶의 가치와 의미 따위에 회의를 품고 있었다고 짐작할 수 있다. 석가모니는 드디어 출가를 결심했으나 혜능은 그런 일이 있는 줄도 몰랐다. 어느

날 팔린 장작더미를 여관의 땔감 창고에 쌓아주고 나오다가 한 나
그네의 독경소리에 의심을 풀게 되었고 자신의 존재 이유를 비로소
알아챘다.

　그런 일이 있기까지 혜능의 관심사가 오직 이 일에만 집중되어 있
었다고 생각해 볼만하다. 만약 나그네의 독경소리가 그의 고막을
찢을 정도였더라도 혜능의 의심이 한낱 어느 배부른 자의 사치스러
운 심심풀이 소일거리였다면 그에게서 이런 경사가 일어날 수 없었
음은 의심할 바도 못 되기 때문이다.

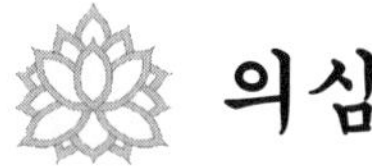 # 의심

이 일을 두고서 누구는 어떤 의심이건 간절하기만 하면 결과는 동일하다고 주절댄다. 그래서 그들은 금고열쇠 둔 곳을 몰라 헤매다가 이 일을 마치기라도 했단 말인가?

일체함령 개유불성(一切含靈 皆有佛性)이라 했다. 모든 생명체는 똑같은 불성이 있다지만 다른 것은 그만두고 인간의 일만 따져봐도 그렇다. 그저 단지 의심을 품어서 해결될 일이라면 60억 인구 가운데 의심할 줄 아는 사람이 없어서 깨달은 사람이 귀하단 말인가? 혹자는 간절한 마음으로 의심을 안 하고 못하는 까닭이라고 그럴 듯이 둘러대지만, 풀지 못한 의심으로 미친 사람이 정신 병동에 가면 부지기수요, 답답함에 스스로 생을 마감해버리는 사람도 비일비재다.

현실이 그러하거늘 도대체 무엇을 근거로 자신의 절실한 문제면 다 깨달음을 열어 줄 수 있는 화두가 된다고 터무니없는 주장을 해 대는지 모르겠다.

남의 일은 제쳐두고 과연 그 주장을 일삼는 이들은 한 가지 의심도 없이 사는 자들이어서 항상 그 모양이란 말인가? 아니면 의심의 의미도 모른 채 의심이란 말만 있는 줄 알기만 하는 이들인가? 이 또한 몹시 궁금하다.

이 일이 결코 어려운 일이 아니긴 하나 그렇게 호락호락한 일도 아닌 줄 알아야 한다. 아마도 스스로를 살펴보면 잘 알 수 있는 일일 것이니, 설마 자신까지 속이려 들겠냐마는 가만히 입을 봉하고 있는 것이 훨씬 이익이 되기에 하는 말이다.

아니다! 진정코 그런 것이 아니다! 도를 이루는 일이 선지식의 말씀 맞다나 쉽기로 말하면 세수하다가 코 만지기만큼 쉬운 일이긴 하나, 그렇다고 투전판에서 노름이나 일삼다가 일어나는 일도 아니요, 시장 바닥에서 어쩌다 동전 줍듯이 생기는 일도 아니다. 정녕코 도가 무엇인지 먼저 알려고 해야 비로소 도를 알 수 있고, 깨달음이 무엇인지 알아야 깨달을 수 있다.

부처되는 일이 얼마나 쉬운 일인가? 견성성불(見性成佛)이라 했다. 성(性)을 보면 부처가 된다는 말이다. 그러나 어찌 성(性)을 모르면서 성(性)을 보겠다 하며, 부처도 모르면서 부처가 되겠다고 한

252

단 말인가? 요절복통할 일이다.

하지만, 아직도 시침 뚝 떼고 천칠백 공안은 죽은 화두라서 무용지물이 된지 오래이고, 참된 화두는 각자의 간절한 의심거리만이 생생한 화두가 될 수 있다고 우겨대는 것을 보면, 후안무치한 짓인지도 모르고 하는 짓이지 싶어 측은한 생각마저 든다.

물론 오만 가지 주제가 깨침의 소재가 될 수 있다는 점에 동의한다. 그렇다고 터무니없는 주제가 모두 깨침과 관련이 있다는 뜻은 결코 아니다.

 나잇값

한 청년의 질문을 받은 적이 있었다. 질문의 요지는 수행을 하고 싶은데 어떻게 하여야 되는지와 자신이 본 책 중에서 라즈니쉬의 글이 있었는데 어찌 수행자가 성(Sex)에 대하여 말을 하며 또 그것을 통해 깨달음을 얻을 수 있다고 하는지 도무지 이해가 안 된다는 것이다.

철 덜 난 소리를 듣다가 숨 좀 돌리라고 엉뚱하게 나이부터 물었다. 얼마 전에 제대하고 대학에 복학 준비 중이라고 했다.

나는 사람을 살펴보는 눈이 아주 무딘 편이다. 출가 전에는 약삭빨라야 살아갈 수 있다고 여겼던 탓에 배우고 익힌 바는 없지만 꽤 신통스럽게 여겨질 정도로 사람 보는 눈이 제법이다 싶었다.

머리 깎고 먹물 옷 입고 가진 것 없이 사는 법을 익히고 나니 굳이 남을 살필 일도 없게 되어서인지 사정이 꽤 달라졌다. 사실 그 짓도 내 이익을 지키고 키우기 위해서 하는 짓이고, 어떻게 해서든 손해 적게 보려고 하는 짓에 불과하니 말이다. 얻어먹고 얻어만 쓰는 처지로 이해득실을 따지는 짓과 상관이 없다보니 어느새 상대의 연령도 짐작 못하는 맹추가 되고 만 것이다.

참으로 어이가 없었다. 배울 만큼 배운 것은 고사하고 군대에서 온갖 세상물정도 보고 들어 알겠건만 아직 답답증 돋는 이야기만 하고 있었다.

간밤에 건너 마을에 굿판이 벌어졌는데 자느라고 못 봤대서 '자지 말고 보지.' 했다가는 상스럽다고 트집 잡고 늘어질 녀석이다.

도라는 것이 어디 말에 들어 있는가? 하물며 입으로 내는 소리와 도가 무슨 관계가 있단 말인가? 또 수행자는 이성에 대해 말하지 말며 성에 대한 얘기도 말아야 한다고 누가 그러더란 말인가?

 # 라즈니쉬

라즈니쉬는 불과 몇 해 전까지 우리와 함께 호흡을 하다 간 인물이다. 나 역시 그의 글을 통해서 알게 되었지만 전 세계의 많은 사람들로부터 시기와 모함 속에서도 자신을 굽히지 않고 꿋꿋이 소신껏 살다간 인물이다. 개인적으로 나는 그를 좋아한다. 다 그런 것은 아니지만 주변에서 그가 나와 같은 모습이 아니라 하여 '외도'라고 조소하며 비난하는 데 주저하지 않는 일을 많이 보아 왔다. 언젠가는 그를 비롯한 비슷한 사상의 소유자들을 싸잡아 비난하는 데 앞장선 지식인을 자처하는 무리들의 글을 매스컴을 통해 접했던 적도 있다.

그의 글과 사상에서 무엇을 보고 그러는지 모르겠으나 그네들의 시빗거리에 불과한 인물은 결코 아니며, 이 시대에 수행에 대해서 가장 확실히 말할 수 있는 몇 안 되는 사람 중에 한 사람이라는 점을 너무 간과하는 것 같다.

그는 수행의 개념을 충분히 이해하고 있었고 목적이 무엇이어야 하는지 분명하게 밝히는 데 주저함이 없던 양심적인 사람이었다. 또 그의 글 어디에서도 비슷한 언행으로 자신의 사리사욕이나 염두에 둔 이들처럼 자신의 능력을 과대선전하고 추상적 개념으로 세인의 관심을 끌려는 불순한 의도 따위는 전혀 찾아볼 수 없었다.

그는 석가모니를 가장 존경하며 이 세상에서 자신만큼 석가모니를 존경하는 사람도 다시없을 것이라고 누누이 되뇌인다. 그러면서도 자신은 석가주의자가 아니라고 당당히 말한다.

불교주의자들이 들으면 몹시 섭섭할 것이다. 망나니일망정 초록동색으로 내 품에 들면 오죽 좋으련만 불교주의마저도 거부한다니 괘씸한 생각이 한없이 들겠지만 철딱서니 없는 생각은 아예 말지어다. 그가 진리를 탐구하고 도를 논하며 수행을 말하는 까닭이 알량한 그대 구미나 맞추려는 생각으로 하는 일은 절대 아니었을 테니까!

청년의 시비도 여기에 있었다. 어찌 도를 말하고 수행을 말하면서 이성을 말하고 성교를 말하며 오르가즘을 얘기하느냐는 것이었다.

 # 탄트라

종교문화의 한 현상으로 '탄트라' 계통의 형태가 있다. 탄트라 즉 밀교는 불교에만 국한되어 나타난 이상 현상이 아니고, 어느 종교와 신앙을 불문하고 일반적으로 발생하는 신비적이고 주술적 성향이 강한 종교문화의 한 단면이다. 그러므로 이슬람교에는 이슬람 밀교가 있고 힌두신앙에는 힌두 밀교가 있듯이 모든 종교 전반에 공통적으로 나타난다.

밀교에도 다양한 수행법이 있다. 그럼에도 불구하고 세인들에게 잘못 알려지고 인식된 탓에 성(性)에너지 이용에 관한 수행법만 밀교의 전체인양 거론되지만, 그렇지 않다는 점에 대해서는 아는 이가 적은 듯 하다.

라즈니쉬는 인도 전래의 다양한 수행법을 설명하면서 성(性)에너지를 이용하여 깨달음을 구하는 밀교적 수행법을 한 예로 설명한다. 책을 보며 청년은 몹시 당황했던 모양이다. 어찌 성스러운 도를 논하는 마당에 해괴망측하게도 성을 얘기하고 오르가즘을 얘기하는가 하고!

도와 수행을 말하는 사람들은 곧잘 수행 방법은 무한하다고 말한다. 그러면서도 청년처럼 어떤 대목에서는 숨통이 콱 막히는가 보다. 그때부터는 자신의 생각이 어떤 모순에 빠졌는지에 대해 살펴볼 겨를도 없이 온갖 지식을 동원해 그것을 비난하기에 골몰한다.

어찌 도라는 것이, 어찌 깨달음이라는 것이 졸지에 시빗거리가 되는지 모를 일이다.

라즈니쉬는 세상의 인간이 금수와 같아져야 한다고 말하지 않았다. 윤리는 한낱 이념적 장식물에 불과하다고 주장한 것도 아니다. 다만 그는 옛날부터 내려오는 수행법 중에 이런 것도 있으며 그 근거는 어디에 바탕하는가를 얘기하고 있을 뿐이다.

이러한 관점에서 보면 밀교의 수행법 가운데 이성간의 성교행위를 방편으로 해서 깨달음을 얻을 수 있다는 주장도 가능성은 얼마든지 있다. 이치적으로 따져도 왜 그 일만큼은 무한한 수행법의 숫자에서 빠져야 하는지를 명확히 설명하지 못한다면 함부로 비난하는 망발은 없어야 옳다.

전래되어 온 모든 수행법이 모두 옳거나 꼭 시도해 볼만한 가치가 있다고 무턱대고 말하고 싶지 않다.

그러나 나의 생각도 라즈니쉬처럼 확고하다. 여하한 수행법이든 목적개념이 뚜렷한 것이라면 수행법의 범주에 들 수 있다. 다만 취사선택의 권리와 결과는 각자가 책임질 일임을 전제로 한다.

 어쩌다가 하나씩은

구산 큰스님의 법문 가운데 '수 백 국가에 대통령이나 국가 수반은 하나씩 있지만 과연 이 일을 깨친 도인은 지구상에 몇이나 될까?' 하셨다. 이 일은 일생을 담보로 해볼 만한 가치가 충분히 있다는 의미의 말씀이다.

일체의 꿈틀거리는 것은 똑같은 가치의 존재라고 부처님은 말씀하셨다. 그렇더라도 인간의 일만 따져 보자.

만약 성관계가 우리에게 깨달음을 가져다주는 확실한 방법이라면 예전의 일은 접어두고 지금 이 순간 지구상의 수십 억의 무리 중에서 어쩌다 가끔은 '나는 깨쳤소!' 하고 나서는 자가 있어야 옳지 않을까? 그러나 그간은 물론이고 아직까지도 부부간의 잠자리에서 이 일을 알았다고 하는 사람이 선뜻 나서지 않는 것을 보면, 수행법의 옳고 그름을 따지기에 앞서 수행의 의미가 무엇을 말함인지 확실히 되짚어보아야 옳다는 생각이 먼저 든다.

라즈니쉬는 이 점을 지적한다. 이 방법만이 유일한 방법이라거나 간단하고 쉬운 수행법이라는 말이 결코 아니라, 여타의 고상해 보이고 그럴 듯해 보이는 수행법이라 할지라도 목적개념이 분명치 못하다면 의미 없는 짓거리에 불과하고, 하찮아 보이기까지 하는 일이라도 명확하게 목적을 분명히 한 채 하는 일이라면 수행의 범주에 들지 못할 까닭이 없다는 것이다.
어찌 소인배들이 라즈니쉬의 깊은 뜻을 알겠냐마는…….

교수에게 말했다.
"당신이 앉는 좌법을 배우려 한다면 당신 나라에도 스승은 얼마든지 있을 겁니다. 불법 또한 이 나라의 것이라고 별난 것도 아닙니다. 그러므로 공부인은 도를 밖에서 찾는 일은 없어야 옳습니다. 이제부터 길거리에서 서성거릴 생각일랑 아예 접어 두고 오직 견성성불(見性成佛)하고자 한다면, 성(性)이란 무엇이고 어떤 성(性)을 봐야하나? 의심하고 또 의심하십시오. 또 부처가 되고자 한다면서 부처를 모른다면 이치에 어긋나는 일이니 무엇이 부처일까? 궁구하고 또 궁구하십시오. 이것을 불법 문중에서는 공부라고 하고 참선이라 부르기도 하는 것입니다."
두 부부 교수는 말없이 합장만 할 따름이었다.

 위대한 포기 후에

석가모니 부처님은 세상의 부귀영화와 공명을 헌신짝 벗듯 버리셨던 분이시다. 그 까닭이 무엇인지 시도 때도 없이 되새겨 볼 필요가 우리에게 있다. 한 움큼도 되지 않는 재물에 연연하며 부부간에 부모와 자식, 형제자매를 비롯하여 일가친척, 피붙이와 이웃, 친구 사이에 원결을 맺고 당연한 듯이 살아가는 것이 우리네 중생살이의 적나라한 모습이기 때문이다.

석가모니의 위대성은 출가(出家)라는 독특한 몸짓에서 발견할 수 있다. 나는 이 일을 두고 '위대한 포기'라는 단어를 사용하여 설명하길 좋아한다. 물론 작은 것을 버리고 큰 것을 얻는 일이야 소인배도 능히 할 수 있는 일이다. 그러나 석가모니와 같이 철저히 버린다는 것은 감히 흉내 내기 쉽지 않다. 이 일만큼은 부귀영화와 공명을 탐해서 하는 일이 결코 아니니 말이다.

인간의 거죽만 둘러쓰고 전혀 생각 없이 사는 자의 일이야 말해서 무엇하리요마는, 깊은 미혹의 나락에 빠져 끝없는 욕망의 늪에서 허우적대는 자에게도 영영 남의 일이 될 것임은 분명하다. 그러나 중생살이의 종착역이 결국 같은 곳이라면 부귀와 공명과 영화가 과연 우리에게 무슨 의미와 가치가 있는 것인지 한 번쯤 다시 생각해 볼만한 일이라 하겠다.

중생 윤회의 시작과 끝을 부처님은 무시무종(無始無終)이라고 하셨다. 시작된 때도 끝마칠 기약도 없는 무한의 연속이라는 말이다. 그동안 많은 모습으로 윤회를 하였지만, 단지 개 중에서 하얀 빛깔의 털을 가진 흰 개로 태어났다 죽어가며 남긴 뼈만 한 곳에 모아 놓아도 히말라야보다 더 높다고 했다. 그러니 온갖 다른 모습을 빌어 오고간 날들이 얼마겠으며, 그 때마다 과연 우리는 무엇이었던가를 사무치도록 뉘우치지 않는다면 오늘과 내일이 어제와 다를 바가 없음은 두말할 바도 아니다.

미물이나 말귀를 못 알아듣는 짐승의 일이었을 때는 미뤄두자. 여자의 몸으로는 부처가 될 수 없다는 말도 항간에는 있으나, 우리는 인간이 아닐 때는 항상 암컷이었고 사람 몸을 받았을 적에는 여성이기만 했을까?

언젠가는 한 나라의 왕도 되었을 것이고 덕망 있는 재상노릇도 했을 것이며 온갖 부귀와 영화를 더할 나위 없이 누렸던 억만금의 부자였던 때도 적지 않을 것이다. 물론 수행자의 행색도 갖춘 날이 있었으리라.

그러나 지금 이 순간 그대와 내가 아직 이 모습으로 무언가에 갈증을 느끼며 걷잡을 수 없는 욕망에 사로잡혀 헤매는 데에는 아직까지 한 번도 석가모니와 같은 '위대한 포기'를 전혀 하지 않았던 데에 까닭이 있다.

이 일은 하나를 버리면 둘을 얻는다는 이해타산으로 하는 일이 결코 아니다. 얻는다는 것으로 말하면 그 고귀한 가치는 천하를 모두 얻는 일로도 감히 견줄 수가 없다. 얻어도 얻는 바가 없기에 정녕 가치로써 따질 수 없기도 하다.

이는 모든 세속적인 것에 대한 완전한 포기가 있고 나서이다. 뭔가를 잔뜩 움켜쥔 손으로는 그 무엇도 다시 쥘 수 없듯이, 먼저 세속적인 모든 것을 미련 없이 놓아버려야 만 이 일을 성취할 수 있다.

그 처절한 몸짓이 수행자의 출가이듯, 이 출(出)자의 의미를 모른 채 불교를 말한다면 어불성설(語不成說)이다. 그러므로 처음 절집 문턱을 넘어설 때 어른 스님들께선 꼭 일러주시는 말씀이 있다.

"한 생 안 태어난 셈치고 사람 노릇할 생각은 아예 말거라! 그러면 공부는 저절로 되느니라!"

그 말씀은 아무리 되뇌어보아도 부처님 가르침을 그렇게 확실하고도 간결하게 함축하고 있는 말은 그리 흔치 않은 것 같다. 엄연히 사람 몸을 받고도 안 받은 듯이 여기는 자가 다음 생의 다른 무엇에 어찌 마음이 끌리겠는가? 이 말에서 느끼는 바가 조금 있더라도 아마 참선공부의 목적이 무엇이어야 하는지 감이 잡힐 듯하다.

그러나 도리어 이 한 마디 말에 지레짐작하고 돌아서면 그것도 애석하기 그지없는 일이다.

 듣기 싫어도 진리

간혹 철없는 이들이 불교를 '허무주의' 니 '염세주의' 니 하며 인과법과 인연법을 운명론과 숙명론에 비유하여 비방한다고 굳이 변명하려 들 일도 아니다. 마치 구더기와 똥이 생각만 해도 추하고 더럽다하여 입에 올려 말조차 하지 말아야 한다고 하는 것과 같아서다.

또 불교를 허무주의사상이라 하든지 숙명론이나 가르친다고 조롱을 하든지 간에 그런 맹랑한 말에 상심할 것도 아닌 것은, 오직 참된 진리를 알려는 투철한 의지가 맹렬하면 진정한 가치의 의미를 알게 되기 때문이다.

개인적으로 불교의 인연법과 인과법이 운명론과 숙명론의 범주에 든다는 것을 부정하고파 한 적은 잠시도 없었다. 여타의 것에서 말하듯 신의 엄명이나 의지의 소치라고 가르치거나 믿게 하는 데 들먹여지는 운명과 숙명의 뜻은 부처님의 가르침 가운데에는 눈곱만큼도 없기 때문이다. 오직 이 일은 각자의 행위의 결과라는 데에서부터 모든 가르침이 설해진 까닭이다.

즉 자신이 일찍기 각본을 이와 같이 짰고, 지금 스스로 연출을 하고 있으며, 배역 역시 스스로가 맡을 수밖에 없다는 뜻으로 운명적이고 숙명적인 중생계의 실상을 적나라하게 설명한 것뿐이다.

지금의 상황이 자신의 뜻에 맞지 않으면 그 때 이와 같은 각본을 쓰지 않았으면 될 일이다. 누구를 원망하고 누구를 탓한단 말인가? 이것 말고 무슨 말이 더 필요한가!

그러므로 훗날의 일을 생각해서라도 지금 이 순간의 각본 역시 잘 써야한다. 다시 말하면 현실에 충실해야 한다는 뜻이다. 그렇다면 부처님의 가르침이 아니더라도 우리가 무엇을 어떻게 해야 할지 너무나 자명해진다.

불법은 오직 지금 이 순간에 우리가 해야 할 바에 대하여 간절하게 설명하고 있다. 진실 된 자는 이 말 이전에도 그와 같이 살았으므로 불법은 석가모니 당신께서 비로소 새롭게 만든 연후에 있는 것도 아니며, 그러므로 세상에 존재한 바가 없었던 유별난 것도 아니라고 스스로도 적나라하게 말씀하셨다.

진정 세상의 모든 법들 가운데 가장 자연스런 법이며, 그러기에 가장 고귀한 법이라고 거침없이 말할 수 있는 이유가 그와 같기 때문이다.

 꿈 깰까봐 걱정

매 순간순간마다 어느 한 순간도 넘치거나 모자라는 일이 전혀 없는 것이 우리네 인생이요 삶이다. 세상의 일 가운데에 이 일처럼 완벽한 것이 어디 또 있으랴! 부족하면 부족한대로 완벽한 것이요, 흡족하여도 그래서 그대로 완벽할 뿐이다. 이처럼 인과법을 알면 세상일 어떤 것에서도 궁금증과 함께 불평불만이 동시에 사라진다. 이 법을 터득하면 떳떳하고 당당할 수밖에 없다는 까닭도 바로 이때문이다.

하지만 우리는 깊은 미혹에 빠져 있는 까닭에 듣는 말마다 시름에 젖는다. 욕심을 버려야 한다는 말을 듣고도 욕심을 버리기는커녕 욕심이 버려질까봐 걱정을 한다.

허망한 꿈에서 깨어나자는 말을 듣고는 꿈에서 깨게 될까봐 걱정하는 것이 우리 중생사이다. 도리어 더 깊은 꿈속으로 잠겨들지 못해 안달을 한다.

입으로 성불(成佛)하자는 말은 염불 외우듯 하면서 행여나 부처가 될까봐 근심에 젖어 있는 것이 엄연한 현실이다.

부처가 다른 것이 아니다. 욕심을 버린 자요 꿈 깬 이이다.

정녕 욕심을 버리려는 생각을 일으킨 적은 있으며 야무지게 꿈을 깨려 한 적은 있는가!

이런 모순에서 헤쳐 나오지 못 하고 부처가 되겠다는 것은 도저히 있을 수 없는 일이다. 그래서 깨달음을 일컬어 '모순극복' 이라고도 한다.

언젠가 불교가 이 시대에 과연 무엇으로 이바지하고 있는지에 대하여 깊이 생각했던 적이 있다. 그 때 내린 결론은 불교가 아직 이 땅에 있기에 무아(無我)라는 사실을 우리가 듣기도 하고 알 수 있다는 점이 가장 가치 있게 여겨졌다.

욕심도, 허망한 꿈도, 깊은 미망 속에서 헤매는 것도 내가 주체이다. 아무리 고찰하더라도 그 모두가 내가 있다는 생각과 더불어 나의 것에서부터 비롯된다.

부처님은 우리가 아무 스스럼없이 있다고 믿는 실체는 어느 것도 진실치 못한 것이라고 말씀하셨다. 형체를 이룬 모든 것이 그렇듯이 이 몸뚱이도 마찬가지이다. 부처님의 말씀이 아니더라도 나의

270

이 몸뚱이란 것도 결국 한 줌의 흙이요 재며 한 움큼의 먼지 아니던
가!

손에 쥐어지는 한 줌의 흙, 재, 먼지로써 나라고 우길 수 없는 일
이듯, 허망하기 그지없는 것으로써 나를 삼고 거기에 더 보태지 못
해서 안달이니, 깨달은 석가모니께서 49년 동안 장광설을 입이 쓰
도록 설하지 않을 수 없었던 까닭은 바로 이와 같은 연유에서였다.

그래서 '나를 바로 보는 것, 나를 바로 아는 것이 참선공부!' 라고
도 하는 것이다.

 # 유물론 유심론

부처님께서 제자들이 형이상학적 담론으로 설왕설래하는 것을 보시고 '실체도 없는 마음을 들먹이며 나라고 여기기보다는 오히려 잠시 만져볼 수 있고 확인할 수 있는 몸뚱이를 나로 삼는 것이 더 낫다.'라고 하신 기록이 있다.

이를 두고 혹자는 '불교는 유물론(唯物論)을 주장한다.'고 하지만, 만약 '유물론(唯物論)'만 대두되면 모든 존재는 일회성 소모품과 같다고 생각할 수 있는 위험성이 크다. 그 같은 생각은 자연스럽게 내일과 내생을 부정하게 된다. 오직 향락과 쾌락을 추구하는 자들은 자신의 행위와 이에 따른 결과에 일체의 책임의식을 갖지 않으려 할 것이며, 자신의 욕망을 채우는 데 수단과 방법도 가리지 않으려 할 것이기 때문이다.

반면에 이를 경계하여 다시 윤회설의 근거로써 '유심론'을 말씀하신 듯도 하지만, 이를 부처님이 말씀하신 결정된 진리라고 믿어버리면 무지한 중생은 윤회의 사슬에서 도저히 벗어날 수 없다는 모순에 빠지게 된다. 왜냐하면 오직 마음만은 존재할 것이라고 믿는 바가 있다면 그 마음을 무언가에 붙여두고자 할 것이므로 거듭 반복된 윤회의 굴레로 스며들게 될 것은 뻔한 이치이기 때문이다.

그러므로 유물론처럼 이해되는 가르침은 '육체와 별개인 마음이란 것이 정녕 있어서 영원히 존재하는 마음 따위의 무엇이 있다.' 는 따위의 유심론적인 잘못된 주장과 믿음으로 야기되는 일체의 허물을 단번에 제거해주기 위해서 하신 말씀이셨듯이, 유심론적인 견해도 유물론의 온갖 병폐를 방지하기 위한 방편설에 불과한 줄 알아야 제대로 안 것이 된다.

알맞은 비유거리가 있다. 겨우 글자를 만들어 치는 수준이지만, 이 글도 컴퓨터가 아니면 엄두도 못 낼 일이었다. 이처럼 컴퓨터의 능력이 상상을 초월해도 컴퓨터로써의 기능을 할 때 겨우 컴퓨터일 뿐이다. 부서진 부품이 '내가 컴퓨터' 라고 할 수 없듯, 입력되어 있는 소프트웨어 역시 '내가 진짜' 라고 해도 어림없는 일이다. 그 모두가 서로 완전하고 완벽하게 어울려지고 전원의 공급까지 있은 연후에야 컴퓨터이듯, 인간도 인간으로써 충족된 조건에서 인간일 뿐이니 마음 따로 몸 따로라면 아무 기능도 할 수 없는 것과 같다.

그러므로 부처님은 '여섯 가지 감각기관이 각가지 방식으로 가동하여 인식이 생길 때 비로소 나라고 여길 수 있을 뿐!' 이라고 말씀

하신 바 있으니, 불교는 '유식론(唯識論)'의 범주에서 설해진 줄 알
아야 바른 이해이다.

 # 순수한 마음으로

수행을 하고자 하는 이들은 순수한 마음가짐으로 시작해야 한다.

현실적인 입장에서 종교와 신앙에 대한 관심의 시초는 자신의 부족한 점을 보완하기 위해서였다고도 할 수 있다. 그러므로 구복(求福)과 기복(祈福)적 형태가 잘못 되었다고만 마냥 우겨댈 수는 없는 일이다. 마치 사리 분별이 분명하지 못한 어린아이의 행위를 잘 잘못으로 말하지 못하는 것과 동일한 이치이다.

그러나 앞서 말을 했듯이 원인 없는 결과는 없는 법이다. 진정 우리가 올바른 종교와 신앙을 만났다면 이러한 것들을 이해하는 데 시간이 많이 걸리지 않는다. 이 때 비로소 '순수한 마음'에 대하여 이해하게 될 터이지만, 나의 능력 밖의 일이나 한 맺힌 원한 따위를 푸는 수단으로써가 아니라 궁극의 진리를 이해하고 구현하고자 해서 이 일을 하려 해야 한다는 뜻에서 하는 말이다.

불현듯 찾아들어 수행을 하겠다고 하는 사연을 듣다보면, 가족 간에 발생한 문제 즉 부부간, 고부간, 형제간의 갈등과 이웃을 위시하여 여러 가지 어려운 일들도 수행만 성취하면 간단히 해결할 수 있다고 여기는 듯하다. 더욱 염려되는 바는 이해와 화해와 용서로써 포용하고 화합하려 하지 않고, 얻게 된 수행력으로써 자신 주변을 야무지게 정리해 보겠다는 응어리를 안고 수행을 논하니, 이는 도무지 소득이 없는 바의 일이기도 하지만 염려되는 바가 또한 적지 않다.

가슴에 굵게 맺힌 응어리와 한도 없이 수행길에 들어서는 자가 과연 몇이나 될까마는, 그러나 수행을 한낱 한풀이 수단쯤으로 여겨서는 절대로 안 될 일이다. 남과 같은 영화, 부귀, 권력, 명예를 달성하고, 자신을 과시하기 위해서라거나, 누구 혹은 무엇을 자신의 의지대로 부려보고 싶다는 속된 생각을 품은 마음으로 하는 일은 수행이랄 수 없다. 남의 나라 일과 다른 집단의 일은 들먹일 필요도 없으나, 절집안에도 이런 이들이 가끔 있어서 부끄러운 일이 한두 가지가 아니니 수행자라면 깊이 숙고하여야 마땅한 일이다.

나 역시 청운의 뜻을 품고 출가 한 것은 아니었으므로 수행하려는 이의 의지가 박약하다거나 잘못 되었다고 말할 처지도 못된다. 다만 얼결에 이 청정대중에 섞였거나 엉뚱한 목적으로 수행코자 했더라도, 아닌 줄 알았을 때부터는 항상 부처님의 가르침을 상기하며 '무엇이 부처님께서 우리에게 가르쳐주시고자 한 일인가?' 에 대하여 깊이 궁구해야 할 것이다.

세속적 판단으로 그럴 듯 해 보이는 자를 동경하고 부러워하면서 수행을 통해 몇 만 배의 보상을 단번에 받아 자신을 드러내 보여서 온갖 추앙과 존경을 받으려는 부질없는 생각 따위로 이 공부를 하여서는 절대 안 된다.

그런 자들은 대개가 끝없이 남을 헐뜯고 시기하며 질투하고, 근거도 없는 일로 험담과 중상모략을 하여 대중에 소란만 끼치는 일로 허송세월할 뿐이므로, 타인은 물론 자신에게도 아무런 보탬이 없다. 뜻이 그러하니 자신보다 조금 나아보이는 듯한 사람이 있으면 온갖 모략과 훼방을 서슴지 않는다. 설사 어쩌다 언뜻 얻은 것이라도 있는 듯하면 사방을 휘저으며 거들먹거리는 일로 사업을 삼기에 여념이 없다. 세상 사람을 모아놓고 욕심은 버려야 하는 것이라고 일장의 설교를 하면서, 자신은 최상의 것만 끌어 모으는 데 정신이 팔려 있을 뿐이니, 자신의 파렴치한 언행에 부끄러움조차 느끼질 못한다.

수행만을 앞세우는 이 집단이 이와 같은 현실에 놓인 까닭은 수행을 하지 않아서가 아니라, 수행하는 이들이 추구하는 바의 목적이 부처님과 전혀 닮지 못한 데에 있다.

이 공부는 게임이 아니다. 누구에게 보여주기 위한 일도 아니요, 남과 우열을 가리기 위해 하는 일도 결코 아니다. 오직 자신을 위해 하는 것이다. 남이 알아주고 안 알아주고, 인정받고 못 받고가 과연 공부와 수행의 깊이에 무슨 상관이 있는가?

아무리 애지중지 길러봐도 결국 한 줌의 먼지가 되고 말 것이 분명하거늘, 이 한 몸뚱이 때문에 혹시 하는 생각에 남들을 끝없이 의심하고 경계하면서 입으로는 수행을 말하니, 어찌 스스로가 삿된 줄을 알 수 있겠는가? 통탄스러울 따름이다.

 # 새머리

한 삼십 남짓한 젊은이가 소문을 듣고 자기를 도와줄 수 있는 사람이다 싶어 왔단다. 까닭을 물으니 몸이 많이 상해 수저 들기도 힘겹단다. 십여 년째 수행을 해왔는데 얻은 바는 없고 몸만 버렸다고 방바닥이 꺼져라 한숨을 내쉬었다. 수행을 했다니 조금은 기특한 생각도 들어 수행을 하게 된 동기부터 물었다. 답변인즉 도를 이루어서 세상을 정의롭게 만들겠다고 지껄였다. 한마디 더 거들었다.

"자네 생각에는 옛날의 성현 군자가 다 가소롭게 생각되지?"

"예! 제 생각에는 아무리 온 세상 사람들이 부처님과 예수님 공자님과 소크라테스까지 성현 군자라고 하지만 저는 그렇게 생각지 않습니다. 왜냐하면 그들이 참으로 성현 군자였다면 아직까지 이 세상이 이와 같이 혼란에 빠져 있겠습니까?"

더 물어보나 마나한 일이다. 이런 녀석은 성현 군자라면 말 한마디에 천지가 뒤바뀌고 돌멩이가 금덩이로 바뀌며 강가의 모래는 쌀 무더기로 변해야 된다고 믿는 축에 낄 테니까 말이다.

"아이구, 이 철부지야! 구린내 나는 입 그만 다물거라. 다른 일은 접어두고 내가 너의 속을 들여다보았다는 것에 또 네 마음이 상대에게 들통났다는 일에 부끄러워해야지. 창피한 것도 모르고 석가와 공자, 예수가 성현 군자가 아니라고 주절대? 예이, 새머리만도 못한 놈아! 너는 네 주제나 우선 파악하거라. 밥숟갈도 들 힘이 없다는 놈이 남은 무슨 얼어죽을 남에 대한 걱정이야. 남에 짐이나 되지 말거라."

생각이 그와 같은 자가 어찌 그 한 사람 뿐이겠는가? 모자 속에서 종이를 찢어 넣어 국수 발을 만들고 소매에서 비둘기를 날리며 보자기에서 토끼와 궤짝에서 미녀를 나오게 하는 마술 따위를 보면 눈이 뒤집히고 성현 군자의 분신쯤으로 여겨 제 할애비로 삼을 녀석이다.

'유리겔라'라는 초능력이 있다는 사나이는 우리나라에 와서도 온갖 재주를 부리고 갔건만, 그가 보여준 신통스런 재주에도 불구하고 그를 두고 아무도 성현 군자라거나 도통한 사람이라고 하지 않았다. 여느 사람들도 최소한 도(道)와 술(術)은 구분을 할 줄 알기 때문이다.

280

불경에 의하면 부처님이 보이셨던 신통력 중에서 미간과 입 속에서 오색 광명을 내어 온 우주를 찬란하게 감싸기도 하였고, 허공으로 몸을 솟구쳐 공중제비를 몇 바퀴씩 돌고 머무르기도 했으며, 다른 세계로 순식간에 자리를 옮겨 몇 달씩 설법을 하셨다 했다. 또 부처님께서는 삼천대천세계의 온 중생의 마음을 마치 당신의 손바닥 들여다보듯 아셨다 했고, 우주 안팎에서 내리는 빗방울 숫자를 비롯하여 온갖 세간의 일들을 빠짐없이 아신다고도 하였다. 그러나 이런 일을 두고 부처님의 위대함이라고 찬탄된 적은 아직까지 전혀 없다.

 대타협

석가모니의 깨달을 당시를 살펴보자. 석가모니께서 성도(成道)하
신 후 첫 말씀이 다음과 같았다고 전해진다.

"기이하고 기이하구나! 일체함령(一切含靈)이 개유불성(皆有佛性)
이로다!"

일체의 모든 존재에 불성이 골고루 갖추어 있다는 뜻이다. 불성의
의미는 다시 말해 완벽함이다. 그러므로 세상의 그 어느 것도 사사
로이 아름답고 추하고를 따지거나, 더럽고 깨끗함, 좋고 나쁨 등을
함부로 시비할 것은 결코 못된다. 존재계 일체의 것은 모두 각기 고
유의 가치와 기능이 있어서이다. 산은 산대로 물은 물대로, 오리다
리는 짧은 대로 학다리는 긴 대로, 똥은 똥대로 금붙이는 금붙이 나
름대로 말이다.

산에 갔다가 코 깨진 놈이 있더라도 자신의 허물이지 산의 탓이 아니다. 물에 빠져 죽은 놈도 물이 죽인 것이 아니지 않은가? 학이란 놈이 다리가 짧고 오리다리가 길다면 어느 놈이 오리고 어느 것을 학이라 할 것인가? 넣기만 하고 뒤로 나오는 것이 없으면 생물은 얼마나 살 것이며, 세상이 금덩이로만 덮여 있으면 먹을 것은 어디서 구한단 말인가?

그래서 깨달음을 다른 말로 바꾸면 '대타협이다!' 라고 말하고 싶다. '대타협' 이란 있는 그대로를 인정하자는 의미이다. 아니 인정할 수밖에 도리가 없는 줄 알아야 한다.

세존이 도를 이루셨을 때 세상은 바뀐 것이 아무 것도 없었다. 단지 세존께서 세상을 살펴보시는 눈이 바뀌었을 뿐이다. 물고기는 강물에 살아야 하지만 구더기는 오물 속에서 꿈틀거려야 한다. 자비가 어쩌구 하면서 구더기란 놈을 맑은 물에 헹구어 강물에 넣으면 그 즉시 즉사해버린다.

어리석음에 깊이 잠겨 있을 적엔 세상의 모든 일이 하나같이 잘못되었다고만 생각되었는데, 밝은 눈으로 다시 보니 잘못된 것은 정작 나의 어리석은 생각 뿐 삼라만상(森羅萬象) 두두물물(頭頭物物)이 모두 완벽하고 완벽하니, 저절로 터져 나오는 탄성은 '아름답고 아름답도다!' 일 수밖에 없지 않았으랴?

어찌 속된 눈에 깨친 이의 아름다움이 이해될 까닭이 있겠냐마는

그러나 깨친 이가 아름답다고 하는 데에는 아름다운 기준이 있고
정말 그 기준에 합당해서가 아니라, 더럽고 깨끗하고, 선하고 악하
고, 아름답고 못 생기고의 분별이 도무지 없기 때문인 줄 알아야 한
다.

왜 분별이 없다 하는가? 모든 것이 그대로 완벽한 줄 알기 때문이
다.

 # 파사현정

　부처님께서 아침마다 보시는 젊은이가 있었다. 그는 날마다 아침이면 강가에 나와서 동서남북과 상하(上下)의 육방(六方)에 지극한 예를 올리곤 했다. 어느날 부처님께서 가시던 걸음을 멈추고 연유를 물어보았다. "조상님부터 해오던 일로써 동방의 신에게 수명장수하기를 비옵고 서방의 신께는 부귀영화를 비옵니다. 남방의 신에게는……." 대답하고는 부처님 법에도 이런 가르침이 있는가 여쭈었다. 부처님께서 이르시기를,

　"동방에 예배하는 할 때는 부모에 공경할 것을 생각하고, 남방에는 스승을 존중하는 마음으로 예배한다. 서방은 부인을 생각하며 하고, 북방에는 친족의 우애를 생각하며 예배하는 것이다. 하방은 하인의 노고를 생각하며 예배하고, 상방 예배는 성자에 예배하는 것이라고 가르친다."

공부한다는 사람들이 모여서 하는 이야기를 듣다보면 너무 한심하다는 생각이 들 때가 있다. 꼭 만화나 무협지 수준에 불과하니 말이다. 어떤 단체에 들락거렸거나 심령소설 몇 권 본 것으로 도라고 여기고, 단전호흡 따위를 익혔던 사람은 그것을 수행이라고 굳게 믿고 있으니 불문에 들어와도 여전히 그 타령이다. 무협지는 너무 황당하고 심령과학이라는 것도 구미에 안 맞아서 본 적도 없으며 사술을 좇아다닌 그런 경험마저 전무했어도, 다만 어릴 적 어른들 무릎 앞에서 주워들은 이야기 때문에 그것을 지우는데 생고생을 십년 가까이 했는데 말이다.

부처님께서 성도 이후 모습이 어떠했는지는 각기 다른 해석이 가능하다. 곰곰이 생각할 때 아마도 파사현정(破邪顯正)의 나날이지 싶다. 즉 깨달음 이후의 행적은 삿된 견해를 타파하고 진실하고 바른 법을 선양하신 삶이었던 것이다. 부처님의 외도와의 수많은 대담도 그렇거니와 일거수일투족이 그와 관련되지 않은 바가 없기 때문이다.

 불교를 위한다면

　요즘에는 세간에서 많이 보고 듣고 배워 아는 자들이 짐짓 머리를 깎고 수행자 행세를 한다만, 그들은 오직 자신이 알고 있는 종교관과 신앙의 기준에다 자신의 깜량대로 불교를 껴 맞출 뿐이니 여전히 불교와는 상관이 없는 일이 되고 만다.

　비유하면 자신만의 종교백화점 진열장에 제멋대로 신앙이란 상표까지 버젓이 붙여서 전시해 놓고는 아주 쓸만한 물건이 하나 있다고 호객 하는 정도에 지나지 않는 것이 요즈음 불교행태라 하여도 과언이 아니다.

　또한 그들은 오래도록 수행하며 바른 불법을 지켜온 많은 어른 스님네들을 자신의 관점에서 이해가 되지 않는다 하여 도리어 무식하다고 업신여기거나 배척하니, 뭔가 잘못되어도 크게 잘못된 일이 아닐 수 없다.

그런 이들은 도무지 부처님 말씀을 제대로 살펴 보려하지도 않고 절집 풍습조차 제대로 익히려 들지조차 않는다. 그래도 불교성직자인체 하려들지만 엄밀히 말하여 불문 중에는 오직 수행자만 용납하니, 자신을 돌아볼 형편도 아예 못되어 스스로의 허물을 고칠 기약마저 묘연하다.

절집은 그리라도 있어 줄 사람이 없어서 망하거나 불교가 없어질 일은 결코 없다. 그네들의 고군분투(孤軍奮鬪)로 절과 탑을 크게 하지 못하고, 교묘한 말로써 미혹한 중생을 구름과 같이 끌어 모으지 못해서 불교가 이 땅에서 사라져 갈 것도 또한 아니다.

단지 최후의 한 사람일망정 여하한 사연을 품고 출가를 하였든 간에 속히 바른 법을 깨닫고자 애써야 한다. 단연코 수행다운 수행과 공부다운 공부에 모든 불자의 관심이 모아질 때 비로소 불법이 찬연히 빛날 것이다.

그러므로 자신의 알량한 일체의 사량과 분별을 가차없이 버리고 오직 순수하게 다가서야 한다. 참선공부란 어느 때를 불문하고 항상 부처님 가르침의 참뜻을 알고자 하는 것이어야 한다는 뜻이다. 경을 보거나 법문을 들어도 과연 부처님은 우리에게 무슨 말씀을 전하고자 하셨을까? 궁리해야 한다.

또 일상생활 중에도 석가모니께서 출가하실 수밖에 없던 까닭이며 깨치신 이후에 부처님은 어떤 삶을 사셨는가에 대해 깊이 있게 연구하고 살펴야 한다.

이렇게 공부하는 사람은 자신의 머리가 짧든 길든 개의치 않을 것이며, 자신의 복색이나 처지가 어떠하든 크게 상관치 않을 것이다.

 다 버리고 하나만

사교입선(捨敎入禪)이란 말이 있다. 교(敎)를 버리고 선(禪)에 들어간다는 뜻이다. '교(敎)는 부처님의 말씀이요 선은 부처님의 마음이다' 했다. 선(禪)이란 글자를 파자해 보면 볼 시(示)와 홑 단(單)으로 이루어졌듯이 선(禪)은 오직 하나만 본다는 의미이다.

교(敎)를 버린다니까 부처님의 가르침을 저버리라는 뜻이라고 곧이곧대로 해석하면 허물을 감당할 수 없다. 부처님 말씀에 어디가 잘못되고 모자라서 버려야하며 또 부처님과 무슨 원결(怨結)진 일이 있다고 배척하여 무시하고 폐기처분 하려드는가 말이다.

사교입선(捨敎入禪)의 사교(捨敎)란 이제껏 자신이 알고 있던 바의 모든 것 즉 보고 듣고 배우며 이해하고 생각해온 바의 부처님이란 것에 대한 일체의 지식을 위시해서, 생각과 관념 따위를 일시에 파

290

기해 버리는 것을 뜻한다.

만약 부처님에 대하여 알고 있다면 굳이 부처를 배울 필요가 없다. 부처가 되려고 애쓸 까닭도 없다. 아직 부처를 알지 못해서 부처가 무엇인지 알려고 한다면, 더욱이 참된 부처를 이루고자 한다면 지금까지 그릇 알고 있던 부처에 대한 모든 알음알이와 잘못된 견해를 모조리 버려야 한다는 의미이다. 즉 잘못된 부처에 대한 생각들로 인해서 도리어 순진무구한 부처가 가려지기 때문이다.

이는 머리를 깎고 먹물 옷을 입은 승려이건 재가 불자로서 한평생을 부처님 법을 받들어 모셔왔건 추호도 관계치 않는다. 자신의 부처님에 대한 묘사에 항상 구름처럼 모인 대중이 탄복을 해대더라도 스스로의 양심에 아니다 싶으면 여지없이 버려야 옳다. 설사 부처님께 떳떳할 수 있더라도 만일 손톱만큼도 의심되는 바가 있다면 여지없이 버려야 한다는 말이다.

비유컨대 한 공기의 밥이 있다고 하자. 냄새는 그렇다고 하더라도 한 수저의 밥을 입에 넣어보니 쉬어버렸다. 새 밥 한 수저를 보태었고는 이제 먹을 만 하다고 한다면 옳겠는가? 한 그릇의 공기밥 중에서 한 톨 밥알이라도 쉬었다면 남김없이 버려야 하듯이, 공부인이 참된 부처를 알고자 한다면 또 내가 알고 있는 부처가 내보일만한 부처가 아닌 줄 알았다면 부끄러워하거나 미련에 머뭇거리지 말고 대번에 버려야 공부인의 참 모습이요, 이것이 올바른 사교(捨敎)

이다.

만약 그렇지 못한 채 미련과 아쉬움으로 일부(一部)는 덜어내고 다시 일부를 주워 붙여 만든 부처라면 그것은 누가 뭐라 해도 짜깁기 부처에 불과하며, 겨우 탐욕과 미혹으로 자신이 구성한 조작불(造作佛)에 지나지 않는다. 어찌 부처에 누더기 부처가 있을 것인가? 여기에 누가 그대의 욕심으로 빚어낸 우상일 뿐이라고 이죽거려도 대꾸할 명분이 도무지 없게 된다.

이때 '과연 여지껏 내가 듣고 배우고 안 부처는 그럼 무엇이었단 말인가?' 하는 갈등도 있을 것이요, 원망하는 마음과 함께 스스로 초라하다 못해 비참한 느낌마저 들 것이다. 그러나 조금도 주저하거나 망설여서는 안 된다. 오히려 '내가 알고 있던 모든 것이 부처가 아니라면 그럼 과연 무엇이 진정 부처란 말인가!' 하는 오직 이 한 생각만이 또렷할 때 진정한 선(禪)이 된다.

이것이 화두요, 공부요, 참선이다.

 # 부처님부터

　부처님은 어린 시절 생로병사(生老病死)의 비참함을 알고 나서 항상 '어떻게 해야지 그 고통에서 영원히 벗어날 수 있을까?'에 온갖 관심을 기울였다고 하셨다.

　태자 때 나라 안팎의 고명한 학자에게 학문을 연마하면서도 이에 대한 해답을 얻으려는 데 게으름이 없었다. 결국 이 일이 그렇게 결판 낼 수 있는 일이 아닌 줄 아시고, 일체의 부귀와 영화, 공명과 처자와 권속을 뒤로한 채 정처 없는 수행자의 길에 나서게 되었던 것이다. 황량하고 거친 산하를 누비며 이 일에 정통했을 법한 많은 스승을 찾아 묻고 배우는 일에 모든 정력을 아끼지 않았다. 부처님 자신도 그런 말씀을 하셨다지만 일찌기 누구도 상상할 수 없었고 감행치 못하였던 고행과 난행을 마다하지 않았으나, 6년 세월을 보내면서도 아무런 희망의 빛도 발견하질 못했다.

어느 때 부처님께서는 문득 '이런다고 되는 것도 아니요, 저런다고 특별히 달라지는 것도 없다. 이 일은 누구에게 묻고 배워서 될 일도 아니다. 그 어느 무엇의 도움도 결코 보탬이 될 수 없었다. 그렇다면 과연 이제 무엇을 어떻게 해야 하나?' 라는 의심을 품고 보리수 아래에서 깊은 사유에 잠기게 되었다.

'과연 생사의 윤회에서 벗어난다는 열반이란 것이 무얼까? 모든 고뇌의 속박에서 벗어난다는 해탈이란 무어란 말인가? 또 인과를 끊는다는 뜻은 과연 무엇일까?'

그리고 단 7일만에 드디어 큰 깨달음을 얻어서 온 누리의 위대한 스승이 되셨다고 한다. 바로 이것이 선(禪)의 모범이며 곧 '사교입선(捨敎入禪)의 전형이다.

그러므로 선법수행은 부처님의 가르침이 아니고 먼 훗날 중국에서 발생한 수행법이라는 헛소리 따위는 공부인이라면 듣지도 입에 담지도 말아야 한다.

간화선의 시원(始原)은 당연히 석가세존부터이다. 여기서 벗어난 깨달음은 절대 있을 수 없기 때문이다.

 # 어떤 수행을 해도

참선공부를 익히고자 하는 사람들은 유식해지려고 해서도 안 되며, 그럴 듯한 모양새에 관심을 두는 따위의 어리석음에 빠져서도 안 된다. 남이 도울 수 있는 일도 아니니 모든 부처와 보살 나부랭이가 구름처럼 나타나거나 상서로움을 보이더라도 현혹되면 더욱 안 된다. 그래서 옛 선지식께서 일러주시길 '살불살조(殺佛殺祖)'하라! 부처가 나타나면 얼른 부처를 죽이고 조사가 어른거리거든 즉시 조사도 없애라!' 하신 것이다. 어찌 옛 어른들의 말씀에 딴 뜻이 있었겠는가? 오직 후학의 나태와 타락만을 염려하셨던 까닭이다.

'돈오돈수(頓悟頓修)'와 '돈오점수(頓悟漸修)'를 비롯해서 '동정일여(動靜一如)' '몽중일여(夢中一如)' '숙면일여(熟眠一如)' '오매일여(寤寐一如)'만 해도 그렇다.

석가세존께서 보리수 아래에서 정각(正覺)하시기 전에 이와 같은 너저분한 것들을 미처 몰라서 깨치지 못하셨던 것일까? 언제부터 이런 번다한 이론이 수행인의 머리를 메우기 시작했는지 모를 일이지만, 불문(佛門)에 관심을 둔 이라면 모두 석가모니의 행적만을 좌표로 삼아야 옳다.

한 신문에 '모름지기 참선 수행인은 화두를 타파하지 못하고는 이 공부를 성취할 수 없음을 알아야 한다.'라고 하신 어느 큰스님의 대담 기사가 실려 있었다. 그것이면 되었다. 한 마디라도 더 붙으면 함께 죽게 된다.

가끔 '바파사나' 수행법에 관해 질문을 받게 된다. '위빠사나'라고도 하는데 남방불교에서 전해오는 수행법이라고 알면 그다지 틀리지 않을 것이다. 물론 수행의 의미 가운데에는 심신의 안정을 꾀하려는 목적도 있으니 단적으로 논하기는 곤란한 면이 있긴 하다. 특히 그와 유사한 한정된 목적에서라면 그 수련법이 빠른 효과를 가져올 수 있다고 생각되기도 한다. 그러나 비파사나 수행을 깨닫기 위해서 하는 것이라면 아무리 강조해도 지나치지 않을 일은 깨달음 자체에 대한 의미 내지는 정체를 파악하려는 의지가 선행되지 않고서는 어림없는 일이라는 점이다. 즉 깨달음의 의미를 우선 철저히 투득하려는 의지가 절대적이고 우선시되어야 한다는 것이다. 그렇지 않은 채 하는 수행은 아무리 그럴 듯해 보여도 한낱 광대놀음에 지나지 않는다. 그러므로 무슨 이름이 부쳐진 수행법을 하건

확철대오하겠다는 목적 개념을 확고히 한 채 하는 수행이라면 그것이 바로 참선이며 화두공부가 된다 할 수 있다.

너무 싱겁다고 생각하면 아마도 범하는 우가 자못 클 것이다. 왜냐하면 수행자들이 자칫 방심하는 사이에 애석하게도 지식추구욕에 휩쓸려 오랜 기간 헤어나지 못하는 것을 흔하게 봐 와서이다. 그렇게 되면 부처님의 설법이 담긴 경전의 경구에서조차 헤어나질 못하기도 하고, 더 심하게는 온갖 요상한 것까지 관심을 두면서 전혀 딴 길로 빠지기도 하기 때문이다.

물론 부처님의 말씀은 수행자가 의지할 만하다는 데 이론이 있을 수 없다. 그러나 최상승법을 논하는 수행자라면 좀 날카로운 맛도 있어야 한다고 생각한다.

부처님은 무슨 경전을 보시고 어느 스승을 의지하셔서 구경에 도달하셨나? 하는 점에 대해서 그대는 생각해 본 바가 과연 있는가!

 # 없어서가 아니라 안 해서

불경은 비로소 부처님의 말씀에 기인한 것이고 불교 또한 석가모니 이후에 있게 되었다. 그러므로 부처님은 어떤 스승이나 경전에 의지한 바가 전혀 없다. 그런데도 아직 많은 수행자가 공부를 제대로 못하는 이유를 스승이 없어서라거나 경전을 제대로 못 봐서라며 구실로 삼는 데 여념이 없다.

그렇다고 부처님 경전을 부정하고 그간 인류 사이에 있어온 다양한 가르침과 수행법을 부정하자는 뜻이 결코 아니다.

곳곳이 불국토(佛國土)며 처처(處處)가 도량(道場) 즉 수행처라는 말도 있다. 어느 곳엔들 가르침이 없겠으며 스승이 안 계셨을 것인가!

깨치기로 든다면 흐르는 물소리, 지저귀는 새소리, 대나무에 돌멩이 부딪치는 소리, 나뭇잎에 스치는 바람소리에 깨치기도 하였으며, 길을 가다가 깨쳤고, 돌부리에 넘어지면서도 깨쳤으며, 다리 아래 흐르는 물을 보고 깨치기도 하였다. 심지어 아난은 침상에 드러눕다가도 깨쳤으니 어디선들 부처님의 가피가 없었으며 무엇이 스승의 가르침과 다를 바가 있었으랴!

오직 그 순간까지 해야 할 일은 그저 하는 것뿐이다. 결국 어느 때 어느 한 순간도 이 모든 가르침이 나와 별개였었던 적이 없었고 잠시도 허망했던 때가 없었음을 알게 될 날이 기필코 있을 것이기 때문이다. 반드시 그동안의 일체의 노력이 전혀 헛된 것이 아닌 줄 알게 되는 날이 필경에 있기 마련이다.

그러므로 공부인은 공부인답게 항상 부처님의 일대기를 규범으로 삼되, 자신이 안다는 것에 대하여 냉정히 관찰하면서 아니다 싶을 땐 언제라도 과감히 버리고 언제든지 새롭게 시작할 각오가 굳건해야 한다.

어느 것도 수행의 범주에 들어오지 않는 것은 없어서, 다만 하지 않을 뿐이지 안 되는 것은 결코 아니기 때문이다.

 # 마음 따라 생하고 멸한다

불자가 아니더라도 잘 알고 있는 원효스님의 일화도 한번쯤 챙겨 볼만하다. 흔히 말하듯 원효스님이 해골물을 마시고 깨쳤다고 하는 부분도 의심스러운 점이 많아서다.

스님은 신라의 적국이었던 고구려를 거쳐 당(唐)나라로 가려다가 첩자로 몰려 죽음 일보직전에서 겨우 탈출하여, 다시 천신만고 끝에 역시 타국인 백제 땅의 서해안에 간신히 도착하게 되었다. 배만 타면 꿈에도 그리던 유학길에 오를 수 있었지만 원효스님은 밤사이 느낀 바가 있어서 동행했던 의상스님을 배웅하고 신라 땅으로 돌아오고 말았다.

이미 잘 알려진 바대로, 간밤에 목마를 때 마신 해골물은 달콤하기까지 했었는데, 이튿날 아침엔 지난밤 잠결에 마신 물이 벌레가

우글대는 해골바가지에 담긴 물인 줄 알고 나서는 헛구역질을 하며
생병으로 시달리다가, 문득 일체의 모든 일이 인간 스스로의 분별
심에서 비롯된다는 것을 사무치게 느끼게 되어서였다.

　그토록 몽매에 그리던 당나라를 바다 저편 지척에 두고 유학길 중
도에 아무 미련도 없이 돌아서면서 다음과 같이 게송을 읊으셨다.

　　　심생즉종종법생　　　　心生卽種種法生
　　　심멸즉종종법멸　　　　心滅卽種種法滅

　마음이 있으면 가지가지 법이 생겨나고 마음이 없을 땐 가지가지
법도 없더라는 말이다. 즉 지난 밤 갈증 끝에 해골물인 줄 모른 채
마신 물은 감로수처럼 달콤하기만 하더니, 그것이 더러운 해골의
썩은 물인 줄 알고는 멀쩡했던 몸에 경기가 일어났으니 더할 바 없
이 아주 딱 맞는 게송이었던 셈이다.

　이 글귀는 경 가운데에서도 자주 등장하는 것으로서 이미 익히 아
는 것이었으나, 그간은 그 의미가 별로 실답게 느껴지지 않았었는
데 그 사건으로 말미암아 사무치도록 느낀 바가 있었으므로 입에서
저절로 터져 나온 싯귀였던 것이다.

　원효스님은 그 게송을 음미하며 발길을 돌려 고국 땅 신라로 향했
다. 이제는 불교의 도리가 이해되었고, 세상사라는 것이 한낱 마음
의 작용에 불과하다는 것을 통절하게 알았다고 느꼈던 까닭에, 소
중한 경전과 먼 타국의 도력 높은 스승도 관심 밖의 일이 되어버렸

기 때문이었다. 혹은 어쩌면 오직 마음만 잘 쓰면 세상사에 능통할
수 있다는 생각이 앞서서였는지도 모를 일이다.

그러나 원효스님이 그 뒤에 보인 행적은 당시의 사람들에게 지탄
의 대상이 되었다는 점에 후세의 학인은 주목할 바가 있다.

세 길을 높이 날지 못하는 뱁새가 어찌 구만리 장천을 날아오르는
봉황의 뜻을 알겠냐는 말도 있듯이, 범부가 성현의 깊은 속뜻을 헤
아리는 데에는 한계가 뚜렷할지 모른다. 그러나 세인을 혼란스럽게
하는 일이 깨친 자의 사명이 아니라면 마땅히 곡절을 헤아려 볼만
하다 할 것이다.

누가 자기 눈에 거슬리는 스님들의 잘못된 행실을 따지듯이 물었
다.

"그럴 거 없습니다. 그 스님들이 당신에게 그런 짓을 안 하겠다고
약속하고 출가한 것도 아니고, 겨우 당신 구미에나 맞추고 칭찬 받
겠다고 먹물 옷 입은 것도 아니지 않습니까? 또 도라는 것과 수행이
라는 것이 세상사람들 비위에 기준하는 것도 아니니 왈가불가해대
는 당신이 오히려 더 이상한 것 아닙니까?"

개인적인 생각에 불과하겠지만, 요즈음의 수행자는 오히려 부처
님을 흉내나 내는 데 급급하다보니 공부에 진전이 없지 않나 하는
생각을 간혹 한다. 그것도 자신이 생각하는 정도의 부처로 말이다.
여하튼 원효스님도 세간의 비평 따위엔 신경 쓸 바도 없었겠으나,

302

그래도 함께 납득하고 공감하기 어려운 부분이 있다는 점에 대해선
그저 무시하고 말 일이 아님이 분명하다.

물론 항간에서 떠도는 '해골물을 마신 후 깨달음을 얻었다.' 는 식
의 표현은 완전히 무시하고 하는 말이다. 깨달음을 모르는 자들이
하는 말이니 시빗거리도 못된다.

유학길 중도에서 돌아설 만큼 잠시나마 자신감이 충천했던 스님
이 시정에서 무애가를 부르며 흐느적거렸다는 점에 대하여 수행의
과정 중에 있을 수 있는 일로 미루어 짐작해본다면 꼭 이해 못 할
바도 없지만, 그런 이유 때문에서라도 공부 삼아 거론해 볼 가치가
충분하다.

심생즉종종법생(心生卽種種法生)이요 심멸즉종종법멸(心滅卽種種
法滅)이며, 일체유심조(一切唯心造)라고 했으니 마음만 야무지게 먹
으면 모든 일이 뜻대로 될 줄 알았을까?

손톱 밑에 박힌 가시는 아무리 안 박힌 척 하려해도 그래도 아팠
고, 돌부리에 채인 발가락은 아무리 그런 일이 없다고 마음먹어도
계속 쑤셔댔다. 이때 부처님의 가르침을 다시 의심하지 않았다고
하더라도 심한 혼란을 겪었던 순간이 필경 있었을 것이라는 추리는
억지일까!

무엇이 문제였을까 생각해 보자.

부처님의 가르침은 무아(無我)를 바탕으로 한다고 누누이·말해왔다. 그런데 손가락에 가시가 박히지 않았다고 생각하고 돌부리에 발가락이 채인 적이 없다고 생각하는 것은 누구였든가?

어디에서도 원효스님이 해골물 때문에 깨달음을 얻었다고 주장한 것은 보고 듣지 못했으나, 그래도 후세 사람들은 거침없이 원효 스님은 어느 때 어떻게 깨쳤다는 말을 입버릇처럼 한다. 이런 습관은 공부인의 자세로 올바른 것이 아니다. 그러므로 깨달음의 의미만큼은 꼭 숙지할 필요가 있다는 점을 재삼 강조하는 것이다.

이런 관점에서 개인적으로 돈오돈수(頓悟頓修)적 입장을 적극 지지한다. 시시껄렁한 알음알이에 사로잡혀 깨달았다고 하면서 스스로도 석연치 않은 점에 대하여는 점수(漸修)를 말하며 궁색한 변명을 일삼는 옹졸한 수행자는 되지 말아야 한다는 오랜 신념이 앞선 까닭에서이다.

 # 아라한

불경을 들여다보면 깨닫기가 보통 쉬운 일이 아닌 것처럼 느껴진다. 여기저기서 부처님의 설법 한마디에 깨쳤다는 대목이 수시로 등장하기 때문이다. 그런데 자세히 살펴보면 '수다원', '사다함', '아나함', '아라한' 등의 구절이 앞에 붙고 깨달았다는 말이 나온다는 것을 발견하게 된다. 이를 성인사과(聖人四果)라고 한다.

수다원은 예류과(預流果)라고도 하는데, 깨달은 바가 예류과에 들면 비로소 성도(聖道)에 합류한 것이 되어 예류(預流)라고 하며, 일곱 번을 천상과 인간에서 수도한 후 아라한과를 얻게 되는 성자(聖者)의 지위를 말한다.

아나함은 일래과(一來果)라고도 하며, 이 지위에 오르면 천상에서 태어났다가 다시 인간으로 돌아와 아라한과를 얻는다고 하여 그렇게 부른다.

사다함이라는 불환과(不還果)는 다시 인계(人界)로 돌아오지 않고 다음 세상에서 수도를 하다가 아라한과를 얻고 열반을 증득하게 되는 과위(果位)이다.

아라한은 여러 가지 의미로 해석을 하지만 최고의 깨달음을 얻은 자를 가리키는 말이다. 불생(不生)과 무생(無生)의 의미대로 영구히 열반에 들어 다시는 미혹의 세계에 태어나지 않는다는 뜻이 있다. 부처님께서도 다섯 비구에게 최초로 설법을 하신 후 그들의 깨달음을 두고 '이제 아라한이 모두 여섯이 되었다!'고 하신 기록이 불경에 있기도 하다.

그런데 수행과정을 신해행증(信解行證)으로 설명하기도 하는 점을 감안할 때, 성인사과를 신해행증으로 이해하면 훨씬 쉬워진다.

종교와 신앙은 믿음이 전제조건이 된다고 하지만 불교에서는 부처님 가르침 전반을 살펴봐도 무턱대고 믿기를 강조하신 구절은 어디에서도 찾을 수 없다. 그러나 성인의 가르침을 듣고 바로 믿을 수만 있다면 그처럼 아름답고 또 쉬운 일도 없을 것이다. 그러므로 굳게 믿는 것으로도 성스러운 길에 들어설 수 있음을 인정하신 것이라 여겨진다(信). 하지만 최상의 깨달음까지는 아직 소정의 절차가 남아있음을 부인할 수 없다. 우선 확실한 이해가 필요하다(解). 또 알았다면 행으로 나타나야 한다(行). 행이 없는 이해는 한낱 지식의 축적에 지나지 않기 때문이다. 그러므로 이해한 바대로의 완벽한 실행이 전신에 사무칠 때 완벽한 깨달음이 된다(證). 즉 수행 중의 과정을 일반적인 관점에서 이해한 것이라고 알면 될 것이다. 이처럼 신해행증과 성인사과의 관계를 짐작하면서 다시 깨달음의 의미를 되새겨볼 필요가 있다.

또한 우리 모두가 하나같이 부처의 가능태(可能態)인줄 확인하고, 나아가서는 현실태(現實態)로 전환하려는 의지를 수행의 의미로 연계시켜 생각해 볼 만하다. 즉 스스로에게 불성이 본래부터 내재된 줄 확인하게 된 때, 다시 말해 부처의 가능성을 스스로에게서 틀림없이 발견한 것이 시각(始覺)이 되고, 완벽한 부처 즉 본각(本覺)이려는 의도가 바로 수행이며 공부고 참선의 진정한 의미라고 할 수 있다는 점 때문이다.

그러므로 올바른 수행은 수행의 의미를 참되게 인식한 순간부터 '진실된 수행'이 된다고 하여야 옳다.

 # 곡차 한잔 하고나니

아주 늦은 시각인데 법당에서 웅얼거리는 소리가 들렸다. 그날은 누구도 철야정진을 한다는 얘기를 듣지 못했지만 혹시 방해라도 될세라 발자국 소리를 죽여가며 다가가서 문틈으로 들여다보니 어떤 스님이 곡차 한잔을 걸치고 부처님 탁자에 올라서서 부처님 뺨을 이리 치고 저리 치며 "내가 네 놈에 속아 요 모양 요 꼴이 되었다. 내 청춘 돌려다오." 하더란다.

법당에서 정근을 할 때 불보살님의 명호를 부르게 된다. '석가모니불', '나무아미타불', '관세음보살', '지장보살'이나 '나반존자' 등의 명호가 그것이다. 스님들 경우에는 단연 '석가모니불' 정근이 많다. 그런 스님에게 물었다.

"스님이 참말로 일념 정근을 하면 석가모니 부처님이 나타나시겠습니까?”

거침없이 그렇다고 대답했다.

웃기는 일이다. 서방에서 상주 설법을 하시는 아미타불은 몰라도 석가모니 부처님에게는 해당사항이 없다. 왜냐하면 석가모니는 이미 반열반(般涅槃)하셨기 때문이다.

어느 때 부처님을 모시고 공동묘지를 지나던 제자들이 흩어진 해골을 보며 그들이 간 곳을 알아맞추고 있었다. 그런데 한 해골만은 누구도 그 임자가 간 곳을 알아낼 수 없었다. 궁금증이 생긴 제자들이 부처님께 여쭈니 그 해골의 임자는 ‘아라한’이였으므로 어디에도 재생하지 않고 ‘반열반’ 하였다고 대답하신 일이 있다.

부처님도 자신을 아라한이라고 지칭하셨다. 아라한은 깨달은 자의 이명(異名)이다. 석가모니부처님은 ‘내가 이 몸을 버린 다음에 어디로 갈 것이며 너희들이 보고자 할 때마다 출현할 것!’ 이라고 말씀하신 적이 어디에도 없다.

반면에 모든 보살들은 아직 수행 단계에 있고, 또 자신의 원력과 부처님의 부촉으로 중생계에 현신(現身)하기도 한다는 것은 교리 상으로도 잘 알려진 일이다.

믿거나 말거나에 불과한 일이라도 불교영험설화에서조차 석가모니부처님이 어디에 나타나셨다는 이야기는 불멸 후부터 아직까지 결코 없는 까닭도 그래서이다. 그러므로 석가모니불 정근을 하면서 석가모니 부처님의 출현을 고대한다는 것은 어불성설(語不成說)도 이만저만이 아니다.

공자께서는 아침에 도를 알면 저녁에 죽어도 가하다고 하셨단다. 설령 듣고도 이해하지 못한다면 들은 바가 없는 것과 마찬가지이 듯, 알고도 행하지 않는다면 이 또한 다를 바가 없다. 그러나 도리 (道理)에 투철하지 못하다면 일과성(一過性) 행사에 지나지 않을 뿐 이니, 도를 염두에 둔 사람들은 증득한다는 의미를 사사롭게 여겨 서는 절대 안 된다.

 # 화두

한 승려가 조주스님께 여쭈었단다.

"개에게도 불성(佛性)이 있는지요?"

"아니, 없어!"

조주스님은 거침없이 대답하셨건만 승려에게는 도저히 납득이 가지 않는 일이었다. 그도 그럴 것이 석가모니께서는 일체함령(一切含靈)이 개유불성(皆有佛性)이라! 모든 영식(靈識)이 있는 것들은 불성이 있다고 하셨건만, 당대의 큰 선지식이신 조주스님께선 거두절미하고 없다고 하시니 난감하기 그지없어서였다.

이런 의심거리를 화두라고 하는데 수행인에게 더할 나위 없는 공부의 소재가 된다. 공안(公案)이라고도 일컫는 이 화두 공부법에 대한 논란은 고래(古來)로부터 계속되어 온 바다.

하지만 화두로써 공부하는 까닭은 분명 깨치기 위함인데, 본래의 목적과 취지는 오간 곳 없이 화두가 제대로 안 들린다고 푸념만 늘어놓는 것을 보면 한심하기 짝이 없다.

정녕코 무엇이 잘못인 줄은 알아야 한다. 화두는 공부인에게 근심거리로 주어진 것이 아니다. 한시 바삐 공안의 도리를 깨쳐서 견성성불(見性成佛)케 함에 뜻과 목적이 있는 것이다. 그런데도 불구하고 화두를 타파할 생각은 꿈에도 없는 듯, 오직 화두 일념이 어떻고 또는 화두가 들리고 안 들리고에만 마음을 쓰니 보기에도 기가 찰 노릇이다.

한낱 희론에 불과하다고 가벼이 생각지 마라. 공부인이라면 설령 그런 판단이 앞설지라도 겸허하게 한 번쯤 자신의 일을 반조해 보는 여유가 있어야 옳다.

대도무문(大道無門)이라 했다. 조주스님의 이 '무(無)' 자 화두에 관한 말인데 대도(大道)를 성취하려면 반드시 이 '무(無)' 자 화두의 관문을 통과해야 한다는 뜻이다.

석가세존께서도 말씀하셨듯이 불성(佛性)이 있기로 말한다면 오히려 없는 놈이 없을 뿐이다. 그러나 없기로 말하자면 일체제불(一切諸佛)과 제대조사(諸代祖師)에게 무슨 손톱만큼의 불성(佛性)이 있단 말인가?

이 한마디의 말에서조차 척 알아채지 못한다면 그 까닭은 스스로는 잘 알고 있다고 여기는 '불성'에 대해 전혀 감을 잡지 못하고 있어서이다.

　그러면 어떻게 해야 옳을 일일까? 당연히 '왜 일까?' 궁구하고 또 궁구할 수밖에 없다. 모른다면 그렇게 하는 것이 절차상으로도 합당한 일이다. 그렇게 해서 까닭을 알게 되면 짙은 안개 걷히듯 미혹이 말끔히 걷히겠지만, 결코 이러쿵저러쿵 따져서 될 일은 절대로 아닌 줄 명심해야 한다.

　말끝에 깨달았다 하여도 아직 관문이 하나 남았다. 그대가 깨쳤다면 무엇이 깨쳤는가? 반야심경 첫 머리에선 조견(照見)하니 오온(五蘊)이 개공(皆空)이라 하였다. 무엇이 공(空)한 줄 아는가? 무엇이 깨닫고 또 깨달은 줄 아는가? 이것이 또한 진정한 시삼마(是甚麽) 화두이다.

　분명 깨닫는 주체는 없어야 옳다. 그런데 깨쳤다는 느낌이 든다. 이 느낌은 어디서 왔는가? 아무리 부정하고 부정해보아도 '나' 라는 것 말고는 내세울 것이 없다.

　과연 이 모순을 어찌해야 좋을까?

어느 고승께서는 늘 자문자답하시듯 혼잣말처럼 이르시기를,

"여보시게!"

"예!"

"속지 말게!"

"예!"

"속으면 절대 안 되네!"

"예!" 하시며 수행을 하셨다고 한다.

너절한 말을 많이도 풀어놓았다. 세상의 일체 시비가 몽땅 말에서 비롯되는 줄 잘 안다면서도 말이다.

사실이 그렇다. 아름답고 추하고, 곱고 밉고, 짧고 길고, 높고 얕다는 등의 천만 가지 분별을 앞세워 매사에 좋고 싫고를 나누며 속

을 끓여 대지만, 냉정히 따져보면 세상이 말과 같은 적은 단 한순간
도 없고 오직 스스로의 어리석음이 일으켰던 허물에 지나지 않음을
알 수 있다.

세상의 그 어느 것도 내 구미에 맞추려고 하지 않을 뿐더러 그런
이유로 생기거나 있는 것도 아니니 하는 말이다. 입장 바꿔 보더라
도 나 역시 누구 때문에 존재하는 것은 아니지 않는가! 그런 연유로
도 아예 사랑스럽다고 말할 것도 못되지만 미워할 바도 없는 것이
본디 인생사이다.

공연히 미주알고주알 하다가 스스로 울고불고 난리굿을 해대나
한낱 허망한 말장단에 놀아난 경우에 불과할 뿐이므로 다시 어리석
지 말자고 하는 말이다.

들어 둔 바로는 저 서역 땅 인도에는 '네티! 네티! 네티!' 라는 말이
있단다. 즉 '아니다! 아니다! 아니다!' 라는 뜻을 가진 말이란다. 우
리의 '참을 인(忍)자 셋이면 살인도 면한다.' 는 말과는 다소간에 의
미는 다르다 할지라도 조금쯤 뜻이 통하는 면도 있을 법한 말이다.

사실 중생계의 현실이 그러하다면 한 마디의 말 때문에 일희일비
(一喜一悲)하며 스스로 속을 지지고 볶으면서 남까지 혼란스럽게 할
일도 아니다. 더욱이 마침내 시비에 휘말려드는 일 따위를 자초하
기보다는 오히려 그런 낌새 첫머리에 '아니야! 아니야! 절대 아니
야! 말이 진실일 수는 절대 없는 일이야!' 하고 한 호흡 정도 가다듬
을 수 있다면 얼마나 현명한 처사이겠는가! 부지불식간에 참선삼매

에 들기까지 한다면 요즈음 자주 듣는 말처럼 전형적 '생활 참선인'
임을 자부할만 할 것이다.

　여태껏 해댄 말이 온통 그렇고 그런 것이었으니 새삼스럽겠지만,
그런 연유로 따져보면 중생과 부처가 유별나게 다른 것도 아니다.
온갖 것을 언어만이 진실인양 철석같이 믿으면 중생이라고 하는데
비하여, 부처란 일체가 그렇지 않은 줄 바로 알아서 언설 때문에 휘
둘리는 일 없이 늘 잔잔하고 여여한 이를 가리키는 줄 알면 크게 어
긋나지 않을 것이다. 그러므로 고승의 다짐처럼 말에 속으면 억만
가지 허물이 동시에 일어나 온갖 시비 또한 끊일 날이 없는 줄 잘
알아서, 조심하고 경계하길 게을리 하지 않는다면 나날이 진리와
조금씩 가까워질 수 있을 것이다.
　이 때라야 초라하지도 비굴하지도 않으면서 사뭇 당당할 수 있고,
교만스럽거나 방자하지 않으면서 늘 떳떳할 수 있게 된다. 이는 일
체의 순간순간이 항상 옳기만 할 뿐이며 완벽한 줄 확연히 아는 연
유에서이다. 이런 까닭에 아름다울 수밖에 없다 한들 다시 무슨 허
물이 있을 것인가!
　때문에 부처님이 윤리나 도덕교사를 자처하신 일은 없으나 이 법
가운데에서 참된 윤리적 도덕적 가치관을 발견하는 이도 있듯이,
혹자는 불법 중에서 철학과 사상 내지는 과학과 문학 예술적 깊이
를 사뭇 가늠하면서 지금 이 순간에도 도처에서 부처님의 자비로운
숨결을 따사롭게 느끼는 이가 무수할 것은 분명한 일이다.

고맙게도 이 글을 다 읽어준 분들에게 다시 마지막 부탁이 있으니 '절대 글은 읽지 마시고 뜻만 보십사!' 하는 것이다. 또한 글이 난삽하여 머리에 남은 것이 없으시더라도 '인생이 무엇인지!', '어떤 가치와 의미가 있는 것인지!'에 대해 항상 진지하게 연구하시는 하루하루가 되었으면 하는 점이다.

즉 부모 자식은 무엇이고, 형제는 어떠며, 친지와 이웃의 벗은 무슨 의미가 있는지도 당장 살펴보아야 할 주제일 것이다. 당연히 부부간에는 만남의 의미를 곱씹듯이 살펴야 하며, 행복이 무엇인지를 틈틈이 되새겨 본다면 세상에 흔한 일도 아니어서, 감히 말하건대 어느 무엇에도 비길 바가 없는 최상의 보람된 삶이 될 줄을 의심치 않아서이다. 그래서 인생이 곧 수행이며, 세상살이가 곧 수행이어야 한다고 말한 것이다.

어느새 멋모르고 출가한 지 서른 해가 되었다. 날 때도 빈손이었듯이 입산도 빈손으로 했고 지금도 여전하다. 십 년 가까이 비어있던 낡은 집이었기는 했으나 옛날 큰 갑부가 진 집이라 재목이 아까워 아파트 한 채 값도 넘는 재료비를 들여 삼 년 꼬박 손수 고친 토굴도 갑자기 부담스럽게 느껴져서 명의마저 떼어버릴 때도 등에 진 걸망 하나에다 이 글을 쓴 노트북 컴퓨터가 전부였다. 혼자 살자니 덩치가 너무 크고 여럿이 살기에는 능력이 모자란 탓을 명분으로 삼았지만, 있다는 것이 도리어 한없이 짐스럽고 귀찮게 느껴졌다는 것이 더 솔직한 심정이다.

이제야 그간 따라 다니던 노트북마저 떼어버릴 수 있어서 무엇보다도 홀가분한 마음이다. 다시 바랑 하나에 나의 삶을 얹고 멋진 스님들과 함께 산자락을 맘껏 걸을 수 있게 되었으니 말이다.

순간순간이
항상 옳고
완벽할 뿐

지은이 | 정경스님
펴낸이 | 배기순
펴낸곳 | 하남출판사
초판 발행 | 2008년 12월 15일
등록번호 | 제10-0221호
서울시 종로구 관훈동 198-16 남도B/D 302호
전화 (02)720-3211(代) | 팩스 (02)720-0312
홈페이지 http://www.hnp.co.kr
e-mail : hanamp@chollian.net, hanam@hnp.co.kr
ⓒ 하남출판사, 2008 Printed in Seoul, Korea
  ISBN 978-89-7534-318-6(03840)